SAS

OPÉRATION LUCIFER

GÉRARD DE VILLIERS

SAS

OPÉRATION LUCIFER

EDITIONS
GERARD *de* VILLIERS

DU MÊME AUTEUR
AUX PRESSES DE LA CITÉ

N° 1 S.A.S. À ISTANBUL
N° 2 S.A.S. CONTRE C.I.A.
N° 3 S.A.S. OPÉRATION APOCALYPSE
N° 4 SAMBA POUR S.A.S.
N° 5 S.A.S. RENDEZ-VOUS À SAN FRANCISCO
N° 6 S.A.S. DOSSIER KENNEDY
N° 7 S.A.S. BROIE DU NOIR
N° 8 S.A.S. AUX CARAÏBES
N° 9 S.A.S. À L'OUEST DE JÉRUSALEM
N° 10 S.A.S. L'OR DE LA RIVIÈRE KWAÏ
N° 11 S.A.S. MAGIE NOIRE À NEW YORK
N° 12 S.A.S. LES TROIS VEUVES DE HONG-KONG
N° 13 S.A.S. L'ABOMINABLE SIRÈNE
N° 14 S.A.S. LES PENDUS DE BAGDAD
N° 15 S.A.S. LA PANTHÈRE D'HOLLYWOOD
N° 16 S.A.S. ESCALE À PAGO-PAGO
N° 17 S.A.S. AMOK À BALI
N° 18 S.A.S. QUE VIVA GUEVARA
N° 19 S.A.S. CYCLONE À L'ONU
N° 20 S.A.S. MISSION À SAÏGON
N° 21 S.A.S. LE BAL DE LA COMTESSE ADLER
N° 22 S.A.S. LES PARIAS DE CEYLAN
N° 23 S.A.S. MASSACRE À AMMAN
N° 24 S.A.S. REQUIEM POUR TONTONS MACOUTES
N° 25 S.A.S. L'HOMME DE KABUL
N° 26 S.A.S. MORT À BEYROUTH
N° 27 S.A.S. SAFARI À LA PAZ
N° 28 S.A.S. L'HÉROÏNE DE VIENTIANE
N° 29 S.A.S. BERLIN CHECK POINT CHARLIE
N° 30 S.A.S. MOURIR POUR ZANZIBAR
N° 31 S.A.S. L'ANGE DE MONTEVIDEO
N° 32 S.A.S. MURDER INC. LAS VEGAS
N° 33 S.A.S. RENDEZ-VOUS À BORIS GLEB
N° 34 S.A.S. KILL HENRY KISSINGER !
N° 35 S.A.S. ROULETTE CAMBODGIENNE
N° 36 S.A.S. FURIE À BELFAST
N° 37 S.A.S. GUÊPIER EN ANGOLA
N° 38 S.A.S. LES OTAGES DE TOKYO
N° 39 S.A.S. L'ORDRE RÈGNE À SANTIAGO
N° 40 S.A.S. LES SORCIERS DU TAGE
N° 41 S.A.S. EMBARGO
N° 42 S.A.S. LE DISPARU DE SINGAPOUR
N° 43 S.A.S. COMPTE À REBOURS EN RHODÉSIE
N° 44 S.A.S. MEURTRE À ATHÈNES
N° 45 S.A.S. LE TRÉSOR DU NÉGUS
N° 46 S.A.S. PROTECTION POUR TEDDY BEAR
N° 47 S.A.S. MISSION IMPOSSIBLE EN SOMALIE
N° 48 S.A.S. MARATHON À SPANISH HARLEM
N° 49 S.A.S. NAUFRAGE AUX SEYCHELLES
N° 50 S.A.S. LE PRINTEMPS DE VARSOVIE
N° 51 S.A.S. LE GARDIEN D'ISRAËL
N° 52 S.A.S. PANIQUE AU ZAÏRE
N° 53 S.A.S. CROISADE À MANAGUA
N° 54 S.A.S. VOIR MALTE ET MOURIR
N° 55 S.A.S. SHANGHAÏ EXPRESS
N° 56 S.A.S. OPÉRATION MATADOR
N° 57 S.A.S. DUEL À BARRANQUILLA
N° 58 S.A.S. PIÈGE À BUDAPEST
N° 59 S.A.S. CARNAGE À ABU DHABI
N° 60 S.A.S. TERREUR À SAN SALVADOR
N° 61 S.A.S. LE COMPLOT DU CAIRE
N° 62 S.A.S. VENGEANCE ROMAINE
N° 63 S.A.S. DES ARMES POUR KHARTOUM
N° 64 S.A.S. TORNADE SUR MANILLE
N° 65 S.A.S. LE FUGITIF DE HAMBOURG
N° 66 S.A.S. OBJECTIF REAGAN
N° 67 S.A.S. ROUGE GRENADE
N° 68 S.A.S. COMMANDO SUR TUNIS
N° 69 S.A.S. LE TUEUR DE MIAMI

N° 70 S.A.S. LA FILIÈRE BULGARE
N° 71 S.A.S. AVENTURE AU SURINAM
N° 72 S.A.S. EMBUSCADE À LA KHYBER PASS
N° 73 S.A.S. LE VOL 007 NE RÉPOND PLUS
N° 74 S.A.S. LES FOUS DE BAALBEK
N° 75 S.A.S. LES ENRAGÉS D'AMSTERDAM
N° 76 S.A.S. PUTSCH À OUAGADOUGOU
N° 77 S.A.S. LA BLONDE DE PRÉTORIA
N° 78 S.A.S. LA VEUVE DE L'AYATOLLAH
N° 79 S.A.S. CHASSE À L'HOMME AU PÉROU
N° 80 S.A.S. L'AFFAIRE KIRSANOV
N° 81 S.A.S. MORT À GANDHI
N° 82 S.A.S. DANSE MACABRE À BELGRADE
N° 83 S.A.S. COUP D'ÉTAT AU YEMEN
N° 84 S.A.S. LE PLAN NASSER
N° 85 S.A.S. EMBROUILLES À PANAMA
N° 86 S.A.S. LA MADONE DE STOCKHOLM
N° 87 S.A.S. L'OTAGE DE OMAN
N° 88 S.A.S. ESCALE À GIBRALTAR

L'IRRÉSISTIBLE ASCENSION DE MOHAMMAD REZA, SHAH D'IRAN
LA CHINE S'ÉVEILLE
LA CUISINE APHRODISIAQUE DE S.A.S.
PAPILLON ÉPINGLÉ
LES DOSSIERS SECRETS DE LA BRIGADE MONDAINE
LES DOSSIERS ROSES DE LA BRIGADE MONDAINE

AUX ÉDITIONS DU ROCHER

LA MORT AUX CHATS
LES SOUCIS DE SI-SIOU

AUX ÉDITIONS GÉRARD DE VILLIERS

N° 89 S.A.S. AVENTURE EN SIERRA LEONE
N° 90 S.A.S. LA TAUPE DE LANGLEY
N° 91 S.A.S. LES AMAZONES DE PYONGYANG
N° 92 S.A.S. LES TUEURS DE BRUXELLES
N° 93 S.A.S. VISA POUR CUBA
N° 94 S.A.S. ARNAQUE À BRUNEI
N° 95 S.A.S. LOI MARTIALE À KABOUL
N° 96 S.A.S. L'INCONNU DE LENINGRAD
N° 97 S.A.S. CAUCHEMAR EN COLOMBIE
N° 98 S.A.S. CROISADE EN BIRMANIE
N° 99 S.A.S. MISSION À MOSCOU
N° 100 S.A.S. LES CANONS DE BAGDAD
N° 101 S.A.S. LA PISTE DE BRAZZAVILLE
N° 102 S.A.S. LA SOLUTION ROUGE
N° 103 S.A.S. LA VENGEANCE DE SADDAM HUSSEIN
N° 104 S.A.S. MANIP À ZAGREB
N° 105 S.A.S. KGB CONTRE KGB
N° 106 S.A.S. LE DISPARU DES CANARIES
N° 107 S.A.S. ALERTE AU PLUTONIUM
N° 108 S.A.S. COUP D'ÉTAT À TRIPOLI
N° 109 S.A.S. MISSION SARAJEVO
N° 110 S.A.S. TUEZ RIGOBERTA MENCHU
N° 111 S.A.S. AU NOM D'ALLAH
N° 112 S.A.S. VENGEANCE À BEYROUTH
N° 113 S.A.S. LES TROMPETTES DE JERICHO
N° 114 S.A.S. L'OR DE MOSCOU
N° 115 S.A.S. LES CROISÉS DE L'APARTHEID
N° 116 S.A.S. LA TRAQUE CARLOS
N° 117 S.A.S. TUERIE À MARRAKECH
N° 118 S.A.S. L'OTAGE DU TRIANGLE D'OR
N° 119 S.A.S. LE CARTEL DE SÉBASTOPOL
N° 120 S.A.S. RAMENEZ-MOI LA TÊTE D'EL COYOTE
N° 121 S.A.S. LA RÉSOLUTION 687

LE GUIDE S.A.S. 1989

Photo de la couverture : Michael MOORE
Arme fournie par : armurerie COURTY ET FILS, à Paris
Maquillage : Georges DEMICHELIS

ISBN : 2 - 7386 - 5778 - 8

ISSN : 0295 - 7604

CHAPITRE PREMIER

Un homme vêtu d'une canadienne verte, un récipient ressemblant à un gros pot de peinture à la main, émergea de l'entrée du *subway* à la hauteur du 1250, Sixième Avenue, au milieu d'une foule de voyageurs pressés. Cette issue communiquait avec le gigantesque labyrinthe souterrain qui s'étendait sous le Rockfeller Center, de la 49e à la 51e Rue, entre la Sixième Avenue et Fifth Avenue : un enchevêtrement de galeries commerciales et les stations de six lignes de métro.

Contrairement aux autres voyageurs qui s'éloignaient rapidement, l'homme à la canadienne verte s'arrêta sur le trottoir, en dépit du froid vif avivé par un vent glacial. Avec sa toque en fourrure synthétique noirâtre, ses gros gants de cuir et son épais vêtement, il ne semblait pas sentir le froid. Il se retourna et jeta un coup d'œil aux vitrines de Brookstone, un magasin de vêtements, et de *Seafood Mansion*, un restaurant de poissons à la façade bleue. Puis son regard se reporta, de l'autre côté de l'avenue, au 1251, sur l'énorme building de *Time-Life*, un peu en retrait d'une esplanade ornée de fontaines.

Les *brownstones*, ces petits immeubles de brique aux dimensions modestes qui bordaient jadis la Sixième Avenue, avaient fait place depuis une vingtaine d'années à de majestueux buildings d'acier et de verre dont le plus petit comptait cinquante étages ! Seul vestige du passé, le vieil immeuble noir de pollution abritant le Radio City, le plus vieux music-hall new-yorkais, faisait encore clignoter ses guirlandes d'ampoules lumineuses, au coin de la 51e Rue.

L'homme à la canadienne verte se décida enfin à bouger pour se diriger vers le coin de la 49e Rue. Un flot de véhicules dévalait la Sixième Avenue, venant du bas de la ville, et il attendit que le feu passe au rouge à côté du stand d'un marchand pakistanais de *pretzels*, devant lequel des clients faisaient la queue pour grignoter rapidement quelque chose avant de regagner leur bureau.

Le feu passa au rouge et l'homme à la canadienne verte, son pot de peinture à la main, se lança sur l'avenue vide. Il avait à peine franchi quelques mètres qu'un *Yellow Cab* surgit de la 49e Rue, son clignotant indiquant son intention de tourner dans la Sixième Avenue. Le taxi freina pour le laisser passer. Mais il allait vite et ses pneus étaient usés. La voiture dérapa, heurtant violemment à la hanche l'homme en canadienne verte.

Projeté en arrière, celui-ci perdit l'équilibre et tomba sur le dos, lâchant son récipient et perdant sa toque de fourrure. Il glissa sur l'asphalte gelé en pente et sa nuque heurta le rebord du trottoir. Une passante s'immobilisa avec un cri horrifié, en entendant le craquement sec des os qui se brisaient. L'homme en canadienne verte ne se releva pas. Ses membres furent agités de quelques faibles mouvements spasmodiques puis il demeura immobile, les yeux vitreux, à côté d'une plaque de fonte d'où s'échappait une vapeur chaude et blanchâtre. Des milliers d'émanations semblables signalaient dans les rues de New York les fuites du système de chauffage municipal.

Le chauffeur du taxi, un Noir, jaillit de sa voiture, affolé, en jurant comme un charretier. Il se précipita vers le piéton renversé, abandonnant son véhicule au beau milieu de l'avenue où retentissait un concert de klaxons. Le feu venait de repasser au vert, libérant des dizaines de véhicules dont un bus vert du NYTA (1). Ce dernier se faufila entre le corps étendu et le taxi à l'arrêt pour se rabattre un peu plus loin le long du trottoir, juste après l'entrée du métro, et décharger ses passagers.

Le marchand de *pretzels* abandonna ses clients et courut jusqu'au corps. Se penchant sur lui, il eut l'impression qu'il avait cessé de vivre. Il regagna son stand où plusieurs clients faisaient la queue.

– *Somebody should call an ambulance,* fit la passante à la cantonade, avant de s'éloigner.

Le Pakistanais n'avait pas le téléphone, il servit ses clients avant de s'intéresser à nouveau à l'accident. Le chauffeur de taxi, atterré, était penché sur sa victime inerte et n'osait pas la toucher. Des badauds commençaient à s'attrouper. Le marchand remarqua alors une grande traînée jaunâtre sur la chaussée, un liquide d'apparence visqueuse qui avait dû s'échapper du récipient transporté par l'homme accidenté. Le seau en métal gisait maintenant dans le caniveau, son couvercle avait roulé plus loin. Le Pakistanais alla le ramasser et le posa à ses pieds. Cela pouvait toujours servir, et son légitime propriétaire ne semblait plus en avoir l'utilité... Cinq à six minutes s'étaient écoulées depuis l'accident, une douzaine de badauds entouraient le corps. Un vendeur de Brookstone sortit de sa boutique pour annoncer :

– Nous avons appelé la police et une ambulance.

Le chauffeur de taxi, accroupi à côté du mort, se redressa en jurant entre ses dents. Il imaginait ce qui l'attendait. Ecraser un piéton sur un passage protégé, aux Etats-Unis, cela signifiait de gros ennuis.

Comme un automate, il se dirigea vers son véhicule afin de prévenir sa compagnie. Soudain, il se sentit bizarre, sa vue se troublait. Son taxi lui apparaissait comme une grosse tache jaune aux contours flous. Il se mit à saliver

(1) New York Transit Authority.

abondamment. Il s'arrêta et pesta, mettant son malaise sur le compte de l'émotion. Tout à coup, il fut pris de tremblements violents et jura plus fort. Il n'y voyait presque plus et il avait du mal à respirer. Il s'essuya les yeux, sans résultat. Il haletait, avec l'impression que l'air ne parvenait plus à ses poumons. Il ouvrit la bouche, aspirant l'air glacial, puis sa tête se mit à tourner.

Sans même qu'il s'en rende compte, ses jambes se dérobèrent sous lui et il tomba sur la chaussée, à deux mètres de son taxi. Ses membres s'agitaient dans tous les sens, comme s'il était pris de convulsions. Il était déjà inconscient quand une voiture, libérée par le feu passé au vert, freina brutalement pour ne pas l'écraser.

*
**

Le sergent Doug Hopkins, du *Midtown Precinct North,* jura comme un charretier en découvrant le spectacle de la circulation sur la Sixième Avenue, réduite à un filet. Les voitures qui ralentissaient pour observer la scène étaient en train de créer un embouteillage inextricable, sur fond de concert de klaxons assourdissant ! D'un coup d'œil, son regard balaya le *Yellow Cab* au milieu de l'avenue, un corps étendu à quelque distance, et un second au bord du trottoir, entouré de badauds.

– Putain ! Il en a tué deux d'un coup ! lança-t-il à son coéquipier, Bob Sommers.

Ils étaient en patrouille dans la Septième Avenue lorsque le Precinct (1) les avait alertés. Grave accident de la circulation à l'angle de la 49e Rue et de la Sixième Avenue... Le sergent Sommers stoppa le long du trottoir, juste avant le croisement, et Doug Hopkins sauta de la voiture bleu et blanc, dont la sirène se tut sur un hoquet.

Quelques passants pleins de bonne volonté canalisaient

(1) Commissariat.

les véhicules, de ce côté-là, c'était OK. Mais en approchant du corps étendu sur le trottoir, il en aperçut quatre autres, cachés par les badauds ! Ce n'était plus un accident, mais une hécatombe inexplicable.

Alors qu'il s'avançait, il vit, à quelques mètres de lui, une femme tituber, comme prise de boisson, porter la main à sa poitrine et s'effondrer à côté de la fuite de vapeur ! Il sentit sa peau se hérisser et jura :

– *Jesus-Christ !*

Il hésitait sur la conduite à tenir. Le hululement syncopé d'une ambulance se rapprochait et il se persuada que son boulot à lui était de comprendre ce qui se passait.

Tandis qu'il se demandait par où commencer, un homme surgit de la boutique Brookstone, gesticulant dans sa direction.

– *Officer ! Officer ! Come on !*

Le sergent le suivit et s'arrêta sur le seuil du magasin, interloqué. Un homme était étendu sur la moquette grise, cravate dénouée, livide, la bouche entrouverte, les bras et les jambes secoués de spasmes. Il eut une sorte de hoquet et brusquement ne bougea plus ! Le sergent Hopkins avait vu assez de cadavres dans sa carrière pour être certain que cet homme était mort, et juste sous ses yeux. La gorge serrée, il interpella un homme aux cheveux gris qui semblait être le patron du magasin.

– Que se passe-t-il ?

– On ne comprend pas, répondit le vendeur. George est allé voir si on pouvait secourir un homme renversé par un taxi, après avoir appelé le 911. Quand il est revenu, il s'est senti mal, il ne voyait plus, il étouffait. On a essayé de le soigner... Et puis...

Son regard s'abaissa sur le corps inerte au milieu du magasin.

– Il était cardiaque ? demanda le sergent Hopkins.

– Non, je ne crois pas.

Le policier se pencha sur le corps. Aucune trace de

blessure, mais il remarqua que les pupilles du mort étaient réduites à une tête d'épingle, comme celles des drogués.

– OK ! Ne le touchez pas, fit-il. Je reviens.

Il ressortit en trombe du magasin et activa son émetteur radio branché en permanence sur le Midtown Precinct.

– Ici, Hopkins, annonça-t-il, je suis sur les lieux de l'accident de la circulation, au coin de la 49e Rue et de la Sixième Avenue. Il se passe des choses bizarres. On dirait qu'il y a plusieurs morts...

Le policier de permanence poussa une exclamation horrifiée.

– *My God !* C'est un bus qui s'est renversé ?

– Non, non, juste un taxi, corrigea Doug Hopkins qui commençait à se sentir dépassé. *For God's sake,* envoyez du monde et des ambulances.

Il interrompit la communication et regarda autour de lui. Le spectacle était étrange, irréel. La circulation continuait à s'écouler sur la partie ouest de la Sixième Avenue, dans un concert d'avertisseurs. Sur ce trottoir-là, les piétons se hâtaient dans le froid mordant. A New York, on était toujours pressé et indifférent. De ce côté-ci, la colonne de vapeur blanche continuait à sortir de la chaussée, rabattue par le vent sur les corps étendus. Les quelques badauds, effrayés, s'étaient repliés plus loin. Le vendeur de *pretzels,* debout derrière son stand, fixait les cadavres, terrifié, incapable de se décider à bouger. Le sergent Hopkins se dirigea vers un des corps, celui d'une vieille dame qui tenait encore son sac à deux mains. Pas la moindre blessure apparente. Elle aurait pu être gelée. Surmontant la peur viscérale qui commençait à l'envahir, le policier se pencha pour examiner son visage. Comme celles du vendeur de Brookstone, ses pupilles étaient incroyablement rétrécies.

Les jappements aigus d'une ambulance se rapprochaient. Le véhicule s'arrêta de l'autre côté du carrefour, vomissant trois *paramedics* en blouse blanche qui coururent jusqu'au sergent Hopkins.

– Qu'est-ce qui se passe ? demanda l'un d'eux. Qu'est-ce que c'est que tous ces morts ? On nous a parlé d'un accident de la circulation...

– A moi aussi, fit le policier, mais il y a autre chose. On dirait une épidémie.

Un des infirmiers s'accroupit pour examiner l'homme en canadienne verte. Du sang s'écoulait lentement de ses narines. C'est alors que le sergent Hopkins remarqua la traînée jaune et visqueuse sur la chaussée et dans le caniveau. Il chercha en vain d'où elle pouvait provenir. Contournant les corps étendus, il gagna le stand du Pakistanais vendeur de *pretzels,* qui avait forcément assisté à l'accident.

– Qu'est-ce qui s'est passé ici ? lui demanda-t-il. Qu'est-ce qui est arrivé à tous ces gens ?

Le Pakistanais lui jeta un regard horrifié.

– Je ne sais pas, *officer,* je ne comprends pas. Le taxi là-bas a renversé un type qui traversait. Celui en vert qui est mort. Moi, c'est tout ce que j'ai vu. Ensuite, les gens ont commencé à s'écrouler comme s'ils avaient un malaise.

– Ils n'ont pas de malaise, ils sont morts, corrigea Hopkins. Et la traînée jaune, là ?

– Le type qui s'est fait renverser portait un récipient qui s'est ouvert quand il est tombé. On dirait du lockeed pour les freins.

– Où est le récipient ?

Le Pakistanais se pencha et brandit un seau en métal gris.

– Je l'ai ramassé, j'ai eu peur que les gens glissent dessus. Tenez, prenez-le.

Le sergent Hopkins saisit l'anse. Au même moment, trois nouvelles voitures de police surgirent dans un concert de sirènes, accompagnées de deux ambulances et d'un van de police. Les policiers commencèrent immédiatement à mettre en place des barrières délimitant le périmètre où se trouvaient les corps. Le sergent Hopkins examina le récipient. Le couvercle avait disparu, et il était vide. Une pellicule jaune et huileuse adhérait au fond.

Intrigué, le policier plongea d'abord son nez dedans. Rien, aucune odeur. Il passa son doigt au fond, ramenant un peu de liquide qu'il porta à ses narines. On aurait dit de l'huile. Il essuya son doigt sur son pantalon, perplexe, et poussa soudain une exclamation incrédule.

Les deux infirmiers qui examinaient l'homme accidenté semblaient, à leur tour, pris de malaise. Ils haletaient, en proie à des mouvements convulsifs, cherchant visiblement leur souffle. L'un d'eux arracha les boutons de sa blouse, émit un cri étranglé et tomba en avant, la tête sur le torse du cadavre. Le second fit trois pas en titubant et s'effondra lui aussi, face contre le bitume.

Cette fois, le sergent Hopkins paniqua. D'une voix de stentor, il hurla :

– Dégagez tous ! Reculez !

Les rares badauds encore présents battirent précipitamment en retraite. Lui-même se dirigea vers sa voiture de patrouille pour demander de nouveaux secours.

Il était en train de traverser la 49e Rue quand sa vue se troubla. Il s'arrêta, cligna des yeux, les frotta, mais la sensation persistait, accentuée par une brutale migraine, puis une sueur froide l'enveloppa. Il se força à marcher plus vite. La voiture bleue paraissait très loin maintenant, une forme indistincte. Le sergent Hopkins eut soudain la sensation qu'un étau comprimait sa poitrine. Son bras droit se mit à trembler. Il étouffait. Il cria, mais n'émit qu'un faible son. Titubant, il rata le trottoir et faillit tomber.

Le sergent Sommers bondit hors de la voiture 262 et courut à sa rencontre, en s'écriant :

– Doug ! Hé, Doug, *what's going on ?* (1)

Le sergent Hopkins ne put répondre. Ses poumons semblaient se recroqueviller dans sa poitrine, comme si, au lieu d'aspirer l'air, ils le rejetaient. Le policier suffoquait. Il s'effondra dans les bras de son collègue. Celui-ci, affolé, accompagna doucement sa chute et commença à lui faire du bouche-à-bouche pour tenter de le ranimer. Il continuait ses efforts lorsqu'un gradé surgit.

– Qu'est-ce qu'il a ? cria-t-il. Il est blessé ?

Le sergent Sommers s'interrompit, des larmes dans les yeux.

– Je ne sais pas, lieutenant, je ne comprends pas ! On dirait qu'il...

Visiblement, le sergent Doug Hopkins avait cessé de vivre. D'une main tremblante, son coéquipier lui ferma les yeux et se releva, paniqué, pour désigner les corps étendus un peu partout.

– C'est diabolique ! bredouilla-t-il. On dirait qu'ils sont tous morts. Il y a quelque chose de vachement dangereux ici. J'ai les jetons.

– Qu'est-ce que c'est que ça ?

Le lieutenant de police montrait le récipient vide, près du cadavre du sergent Hopkins.

– Je ne sais pas, dit le sergent Sommers. Il l'a trouvé là-bas.

Intrigué, le lieutenant ramassa l'objet et l'examina, cherchant désespérément à comprendre. Rien. Aucune odeur. Un liquide jaune ressemblant à de l'huile. Il le reposa et lança au sergent Sommers :

– Appelez *Midtown North.* Qu'ils envoient tous les hommes disponibles pour boucler le périmètre. Bloquez l'entrée du métro, faites évacuer tous les magasins entre la 49e Rue et la 50e Rue. Détournez la circulation sur la Sixième Avenue à partir de la 48e Rue.

(1) Qu'est-ce qui se passe ?

Il s'éloigna tandis que le sergent courait jusqu'à sa voiture. Lorsqu'il eut transmis son message, ce dernier ressortit et chercha des yeux le lieutenant. Il poussa une exclamation épouvantée. Le lieutenant se tordait sur le trottoir de la Sixième Avenue, en proie à de violentes convulsions. Quelques secondes plus tard, il ne bougeait plus !

Le sergent Bob Sommers s'immobilisa, tétanisé. Les autres policiers se trouvaient plus loin, en train d'installer des barrières. Des gyrophares clignotaient partout. La nuit commençait à tomber.

– *My God ! My God !* se mit à bafouiller le policier.

Ses dents claquaient sans qu'il puisse s'en empêcher. Le cerveau vide, il réprimait une furieuse envie de s'enfuir, mais il se contenta, stupidement, de retourner dans sa voiture et de verrouiller les portières. Puis, arrachant de son étui son arme de service, il la posa à côté de lui. C'est dans un état second qu'il entendit le vlouf-vlouf-vlouf d'un hélicoptère qui descendait lentement entre les buildings bordant la Sixième Avenue, ses projecteurs braqués sur les corps étendus.

*
**

Les gyrophares bleu, blanc et rouge des ambulances et des véhicules de police agglutinés sur la Sixième Avenue et dans les rues adjacentes composaient un tableau sinistre et éblouissant.

Des barrières jaunes réunies par des rubans de la même couleur interdisaient un secteur englobant toute la Sixième Avenue, de la 51e Rue à la 48e Rue. A l'intérieur de ce périmètre, tous les magasins avaient été évacués et les buildings vidés de leurs occupants. Des centaines de policiers en tenue, équipés de haut-parleurs, s'appliquaient à disperser les rares attroupements, répétant inlassablement qu'il n'y avait rien à voir, sans donner d'explications.

Tous les corps étaient encore sur place, sauf celui du chauffeur de taxi. Une équipe du laboratoire technique du NYPD (1) venait d'arriver. Ses hommes, équipés de tenues de protection ABC (2) et de masques à gaz avaient installé une tente au milieu de la chaussée pour l'examiner. Le blocage de la Sixième Avenue commençait à provoquer des embouteillages monstres. Une Lincoln noire, précédée d'une voiture de police, se fraya un chemin jusqu'aux barrières jaunes. Le maire de New York en sortit, aussitôt interpellé par des dizaines de journalistes que les policiers tâchaient de tenir à distance. Le nombre des reporters ne cessait d'augmenter. Toutes les chaînes de télé étaient là, espérant avoir quelque chose à se mettre sous la dent pour les nouvelles de dix-neuf heures. Le représentant du *New York Post* réussit à poser la première question au maire.

– Il paraît qu'il y a eu un accident nucléaire et de nombreux morts ?

Le maire le foudroya d'un regard noir.

– *Bullshit !* explosa-t-il. On n'a pas fait péter une bombe atomique ! Il s'agit d'un *accident.* Un produit chimique extrêmement dangereux s'est répandu à l'air libre et a provoqué plusieurs *casualties.* La situation est désormais maîtrisée.

– Comment cela s'est-il produit ? demanda un autre journaliste.

– Pour l'instant, je ne répondrai à aucune question, trancha le maire. Je tiendrai une conférence de presse avec le *New York Police Commissioner* à sept heures. Ici.

– Combien de morts ? cria quelqu'un.

– Une dizaine.

– Quel est le produit ?

– Nous ne l'avons pas encore déterminé exactement...

(1) New York Police Department.

(2) Atomiques – Biologiques – Chimiques.

Le maire commençait à transpirer à grosses gouttes. Le *New York Police Commissioner* le tira par la manche et chuchota quelques mots à son oreille.

– *Ladies and gentlemen of the press,* il faut que je vous laisse, annonça le maire. A tout à l'heure.

Il s'éloigna, laissant les journalistes sur leur faim, et pénétra dans le périmètre interdit.

Vingt mètres plus loin, le *Police Commissioner* fut rejoint par un civil qui sortait de la tente. Les deux hommes échangèrent quelques mots, puis revinrent vers le maire et lui apprirent les dernières nouvelles. Ce dernier parut frappé par la foudre.

– *My God !* Vous êtes certain ?

– Pratiquement, confirma le préfet de police.

Le maire se retourna vers la meute des journalistes, accablé.

– Ils vont finir par l'apprendre.

– Il ne faut rien dire pour le moment, conseilla le *Police Commissioner.* Venez voir.

Ils parcoururent une cinquantaine de mètres, jusqu'à un second périmètre, beaucoup plus petit, qui englobait la zone où se trouvaient tous les corps. Plusieurs policiers équipés de combinaisons ABC circulaient entre les cadavres, à la recherche d'indices. Un van noir de la police stoppa à cet instant non loin d'eux. Il en descendit trois policiers, chacun portant une cage à oiseaux où se trouvaient plusieurs canaris. Ils se dispersèrent dans la zone suspecte. Le maire de New York secoua la tête.

– C'est un putain de cauchemar.

Le *Police Commissioner* prit son élan avant d'annoncer *la* mauvaise nouvelle.

– *Sir,* dit-il, nous allons être obligés de faire des appels à la radio et sur tous les *networks.* Il faut retrouver *tous* les gens qui se sont trouvés là lors de l'accident, ou qui ont traversé cette zone. Vous comprenez pourquoi...

– Je comprends, soupira le maire. Vous pourrez nettoyer cette saloperie ?

– Oui, nous commencerons dès que les corps auront été enlevés, expliqua le *Police Commissioner.* Cela prendra la nuit. La circulation pourra être rétablie à l'aube. Mais nous ne pouvons pas *tout* traiter. Les façades des buildings peuvent receler de mauvaises surprises...

Le maire se tassa devant cette nouvelle menace. Quatre hommes s'approchèrent d'eux, dont l'un exhiba rapidement un badge.

– FBI, *special agent* Mike Dunner, annonça-t-il. Nous sommes au courant de l'affaire. Pouvez-vous nous désigner la personne renversée par le taxi ?

Le *Police Commissioner* pointa le doigt vers un des corps gisant sur la chaussée.

– Personne n'y a touché. Enfin, corrigea-t-il, personne qui soit *encore* vivant... Si vous voulez vous en approcher, faites-vous équiper d'une combinaison ABC. Là-bas, sous la tente. Ou alors, faites votre testament.

Impressionnés, les hommes du FBI se dirigèrent vers le centre ABC. Le maire leva les yeux vers le building de *Time-Life*, brillant encore de mille feux. Les bureaux étaient demeurés allumés, mais il n'y avait pas âme qui vive dans le bâtiment dont toutes les entrées étaient gardées par la police, comme celles des buildings et magasins donnant sur cette portion maudite de la Sixième Avenue.

D'un pas lourd, le maire s'éloigna vers les journalistes massés de l'autre côté des barrières. Les ennuis ne faisaient que commencer. L'Amérique était un pays trop ouvert, trop médiatisé pour qu'on puisse longtemps dissimuler au public la véritable nature de l'incident.

*
**

Greta Dauman regarda avec dégoût la semelle d'une chaussure de son mari, imprégnée d'une sorte de pellicule jaunâtre et visqueuse. De sa cuisine, elle cria :

– Dans quoi as-tu marché encore, *Grumpy* !

Il suffisait qu'il y ait *une* crotte de chien sur le trottoir pour que son mari marche dedans...

Ce dernier, installé devant la télé du living pour les *news* de sept heures, répondit :

– Je n'en sais rien. Laisse ça, je nettoierai plus tard !

Greta Dauman, d'origine hollandaise, avait la manie de la propreté. Elle prit un chiffon et un racloir et entreprit de nettoyer la semelle. Moins de trois minutes plus tard, elle eut l'impression que sa vue se brouillait. Elle posa la chaussure, en proie à des sensations bizarres. Brutalement, il faisait très chaud, il lui semblait que l'air se raréfiait. Elle se mit à respirer péniblement. Puis une douleur atroce lui traversa la poitrine et elle se figea, tentant d'appeler sans y parvenir.

Elle voulut descendre de son tabouret, mais glissa sur le sol où elle demeura immobile, asphyxiée comme un poisson hors de l'eau.

*
**

– Nous demandons instamment à toutes les personnes s'étant trouvées aujourd'hui sur la Sixième Avenue, entre la 48e Rue et la 52e Rue, à partir de quatre heures du soir, de se faire connaître au numéro suivant...

Un numéro apparut sur l'écran, en incrustation : 800-05505050.

Le présentateur de CBS continua, d'une voix grave et tendue :

– Ne perdez pas une minute. Vous êtes en danger de *mort*. Ne bougez pas, ne faites rien. Une équipe médicale sera chez vous quelques minutes après votre appel. Ne paniquez pas : il s'agit d'un accident dû à un produit chimique extrêmement nocif.

John Dauman se demanda s'il ne s'agissait pas d'une pub astucieuse, pendant quelques secondes... Il zappa sur la 6, puis sur la 9. Sur les trois networks ABC, CBS et NBC, le même message était lu par le présentateur du journal. Celui de CBS, ayant terminé, précisa que le message serait diffusé toute la soirée, aux heures et aux demi-heures.

Alors que l'on passait aux nouvelles locales, John Dauman réalisa brutalement que vers quatre heures, il avait traversé la Sixième Avenue, juste après un accident de la circulation qui avait immobilisé un taxi au milieu de la chaussée. Il était même passé tout près d'un blessé allongé au bord du trottoir, et il avait marché dans de l'huile. Inquiet, il baissa le son de la télé et appela :

– Greta !

John Dauman appela une seconde fois, sans plus de résultat. Une angoisse horrible lui coupa soudain le souffle. Pris d'un affreux pressentiment, il sauta de son fauteuil et se précipita dans la cuisine.

CHAPITRE II

Campée sur la scène du *Staatsoper* de Vienne, une corpulente chanteuse polonaise déguisée en Japonaise hurlait en italien les malheurs de Mme Butterfly pour un public autrichien béat d'admiration. La salle était comble. Au fond de sa loge, Malko bâilla discrètement. L'opéra l'ennuyait à mourir. Il ne se serait jamais trouvé là sans l'invitation de sa voisine, la vicomtesse Anna von Neurath, qui lui rendait ainsi une invitation à dîner au château de Liezen.

Il tourna la tête vers elle et, comme si elle avait senti son regard, elle en fit autant, lui adressant un sourire dans la pénombre. De nouveau, il éprouva un petit choc agréable à l'épigastre. La bouche de la jeune vicomtesse, énorme, pulpeuse, d'un rouge profond, semblait n'exister que pour avaler tous les sexes de la terre. Malko en oublia les glapissements de la cantatrice et se pencha vers le décolleté époustouflant de sa voisine.

– Merci de m'avoir invité à ce merveilleux spectacle ! dit-il à mi-voix.

Ils devaient être trois, mais le cavalier d'Anna von Neurath avait été retenu. Du coup, il n'y avait dans la loge, séparé d'eux par deux sièges vides, qu'un couple âgé qui ne quittait pas la scène des yeux. Les loges de l'opéra de Vienne étant plutôt spacieuses, ils étaient invisibles de l'extérieur.

– J'ai beaucoup apprécié votre dîner, l'autre soir, répondit sur le même ton Anna von Neurath.

– Vous étiez absolument ravissante ! répliqua Malko. Vous m'avez ébloui !

En l'absence d'Alexandra, la fiancée de Malko, la vicomtesse von Neurath était effectivement la plus jolie femme de ce dîner.

Veuve depuis peu à la suite d'un malencontreux accident de chasse, elle s'était rendue à Liezen escortée d'un jeune homme au regard flou de myope, aux cheveux rares et au menton fuyant, qu'on ne pouvait imaginer dans son lit sans un sursaut de dégoût. Cependant, cet intéressant garçon, propriétaire d'une grosse entreprise de décoration à Vienne, avait semblé s'intéresser davantage à son hôte qu'aux femmes présentes. En dépit de cette escorte dénicotinisée, toutes les invitées de Malko avaient immédiatement repéré en Anna von Neurath une sulfureuse salope, et aussitôt érigé une invisible barrière entre elles et l'intruse.

Ses courts cheveux noirs avaient beau être sagement bouclés, le regard de ses yeux en amande pudiquement baissé, ses rivales n'avaient voulu voir que sa bouche provocante, le haut de dentelle noire qui ne laissait rien ignorer de sa poitrine épanouie. Sa taille minuscule serrée dans une sorte de justaucorps d'où s'évasait une *très* courte jupe en faille noire découvrant la plus grande partie de ses jambes fuselées.

Assez petite en dépit de talons aiguilles démesurés, la jeune veuve avait paru ignorer les sentiments contrastés qu'elle suscitait. Dès l'instant où Malko lui avait baisé la main, il avait eu violemment envie d'elle. Hélas, le protocole exigeait qu'il place à ses côtés deux respectables châtelaines de Haute-Autriche, et il avait dû se contenter d'échanger quelques regards avec Anna von Neurath. Plus tard, en lui faisant déguster un *long drink,* Gaston de Lagrange VSOP et Perrier, il avait pu se rapprocher d'elle et engager la conversation. La jeune veuve lui avait alors confié qu'elle songeait à retourner bientôt dans son pays d'origine. Anna était née à Tahiti, elle était le fruit de différents croisements qui avaient produit ce qu'elle était, une véritable petite bombe sexuelle. Elle s'était esquivée trop vite pour qu'il ait le temps de lui faire vraiment la cour.

Aussi, c'est avec un picotement d'excitation qu'il avait reçu son invitation à l'opéra. Hélas, les choses ne semblaient guère mieux engagées : ils devaient ensuite retrouver des amis de la jeune femme pour dîner au *Sacher*.

Un tonnerre d'applaudissements fit sursauter Malko : la fin du premier acte. Ils gagnèrent un des grands salons aux lustres de cristal et Anna soupira.

– Je boirais bien un « White Lady » : Cointreau, gin et citron.

– Je vais vous en chercher un, s'empressa Malko. Installez-vous.

La jeune femme s'assit dans un des fauteuils du fumoir et croisa les jambes d'un geste gracieux, assez haut pour qu'il aperçoive fugitivement une bande de peau blanche au-dessus des bas. Il fonça au bar et revint avec le cocktail et une coupe de Taittinger Comtes de Champagne, blanc de blancs 1988 pour lui. Ils trinquèrent. La jeune vicomtesse sortit de son sac du soir un paquet de Gauloises blondes, en prit une que Malko alluma avec le Zippo gravé à ses armes offert par la CIA. De nouveau, Anna décroisa et recroisa ses jambes. Cette fois, son regard plongea dans celui de Malko. Un véritable appel au viol, au milieu de la foule caquetante, sous la lumière violente des lustres. Frustrant...

La sonnerie annonçant le deuxième acte retentit et ils regagnèrent leur loge. Leurs voisins s'y trouvaient déjà, soucieux de ne pas manquer une seconde du spectacle. La replète cantatrice reprit la litanie de ses malheurs. Malko avait une heure devant lui.

Cinq minutes s'écoulèrent. Il se demandait quoi faire lorsque sa voisine se tourna vers lui et chuchota :

– J'ai l'impression que vous ne voyez pas toute la scène. Venez plus par ici.

Malko n'aurait rien aperçu de la scène qu'il ne s'en serait pas formalisé. Cependant, il rapprocha sa chaise, la collant presque à celle d'Anna von Neurath. Celle-ci reprit à voix basse :

– Attention, vous coincez ma jupe.

Aussitôt, il passa la main entre les deux chaises et tira sur la faille noire, sentant sous sa paume le serpent d'une jarretière. Le tissu dégagé, il laissa sa main sur la cuisse. Anna von Neurath, le regard rivé sur la scène, fit comme si elle ne sentait rien. Malko demeura strictement immobile, retenant son souffle pour ne pas rompre le charme.

Puis il commença à bouger les doigts très lentement, allant et venant sur la faille noire. Toujours pas de réaction. Il s'enhardit, remonta un peu, puis s'aventura entre les cuisses qui, soudain, s'ouvrirent légèrement, comme pour l'encourager. Devant eux, le couple se joignit aux applaudissements qui saluaient une longue tirade.

Quand le silence revint, il sembla à Malko qu'Anna respirait plus vite. Sa main était plaquée très haut entre ses cuisses, presque à la hauteur de son sexe. Il se pencha et chuchota :

– Cela vous plaît ?

– Beaucoup, fit-elle en tournant la tête.

S'agissait-il du spectacle ou de ce qu'il lui faisait ? Il privilégia la seconde hypothèse et avança sa bouche vers celle de sa voisine. Anna la lui offrit un instant, mais très vite se détourna, un doigt sur ses lèvres, désignant d'un regard le dos de leurs voisins.

– Attention !

Elle éloigna son visage, reportant son attention sur la scène. Malko sentait son ventre s'embraser dans des proportions inquiétantes. N'hésitant plus, il retira sa main de la jupe, descendit jusqu'aux genoux ronds et la faufila *sous* la faille noire. Il remonta très vite le long du bas jusqu'à la peau tiède et moite, puis effleura une dentelle humide. Anna von Neurath émit un bref soupir et ouvrit les cuisses, glissant légèrement sur son siège. Même si leurs voisins se retournaient, ils ne verraient rien, les chaises vides entre eux masquaient leur manège.

Très vite, Malko contourna la dentelle et se mit à caresser Anna avec douceur. Elle se laissa faire et sa main alla même se poser sur le pantalon de smoking de Malko, comme pour vérifier son émoi. Ses doigts à lui se démenaient si bien que la jeune femme fut soudain secouée d'une série de petits spasmes accompagnés de soupirs.

Nouvelle salve d'applaudissements, comme pour saluer cet orgasme clandestin. Anna von Neurath ne semblait plus s'intéresser qu'au spectacle. Frustré, Malko libéra discrètement son membre durci, prit la main gauche d'Anna et la posa dessus. Malgré l'indifférence apparente de la jeune veuve, ses doigts se refermèrent autour de la colonne de chair et entamèrent une masturbation aussi discrète que savante. Malko se dit qu'Anna ne s'en tirerait pas à si bon compte. Délicatement, il lui caressa la nuque, puis, avec fermeté, la força à incliner la tête dans la direction voulue. Anna von Neurath ne résista qu'un instant. De toute façon, la proximité des mélomanes du premier rang l'incitait à la retenue.

Au moment où la grosse bouche l'engloutit, Malko crut défaillir de bonheur. C'était toujours merveilleux de réaliser un fantasme. Surtout en plein opéra de Vienne.

L'extrémité gonflée de son membre allait atteindre la glotte de sa vestale lorsqu'une sonnerie, étouffée mais néanmoins intempestive, se déclencha ! Malko mit quelques fractions de seconde à réaliser qu'elle émanait de son portable, abrité dans la poche intérieure de son smoking ! Anna s'était déjà redressée comme un ressort, l'abandonnant à son triste sort. L'homme assis au premier rang se retourna et lança à mi-voix, indigné :

– *Ruhe, bitte !* (1)

Malko parvint à extraire le portable de sa poche et appuya sur la touche appropriée.

– Mister Linge ? demanda une voix féminine à l'accent indiscutablement américain.

– *Speaking,* répondit Malko à voix basse.

Il calcula rapidement qu'il était quatre heures de l'après-midi à Washington, donc à Langley, berceau de la *Central Intelligence Agency.* Quel était le bureaucrate assez audacieux pour lui gâcher sa soirée culturelle ? Il se rajusta hâtivement et se glissa hors de la loge, afin de ne pas indisposer davantage ses sourcilleux voisins.

– Malko ! lança une voix dans le portable. C'est Howard Allenwood. Je vous dérange ?

Howard Allenwood, *deputy-director* de la Division des Opérations de la CIA, avait été nommé deux mois plus tôt par John Deutch, le nouveau patron de l'agence. Malko l'avait déjà rencontré lorsqu'il était chef de station, puis responsable du *Middle-East Desk.* Un excellent professionnel qui parlait plusieurs langues et appréciait les qualités de chef de mission de Malko.

– Pas du tout, fit ce dernier, j'étais en train d'assister à un spectacle ennuyeux. Que puis-je faire pour vous ?

– Vous avez un peu regardé CNN ces temps-ci ? demanda l'Américain.

– Oui, fit Malko sans se compromettre.

– L'incident de New York, sur la Sixième Avenue, cela vous dit quelque chose ?

– Pas trop, avoua Malko.

Les médias avaient tous parlé d'un accident au cours duquel plusieurs personnes avaient trouvé la mort, trois jours plus tôt. Un véhicule s'était renversé, répandant un produit chimique extrêmement dangereux qu'il transportait. Peu de détails avaient filtré, l'affaire tombant sous le

(1) Silence, s'il vous plaît !

coup du *secret-defence* américain. Trois jours plus tard, on n'en parlait plus.

– Je comprends, dit Howard Allenwood. Mais vous ignorez de nombreux éléments de cette affaire. En réalité, nous nous trouvons devant un problème extrêmement préoccupant.

– Vos amis du FBI doivent être à même de le résoudre, avança Malko.

Le FBI était, en principe, seul compétent sur le sol américain.

– C'est un petit peu compliqué, expliqua l'Américain. Il y a quelques « adhérences extérieures »...

En langage clair, cela signifiait l'implication d'éléments étrangers dans l'affaire. Mais de toute évidence, l'Américain ne souhaitait pas s'attarder sur le sujet.

– Cela s'étend jusqu'ici ? demanda Malko qui faisait les cent pas dans la coursive déserte et n'avait qu'une envie : aller reprendre ce qu'il avait si bien commencé...

– Non, corrigea l'Américain. C'est à New York que cela se passe. Il faudrait que vous veniez le plus vite possible.

Peu à peu, le ton badin du début avait fait place à une fermeté à peine dissimulée. La CIA considérait, hélas, son barbouze hors cadre, le prince Malko Linge, comme taillable et corvéable à merci. Elle ne lésinait pas, il est vrai, sur des émoluments qui lui permettaient de mener une vie digne de son rang. Jusqu'au jour où tout cela s'arrêterait brutalement.

– Bien, se résigna Malko. Je vais faire une réservation pour demain matin. Ce soir, il n'y a plus de vol.

– Un Falcon 500 vous attend à Schwechat, annonça paisiblement Howard Allenwood. Il vous déposera à Paris où vous pourrez prendre demain matin le Concorde d'Air France pour New York. Vous serez à New York à huit heures. Je sais que vous venez de passer quelques jours à Vienne. Vous avez donc ce qu'il vous faut avec vous...

Malko maudit Elko Krisantem, son maître d'hôtel turc, ex-tueur à gages, d'avoir été trop bavard. Il était coincé. Furieux, il précisa :

– Je suis à l'opéra, puis-je au moins regarder le deuxième acte ?

– *Of course,* affirma le *deputy-director* de la Division des Opérations. A Schwechat, demandez Interflug. Je vous dis à demain. Bonne soirée.

Malko replia son portable, ivre de rage. Dans vingt-cinq minutes, Mme Butterfly se faisait hara-kiri. Il regagna la pénombre de la loge. Anna von Neurath se retourna aussitôt.

– Ce n'était pas un ennui ?

– Non, non, affirma Malko, en emprisonnant un sein rond dans sa main.

Cette fois, il n'y alla pas par quatre chemins. Ses doigts se faufilèrent partout et il s'empara à nouveau du sexe de la jeune femme, toujours dans d'aussi bonnes dispositions. Lui-même ne tarda pas à retrouver toute sa vigueur, entre les doigts d'Anna. Elle chuchota, la voix rauque :

– Il est bien dur. Vous avez envie que je vous suce ?

Le ton était encore très mondain, mais la bouche, quand elle se referma autour de lui, était celle d'une habile putain. Il en frémit à faire craquer sa chaise, pesant sur la nuque d'Anna pour qu'elle l'engloutisse plus profondément.

Soudain, alors qu'il sentait la sève monter de ses reins, une idée folle lui passa par la tête. Le couple devant eux était si bien accaparé par le triste destin de Mme Butterfly que l'opéra aurait pu s'écrouler, ils n'auraient pas tourné la tête. Malko écarta la bouche qui l'aspirait avec une lenteur savante, il souleva Anna de sa chaise, la mit debout, puis se glissa à sa place. Ecartant jupe et dentelles, il l'assit de force sur lui et, après quelques tâtonnements, l'empala d'un seul coup jusqu'à la garde !

La jeune femme ne put réprimer un cri bref sous cet

assaut brutal. Le souffle coupé, elle eut la présence d'esprit d'applaudir au moment où leur voisin se retournait, intrigué. Il ne vit qu'une mordue, comme lui...

Dans l'ombre, Malko, les mains crispées sur les hanches de la jeune femme, la faisait coulisser sur son membre tendu. Son orgasme coïncida avec une montée en puissance de l'orchestre et il n'eut même pas à retenir un cri étranglé. Les parois secrètes de sa partenaire se resserrèrent autour de lui convulsivement. Elle jouissait aussi.

Trente secondes plus tard, ils étaient sagement rassis. Quand la lumière se ralluma, Anna von Neurath se tourna et dit à haute voix :

– J'ai beaucoup aimé ! Et vous ?

– Moi aussi, affirma Malko. Vous m'avez réconcilié avec l'opéra. Hélas, j'ai un empêchement pour la suite de la soirée. Je suis contraint de partir.

– Maintenant ? Mais nous n'avons même pas dîné !

Il lui prit les mains et les baisa l'une après l'autre.

– J'aurais donné n'importe quoi pour continuer la soirée avec vous.

– Très bien, fit-elle plutôt sèchement. Déposez-moi chez moi.

Il alla récupérer sa Rolls au garage souterrain de l'opéra. Anna von Neurath ne desserrait plus les lèvres. Vingt minutes plus tard, il l'arrêta devant un immeuble cossu.

– Bonsoir ! lança-t-elle sans même l'embrasser.

Elle ne se retourna pas avant d'entrer dans son immeuble. Malko la regarda disparaître avec une pointe de mélancolie. Anna von Neurath était douée pour l'amour comme d'autres pour le piano, et la CIA le privait d'une soirée qui aurait sûrement été inoubliable.

Il redémarra et fila vers les quais du *Donau Kanal* pour rejoindre l'aéroport de Schwechat par l'autoroute de Budapest. Peu à peu, l'image de la jeune femme s'estompa de son esprit et il se demanda pourquoi la CIA avait tellement besoin de lui à New York.

CHAPITRE III

– L'*incident* de la Sixième Avenue a causé la mort de dix-huit personnes. Du moins, celles qui ont été recensées comme telles. Il n'est pas impossible que certains autres décès liés à cette affaire aient été attribués à une cause naturelle. Mais nous n'avons pas voulu rajouter à l'affolement général.

Howard Allenwood parlait d'une voix monocorde, le regard posé sur Malko. Avec ses lunettes d'écaille, sa raie sur le côté, son costume rayé sur un gilet et ses traits sans grand relief, il ressemblait à un vieux professeur d'université un peu guindé, un peu hors du temps. Pourtant, comme numéro deux de la Division des Opérations, il était en charge des activités clandestines les plus pointues de la CIA.

Quarante-cinq minutes plus tôt, le Concorde d'Air France avait déposé Malko à JFK Airport, à huit heures pile, heure de New York. Il était plein d'Européens de toutes nationalités bénéficiant de la réorganisation des correspondances mises en place à CDG par Air France. Un dossier de presse à propos de l'« incident » de la Sixième Avenue, remis par un « courrier », à Roissy, ne lui avait pas appris grand-chose. Le produit mortel n'était pas encore identifié, pas plus que le responsable de l'accident.

Malko avait été étonné de trouver, à la coupée du

Concorde, Howard Allenwood dans une Buick noire. Normalement, celui-ci ne quittait pas Langley. Un autre fonctionnaire de la CIA se trouvait en sa compagnie, qu'Allenwood avait présenté à Malko : Jim Kirn, directeur de la National Ressources Division et chef de la station de New York. Un homme blond au front haut et au visage empâté, éclairé par de superbes yeux bleus. En présence du chauffeur, pourtant lui aussi de la CIA, les trois hommes n'avaient échangé que des banalités jusqu'au building de la Panam, sur Park Avenue, qui abritait le QG de la CIA à New York : tout le dix-septième étage, sous couvert du *Department of Commerce.* Jim Kirn les avait rapidement abandonnés, pour cause de réunion.

– Quelle est l'explication de ces décès ? demanda Malko.

– Des émanations de gaz sarin, annonça Howard Allenwood.

– Comme à Tokyo ?

Le 22 mars 1995, des membres de la secte japonaise Aoum avaient répandu dans le métro de Tokyo un gaz mortel qui avait fait une vingtaine de morts et plus de six cents blessés. La presse avait accusé la secte d'avoir utilisé du sarin, gaz de combat mortel mis au point par les Allemands en 1938 et fabriqué depuis par divers pays.

– Pas comme à Tokyo... corrigea l'Américain. Là-bas, nous avons la conviction qu'il s'agissait d'ypérite.

– Et d'où venait le sarin ?

– Je vais vous l'expliquer, mais d'abord, revenons à Tokyo.

Le représentant de la CIA tira sur son gilet avant de s'asseoir face à la grande baie vitrée qui offrait une vue imprenable sur l'immeuble des Nations unies, au bord de l'East River.

Bien que n'opérant pas officiellement sur le territoire des Etats-Unis, la CIA possédait des bureaux dans la plupart des grandes villes américaines. A New York, elle avait toujours partagé l'exploitation des *sources* des Nations unies avec une section du FBI. Entre les *access agents* et les *case officers,* la *Company* comptait bien une centaine d'employés, répartie dans plusieurs bureaux, tous clandestins. Malko connaissait plusieurs de ces *safe-houses.* Pour les contacts ponctuels, cependant, la CIA n'hésitait pas à louer des suites au *Waldorf Astoria,* qui assurait une discrétion parfaite...

Howard Allenwood prit une cigarette et l'alluma avec un Zippo aux armes de la CIA.

– Après l'attentat du métro de Tokyo, en mars dernier, dit-il, nous avons demandé une étude au Dr Matthew Meselson, un expert, le meilleur spécialiste au monde pour la composition, la production et l'emploi des gaz mortels à usage militaire. Il est persuadé que les Japonais n'ont pas dit la vérité. Si les terroristes avaient utilisé du sarin, des milliers de victimes auraient souffert d'un symptôme connu sous le nom de *myosis,* qui entraîne le rétrécissement des pupilles et l'incapacité de voir dans l'obscurité. C'est ce qui arrive dans le cas d'un *très* léger empoisonnement au sarin. De plus, les symptômes relevés à Tokyo – saignements de nez, de la bouche – ne correspondent pas aux effets du sarin. Enfin, si ce gaz avait été répandu dans le métro, il n'y aurait pas eu quelques morts, mais au minimum plusieurs centaines...

– Comment êtes-vous certain qu'il s'agit bien de sarin, dans la Sixième Avenue ?

– Les symptômes d'abord, tels que les ont décrits des témoins. D'abord un trouble de la vue dû au rétrécissement de la pupille, ensuite, des tremblements, des convulsions, puis le blocage du système respiratoire et cardiaque... Le processus fatal est très rapide, seulement quelques minutes.

– C'est effrayant, remarqua Malko.

Howard Allenwood fit la grimace.

– Oui, le sarin est une des pires saloperies inventées

par l'espèce humaine. D'abord, il est facile à fabriquer, avec du trichlorure de phosphore et de la fluorine. Il est inodore et incolore, et se conserve très bien dans de simples récipients métalliques, à condition qu'ils soient étanches. Le sarin se présente le plus souvent sous la forme d'un liquide jaune et visqueux, un peu comme de l'huile. Il est très volatile, encore plus lorsqu'on y ajoute un solvant, comme de l'acéto-nitrile. Dès que le sarin liquide est en contact avec l'air, il s'évapore, plus ou moins vite selon la température. Plus il fait chaud, plus cela va vite... Et il est épouvantablement toxique. Il suffit de vingt-cinq milligrammes dans un mètre cube d'air pour que l'inspiration de cet air soit mortelle.

– Mais comment agit-il ? demanda Malko, impressionné.

– C'est ce qu'on appelle un organo-phosphoré, expliqua l'Américain. Il pénètre dans l'organisme, soit par contact avec la peau, soit par la respiration. Dans les deux cas, il s'attaque à l'enzyme qui transmet l'influx nerveux, l'acétylchlorinistase, et le détruit. Le cerveau ne peut plus transmettre d'ordre ; le sarin provoque une sorte de court-circuit nerveux.

– Il n'y a pas de défense ?

– Si, l'atropine. Toutes les combinaisons ABC comportent des seringues d'atropine qu'il faut injecter dans la première minute de la contagion. Ou alors un masque à gaz avec un filtre à charbon spécial.

Tout cela était abominable...

– D'où venait le sarin de la Sixième Avenue ? interrogea Malko.

– Il était transporté dans un récipient métallique, par un homme qui a été renversé par un taxi. Le récipient s'est ouvert et son contenu s'est répandu sur la chaussée. Il s'est ensuite évaporé, activé par une fuite de vapeur proche, et a touché ceux qui se trouvaient là... Un homme en a ramené à la semelle de sa chaussure et sa femme est morte en la nettoyant. Un bus a roulé dans du sarin et en a ramené au dépôt, collé à ses pneus. Trois personnes chargées de l'entretien sont mortes.

– Avec un pouvoir de destruction aussi effroyable, remarqua Malko, comment n'y a-t-il pas eu beaucoup plus de victimes ?

– *Thanks God !* Ce jour-là, il faisait très froid, ce qui a ralenti l'évaporation. Un peu de liquide est resté dans le récipient et ce qui a été renversé sur la chaussée a été partiellement absorbé par l'asphalte. Hélas, tous ceux qui se sont approchés de cette zone-là et en ont respiré sont morts. Cela se serait produit en été, par grand vent, il y aurait eu des centaines de victimes. Même à l'heure actuelle, nous ne sommes pas certains qu'il ne reste pas des molécules de sarin sur les façades d'immeubles. Dans la campagne, cette saloperie se dépose sur les feuilles, comme de la rosée, et reste dangereuse très longtemps.

– Qu'est devenu l'homme qui transportait le récipient ?

– Il est mort, dit l'Américain, suite à sa chute. Fracture du crâne.

– Et que savez-vous de lui ?

– Il avait des papiers au nom de Serguei Artemiev, né à Donetz, en Ukraine, le 8 janvier 1955. Emigré aux Etats-Unis en 1990. Il se disait ancien boxeur et survivait, d'après l'enquête du FBI, en exerçant des petits jobs. Il était souvent utilisé comme videur par un restaurant-boîte de nuit de Brighton Beach, le *Paradise,* où il touchait cent dollars par jour plus la nourriture. Il habitait seul dans un petit appartement, au 15, Jaffrey Street, à Manhattan Beach. On pense que lorsqu'il a eu son accident, il arrivait de Brooklyn par la ligne D du métro. Il y a une sortie à quelques mètres de l'endroit où il a été renversé, vers quatre heures de l'après-midi.

– Le FBI n'a rien trouvé de plus ? s'étonna Malko.

– La ROC (1) Squad ne travaille que là-dessus depuis quatre jours, avoua Howard Allenwood. Serguei Artemiev était lié à différents gangs ukrainiens sévissant dans le quartier de Brighton Beach, tout au sud de Brooklyn. Ce que nous appelons Little Odessa, à cause des cent mille Ukrainiens et Russes qui y vivent depuis une douzaine d'années. Des juifs fuyant l'URSS d'abord, et ensuite des émigrés « économiques ».

– Il était connu de la police ?

– Oui. Comme homme de main. Il a été soupçonné d'un meurtre devant le café *Arbat,* dans Brighton Beach Avenue. Un règlement de comptes lié à une extorsion de fonds. Il a été interrogé par les détectives du 61e Precinct. C'était il y a un an environ. Pas de preuves, pas de témoins : on l'a relâché, mais le dossier est toujours ouvert.

– Il habitait seul ?

– Oui. L'enquête d'environnement du FBI n'a rien donné, mais elle continue. Nous n'avons qu'un élément : sur le récipient qui contenait le sarin, il y a d'autres empreintes digitales que les siennes. On les a confrontées à tous les fichiers informatiques, sans résultat.

– Donc, conclut Malko, cet Ukrainien débarque du métro avec un récipient contenant du sarin et se fait renverser par un taxi. C'est tout ?

Howard Allenwood leva les yeux au ciel.

– Hélas non ! Sinon vous ne seriez pas là. Nous avons trouvé sur lui le plan de la climatisation d'un building de la Sixième Avenue, celui du Crédit Lyonnais, à deux blocs à peine de la sortie du métro. Le système se trouve tout en haut du building et alimente les quarante-cinq étages en air chaud ou froid, selon la saison. L'enquête du FBI a révélé qu'Artemiev avait travaillé trois mois là-bas, pour un remplacement. Donc, il connaissait les lieux.

(1) Russian Organized Crime.

– Vous voulez dire qu'il s'apprêtait à faire passer du sarin dans les conduits de climatisation ? demanda Malko.

L'Américain acquiesça.

– Tout à fait. C'est très facile. Il suffit de placer le récipient ouvert en face de la grille qui protège la pompe aspirant l'air dans le système. Ce building est haut d'environ cent mètres, large de trente-cinq, ce qui fait en gros un volume de cent vingt-cinq mille mètres cubes. Pour rendre cet air mortel pour tous ceux qui le respirent, il suffit de deux kilos et demi de sarin... Comme l'air est renouvelé entièrement tous les quarts d'heure, c'est le laps de temps qu'il faut pour tuer tous les occupants du building.

Malko en demeura muet quelques secondes. Puis il demanda :

– Lui ne risquait rien ?

– Il avait sur lui des gants en caoutchouc et un masque à gaz avec un filtre spécial, pour éviter d'inhaler le sarin au moment où il ouvrirait le récipient. Ensuite, il lui suffisait de descendre par un escalier de secours non climatisé.

– Il n'y a aucun contrôle d'accès ? s'étonna Malko.

– Si, mais facile à déjouer, il suffit de se présenter comme technicien de l'entretien. C'est comme cela partout...

Un lourd silence s'établit dans le bureau. Malko regardait les volutes de fumée crachées par les quatre cheminées de la centrale thermique de Manhattan, au bord de l'East River. Une grande ville comme New York était infiniment vulnérable à ce genre d'attentat. On se focalisait sur le nucléaire, mais un kilo de sarin était plus facile à transporter qu'une bombe atomique, même miniaturisée.

– Ce chauffeur de taxi a donc involontairement évité une catastrophe, conclut-il.

– Il en est mort ! soupira Howard Allenwood. De toute façon, il ne nous aurait rien appris. Il s'agit d'un banal accident de la circulation. Si la nuque de Serguei Artemiev n'avait pas heurté le trottoir, il s'en tirait avec des contusions...

– Pourquoi, à votre avis, voulait-il « gazer » ce building ? Une vengeance ? Un acte de folie ?

Howard Allenwood lui lança un regard chagriné.

– Si c'était cela, je ne vous aurais pas arraché à votre Autriche. Lisez ceci.

Il sortit de son attaché-case une feuille de papier protégée par une enveloppe de plastique transparent et la tendit à Malko.

Celui-ci examina le document. Il était écrit à la main et en lettres capitales :

« Nous vengeons les patriotes serbes innocents tués par les bombes américaines. Si les troupes américaines ne quittent pas la Bosnie, nous frapperons de nouveau. »

En en-tête, il y avait une sorte de sceau : un aigle à deux têtes, tenant dans ses serres deux sabres entrecroisés, au-dessus d'une devise : « Pour les Serbes. Pour Dieu. »

Malko reposa le feuillet sur le bureau. Confondu. Ainsi, il s'agissait d'une tentative d'attentat *politique.* Ce n'était nullement l'œuvre d'un illuminé.

– Où avez-vous trouvé ce document ?

– Dans la poche de Serguei Artemiev.

*
**

Malko demeura silencieux quelques instants. De ses passages en ex-Yougoslavie, il avait acquis la certitude que les Serbes de Bosnie étaient capables de tout. Spécialistes ès génocide, ils n'en étaient pas à une horreur près. Mais leurs atrocités s'étaient jusqu'ici cantonnées à l'ex-Yougoslavie.

– Cette organisation s'est déjà manifestée ? demanda-t-il.

L'Américain secoua la tête.

– Jamais. Evidemment, nous avons interrogé toutes les banques de données, tous nos homologues, à commencer par les gens de Yasnovo (1). Le FBI a maintenant une antenne à Moscou. Ils sont tombés des nues... Ici à New York, la ROC Squad du FBI a enquêté sans résultat. De plus, jamais Serguei Artemiev n'a eu d'activités politiques. C'était un petit voyou, comme il y en a des centaines dans ce coin.

– Ce ne serait pas une opération de la mafia ukrainienne ou russe ?

Howard Allenwood eut un sourire méprisant.

– *Bullshit !* Il n'y a *pas* de mafia ukrainienne ou russe chez nous. Simplement des petits groupes spécialisés dans l'extorsion de fonds, les escroqueries aux taxes ou le trafic d'héroïne pour le compte de la vraie mafia, l'italienne. De plus, ces gangs ne touchent pas à la politique.

– Pourtant, objecta Malko, Artemiev était déjà un criminel, d'après l'enquête du FBI. Il n'a pas le profil d'un idéologue, soit, mais, pourquoi a-t-il accepté de commettre cet attentat ?

– Le FBI a trouvé cinq mille dollars en billets usagés dans sa chambre, sous une latte de parquet, répondit Howard Allenwood. Probablement son salaire...

– Pour un attentat pouvant provoquer des milliers de morts ?

L'Américain soupira.

– Nous avons affaire à des gens extrêmement primitifs, dénués de sensibilité, et venant d'un univers où la vie humaine ne vaut rien. Il y a un mois, les détectives du 61e Precinct ont arrêté un tueur qui avait abattu un marchand de fruits. Il arrivait de Moscou avec un visa de touriste et appartenait à une des innombrables sociétés de « protection » qui sévissent là-bas. Pour son contrat, il

(1) Siège du FSB, l'ancien Premier Directorate du KGB, dans la banlieue de Moscou.

avait reçu deux mille dollars, plus un billet d'avion en classe éco.

– Les mafias russes n'ont pas de tueurs ?

– Ce n'était pas la mafia, corrigea Howard Allenwood avec un sourire, mais une vieille Ukrainienne établie ici qui faisait des prêts usuraires à cinquante pour cent d'intérêt par mois... Une spécialité russe. Celle-là ne parlait même pas anglais. Alors, pour punir un débiteur défaillant et effrayer les autres, elle s'était adressée au pays...

Un ange passa, la tête couverte d'un foulard de *babouchka*.

– Mais le sarin ? insista Malko. D'où peut-il venir ?

Howard Allenwood leva les yeux, le visage grave.

– Nous n'en avons pas la moindre idée. Il y en a en Allemagne, en Russie, au Moyen-Orient. Les Russes en ont fabriqué des quantités énormes et en ont même vendu aux Irakiens. C'est beaucoup moins surveillé que le matériel nucléaire. Pourtant, le sarin peut se transporter facilement dans des récipients étanches.

– Donc, conclut Malko, celui de la Sixième Avenue pourrait provenir d'ex-Union soviétique ?

– Certainement ! En 1993, la plupart des pays appartenant aux Nations unies ont signé un traité les engageant à détruire les stocks existants, mais personne n'en a vérifié l'application. Et comme la fabrication en est si facile...

– Résumons-nous, proposa Malko. Pour l'instant, la piste s'arrête à un mort, Serguei Artemiev, et à une organisation terroriste dont personne n'a jamais entendu parler.

– Exact.

– Je suppose que vous avez exploré l'autre bout : les commanditaires possibles. Les seuls soutiens extérieurs de la Serbie se trouvent en Russie, dans les milieux ultranationalistes.

– La Maison-Blanche a autorisé notre chef de station de Moscou à poser la question aux gens de Yasnovo. Ils ont juré ne connaître aucune organisation terroriste de ce type. Notre station de Belgrade a fait la même réponse.

– C'est étonnant que le FBI ne trouve rien...

Un sourire méprisant éclaira fugitivement le visage de Howard Allenwood.

– Les *special agents* de la ROC Squad sont des nuls ! Ils en sont à passer des annonces dans *Novoye Russkoye Slovo* (1) pour demander des informations, ou à placarder des affichettes dans les magasins. Ils n'ont pratiquement pas d'informateurs dans les milieux mafieux de Brighton Beach.

– Croyez-vous vraiment aux dénégations du FSB ? interrogea perfidement Malko. Cet attentat pourrait être de la même nature que la tentative de meurtre contre le pape Jean-Paul II. Il gênait l'Union soviétique en Pologne, le KGB a alors sous-traité avec les services bulgares, qui, eux-mêmes, ont recruté chez des voyous turcs qu'ils manipulaient. Ali Agça, l'homme qui a tiré sur le pape, n'avait pas plus de lien avec la religion que cet Artemiev n'en a avec les Serbes.

Howard Allenwood écarta les mains en un geste d'impuissance.

– Cela me paraît hautement improbable que le FSB s'amuse à ce genre de choses, mais on ne sait jamais. Il existe en Russie, jusqu'au niveau présidentiel, une sympathie affichée pour la cause serbe. D'autre part, pour certains milieux militaires et du renseignement, relayés par nombre de responsables politiques, les Etats-Unis sont les fossoyeurs haïs de la puissante Union soviétique.

– En fait, reprit Malko, qu'attendez-vous de moi ? Je peux difficilement faire mieux que le FBI, et je n'ai aucun point de chute à Little Odessa. Il faudrait plutôt aller à Moscou, ou en Bosnie, ou en Serbie.

– J'ai lu attentivement votre dossier, expliqua Howard

(1) Quotidien new-yorkais publié en langue russe.

Allenwood. Entre autres, l'affaire que vous avez traitée à Vienne et à Istanbul, cette livraison d'armes ukrainiennes aux Bosniaques (1). Vous avez rencontré un mafieux ukrainien, un ancien du GRU, Vladimir Sevchenko. Il pourrait être une précieuse source d'informations.

– Peut-être, reconnut Malko ; mais je n'ai plus aucun contact avec lui. J'ignore même s'il est toujours vivant. En tout cas, Vladimir Sevchenko n'est pas un philanthrope. S'il nous aide, il demandera une compensation. Enfin, ce n'est pas un personnage très recommandable, ce que je connais de lui est même assez répugnant.

Howard Allenwood sourit.

– Mon cher Malko, dit-il, à part Jack l'Eventreur et le comte Dracula, la Maison-Blanche nous a autorisés à utiliser *n'importe qui.* Cet attentat manqué est une grave menace pour le pays. Nous lui avons donné le code « Opération Lucifer ». C'est donc une priorité absolue de retrouver ses commanditaires. Ensuite, je vous citerai Mao Tsé-Toung : « On ne demande pas la couleur du chat qui attrape la souris... » C'est à nous d'être prudents. Il n'est pas question de mentionner l'attentat à Sevchenko.

– Que vais-je lui dire, alors ?

– Il faut trouver un fil à tirer ici, à New York. Ce fil existe forcément à Little Odessa, dans le milieu des voyous russes ou ukrainiens. Quelqu'un comme Sevchenko y a sûrement des relations. Dites-lui que nous sommes sur une affaire de contrebande nucléaire... Et promettez-lui de l'argent. Je vous y autorise. Mais le temps presse.

– Vous redoutez un autre attentat ?

L'Américain fixa Malko.

– Le premier ayant avorté, il n'est pas du tout impossible que ces terroristes recommencent et rendent publi-

(1) Voir SAS, n° 119, *Le cartel de Sébastopol.*

ques leurs exigences... Vous imaginez les conséquences politiques pour la Maison-Blanche ?

– Pour les victimes aussi, se permit de remarquer Malko.

Les fonctionnaires ont toujours une vue étroite des choses... Il se leva.

– Je suppose qu'il vaut mieux que je téléphone de mon hôtel...

La CIA lui avait réservé une chambre au *San Regis,* au coin de Fifth Avenue et de la 55e Rue.

– Une voiture va vous y conduire, dit Howard Allenwood. Voici mon numéro ici. Appelez-moi dès que vous avez une réponse.

Il lui tendit un bristol portant plusieurs numéros de téléphone, dont un à Washington qui sonnait à New York.

Dans l'ascenseur, Malko se demanda quel accueil allait lui réserver Vladimir Sevchenko, dit Le Blafard, marchand d'armes et ancien du GRU.

*
**

Comme toutes les chambres des hôtels new-yorkais, celle du *San Regis* était surchauffée. Un sauna. En slip, Malko ouvrit son carnet d'adresses. Le seul numéro qu'il possédait pour joindre Sevchenko était à Odessa. Il le composa et tomba sur un disque donnant un autre numéro : 380 49 291 7659. C'était à Kiev. A la troisième tentative, une voix de femme annonça en russe :

– Ici, Metal Export.

– Vladimir Sevchenko, demanda Malko.

– Le président est occupé, dit la fille. Pouvez-vous me donner votre nom et votre téléphone ? Il vous rappellera.

Ravi, Malko s'exécuta et raccrocha. Vladimir Sevchenko était bien toujours vivant. Mais dans quelles dispositions à son égard ? Il n'eut pas à s'interroger longtemps. Cinq minutes plus tard, son téléphone sonnait.

– Malko ! *My friend ! What a good news !*

La voix de Sevchenko claironnait dans le récepteur, si chaleureuse qu'il se demanda si l'Ukrainien ne le prenait pas pour un autre...

– Très bien, dit-il. Et vous, depuis que nous nous sommes quittés à Istanbul ?

Autant mettre d'emblée les points sur les i.

– Très bien, très bien ! Grâce à vous ! C'est grand bonheur de vous entendre. Vous avez business pour moi ?

– Je voulais un renseignement, dit prudemment Malko.

– Avec plaisir. Quoi ?

– Je suis à New York avec un petit problème d'information. Est-ce que vous connaissez quelqu'un à Brighton Beach ? Un ami à qui on peut poser quelques questions...

Il y eut un long silence. Malko pouvait sentir la déception de son correspondant. Mais Vladimir Sevchenko fit contre mauvaise fortune bon cœur.

– Je réfléchis, promit-il, et je rappelle.

Malko insista :

– Pourquoi pensiez-vous que j'appelais ?

Vladimir Sevchenko ne se fit pas prier :

– *Business.* Vos amis de Washington cherchent le genre de matériel que je vends. Pour leurs amis de Sarajevo. Mais, *nitchevo... Da zvidania.*

Malko se dit qu'il y avait peu de chances qu'il rappelle... Il n'y avait plus qu'à mettre Howard Allenwood au courant. Et lui poser quelques questions sur l'affaire à laquelle Vladimir Sevchenko avait fait allusion.

*
**

– Je ne voudrais pas être indiscret, mais est-ce exact que vous allez vendre des armes aux musulmans bosniaques ? demanda Malko.

Howard Allenwood en resta le Zippo en l'air et en referma le capot sans avoir allumé sa cigarette.

– Comment savez-vous cela ?

– Par Vladimir Sevchenko.

– C'est vrai ! soupira le numéro deux de la Division des Opérations. Cela s'appelle Armageddon Project et c'est en principe *totalement* hermétique.

Howard Allenwood se tut un moment, puis finit par éclairer Malko.

– Il y a une clause secrète dans les accords de Dayton. Nous nous sommes engagés à armer l'armée bosniaque. Nous pensions pouvoir le faire avec *nos* stocks, mais au moment de signer, Itzetbegovic a exigé que nous lui fournissions pour trois cents millions de dollars d'armes du type Pacte de Varsovie (1).

– Trois cents millions de dollars... Le Congrès va hurler.

L'Américain eut un sourire finaud.

– Non. Ce sont les Saoudiens qui paient en grande partie. Ils soutiennent à fond le gouvernement de Sarajevo. Les Turcs sont chargés de les acheter sur le marché et ensuite de les acheminer.

– Vladimir Sevchenko aura entendu parler de cette manne, dit Malko, et il a envie d'en profiter.

– On verra, fit Howard Allenwood avec un geste vague. Il faut d'abord qu'il nous aide.

L'Américain fixait avec une attention exagérée l'acier poli de son Zippo numéroté au sigle de la CIA. Visiblement, il ne tenait pas à faire profiter Vladimir Sevchenko des dollars de la *Company*...

*
**

Le téléphone sonna à sept heures du matin.

– *Dobredin !* lança la voix grave de Vladimir Sevchenko. Je rappelle comme promis.

(1) Fabriquées en Union soviétique.

Il se tut afin de ménager un peu de suspense. Malko se demanda si Sevchenko, qui devait lire les journaux, ne risquait pas de faire le rapprochement avec l'incident de la Sixième Avenue ; de se poser des questions. Cette menace d'un groupe terroriste inconnu puait trop le « faux nez ». Ce genre d'acte n'est jamais le fait d'un isolé ou d'un déséquilibré, tant qu'on ne trouve pas de sarin dans les pharmacies, et l'hypothèse d'un groupe d'illuminés ne le convainquait pas plus. Il sentait la patte d'un grand Service, ou de gens très organisés, avec de l'argent, des connexions et une idée précise.

La voix de l'Ukrainien le ramena à sa préoccupation immédiate.

– J'ai un très bon ami à New York, annonça Sevchenko. Alexis Panenko. Patron du *Rasputin,* restaurant à Brighton Beach. Il connaît tout le monde. Il est prévenu, *Karacho ?*

– *Spasiba bolchoi !* (1) fit Malko, ne regrettant plus d'avoir été réveillé aux aurores.

Il se hâta de raccrocher avant que Vladimir Sevchenko ne lui reparle de la vente d'armes aux Bosniaques.

(1) Merci beaucoup !

CHAPITRE IV

Malko était passé trois fois devant le *Rasputin* sans le voir ! Coney Island Avenue, rectiligne et très large, descendait droit vers la mer, coupant Brooklyn dans toute sa largeur. Des marchands de voitures, des entrepôts, de petites maisons de brique et quelques buildings modernes la bordaient. A partir du croisement avec l'avenue L, les enseignes en cyrillique commençaient à surgir un peu partout, de plus en plus nombreuses jusqu'au croisement avec Brighton Beach Avenue. Là, on se serait vraiment cru dans un quartier populaire russe. Rien n'y manquait, ni les journaux aux titres cyrilliques dans les kiosques, ni les chapelets de saucisses des charcuteries, et partout des enseignes en russe ou en ukrainien, des *babouchkas* emmitouflées sur les trottoirs, des retraités barbus en casquette, des jeunes aux cheveux très courts et au teint clair.

Little Odessa méritait bien son nom...

Conduisant lentement, Malko repéra enfin, au coin de l'avenue X, quelque chose qui ressemblait à un blockhaus. Un grand bâtiment à la façade lie-de-vin, sans la moindre ouverture et de la taille d'un hangar d'aviation, à côté d'un teinturier. Les lanternes de la façade étaient éteintes et un auvent s'avançait au-dessus du trottoir. Les lettres dorées du *Rasputin* étaient presque illisibles, noircies par la pollution comme le numéro, le 2670.

En se garant devant, Malko découvrit que la façade rébarbative était décorée d'énormes plaques de marbre et que la porte était en bronze massif. Un vrai temple de science-fiction ! Il sortit, frissonnant sous le vent glacial de l'Atlantique distant d'un kilomètre. Il avait mis plus d'une heure pour venir de Manhattan dans sa voiture de location. Il était huit heures et demie mais le restaurant semblait fermé. Il s'approcha et aperçut une plaque de cuivre annonçant : *« Yes, we are open. »*

Ce n'était pas évident. La porte s'ouvrit quand il la poussa, découvrant d'abord une petite entrée où, sur un canapé rond, étaient vautrés plusieurs jeunes gens blonds baraqués aux cheveux très courts. Ils scrutèrent Malko, le regard méfiant. Derrière eux s'ouvrait une immense salle au plafond hérissé de projecteurs, au-dessus d'une piste de danse. Au fond, une estrade accueillait un orchestre, alentour, de longues tables étaient dressées à la mode russe. Une mezzanine, comme dans un théâtre, agrandissait encore l'espace. Le vert tristounet des murs évoquait plus un aquarium qu'une boîte de nuit.

Une chanteuse, accompagnée d'un pianiste, se démenait sur l'estrade, chantant en russe. Un des jeunes gens se leva et demanda à Malko, plutôt agressif :

– Vous avez une réservation ?

Il devait y avoir au moins deux cents places vides dans la salle...

– Non, dit Malko, je viens voir Alexis Panenko.

Le nom dérida le cerbère qui s'effaça et montra à Malko un petit escalier descendant au sous-sol.

– Il n'est pas encore arrivé. Déposez votre manteau en bas et vous pourrez l'attendre dans la salle.

En bas de l'escalier, un couloir était encombré d'un jeu vidéo, face à un vestiaire à côté duquel une affiche placardée au mur représentait une blonde vulgaire au physique agressif et au maquillage outrancier. Dessous, une inscription en cyrillique indiquait : *CEKC MO TELEPHONY : 970 2200. 2 $ la minute.* (1)

Il leva les yeux : la fille du poster lui souriait. Les yeux charbonneux, la bouche trop rouge, la poitrine agressive sous un pull noir trop petit...

– *Dobredin !* fit-elle d'une voix roucoulante en le débarrassant de son manteau de vigogne. *Enjoy your evening.*

C'était bien elle... Le sourire adressé à Malko devait bien valoir cinq dollars. Il remonta et fut pris en charge par un garçon à la veste d'un blanc douteux qui l'installa en bordure de la balustrade en bois qui cernait la piste. Seules trois tables étaient occupées et la mezzanine était complètement vide. Non loin de Malko, une table d'une vingtaine de personnes accueillait une bande bruyante et joyeuse qui n'arrêtait pas de porter des toasts au Gaston de Lagrange VSOP allongé de tonic. Trois bouteilles déjà vides gisaient sur la table.

Un couple se leva et gagna la piste. La chanteuse avait fait place à du rock en conserve. L'homme, grand et maigre, très brun, sec comme un os, enlaça la femme, provocante dans une longue robe noire très décolletée. Elle portait de longs gants noirs montant jusqu'au coude, et curieusement, elle avait mis ses bijoux *par-dessus* ses gants : bagues, bracelets et une montre en diamants. Elle se mit à danser, étroitement soudée à son cavalier, presque renversée, en dépit de la musique sautillante. Un autre homme se leva de la table et vint remplacer le grand maigre. La fille en noir s'incrusta immédiatement contre lui de la même façon.

Une fière salope, ou elle avait beaucoup bu...

Malko se pencha sur la carte, en russe et en anglais, et commanda un « lox » (2) et un bœuf Strogonoff à un gar-

(1) Sexe par téléphone.
(2) Saumon fumé.

çon indifférent, ainsi que deux cents grammes de vodka. Comme en Russie, on la vendait au poids.

Dix minutes plus tard, un autre groupe bruyant de très jeunes garçons et filles débarqua et s'installa à la table voisine de la sienne. Les filles en bottes et mini, très maquillées, tout en seins et en hanches ; les garçons, regards perçants et cheveux courts, cou de taureau et épaules larges, en T-shirt de couleur à même la peau sous les blousons. Tous portaient des montres de prix. A peine assis, ils commencèrent à boire. La première bouteille de vodka dura trois minutes montre en main. Ensuite, un des garçons prit dans un seau à champagne une des bouteilles. Malko s'attendait à une pétillante et médiocre production du Caucase. Pas du tout ! Le garçon sortit avec respect une bouteille de Taittinger Comtes de Champagne, blanc de blancs 1988 !

Les bouteilles se succédèrent. Très vite, les filles s'étaient regroupées d'un côté, les garçons de l'autre. Ceux-là ne dansaient pas...

Un quart d'heure plus tard, ils furent rejoints par une fille en cuissardes rouges, emmitouflée dans un vison. Un visage de poupée, une bouche pulpeuse, des yeux très bleus. En provenance directe de la steppe. Sinon qu'elle portait une perruque rouge vif qui déclencha l'hilarité de toute la table.

Elle se débarrassa de son manteau, découvrant un corps aux courbes généreuses moulé par une robe de lainage rouge qui s'arrêtait au sommet de ses cuissardes. Elle se pencha pour embrasser un grand blond en T-shirt noir qui en profita pour glisser une main entre ses cuisses, assez haut pour que personne n'ignore qui était le propriétaire.

A peine assise, elle but coup sur coup deux coupes de Taittinger Comtes de Champagne, blanc de blancs 1988, et se rapprocha de ses copines.

Malko était en train d'écarter l'épaisse couche

d'oignons qui dissimulait son saumon fumé plutôt racorni quand une voix demanda, en russe :

– Vous voulez me voir ?

Un gros homme à l'allure négligée, une casquette de cuir vissée sur la tête, portant un pull col roulé jacquard dont les mailles semblaient prêtes à céder sous la pression de sa bedaine, se tenait à côté de lui. Il avait des mains énormes et rougeâtres, de petits yeux porcins.

– Vous êtes Alexis Panenko ?

– *Da.* Vous êtes un flic ?

Malko lui adressa son sourire le plus désarmant.

– Non. L'ami de Vladimir Sevchenko.

– Ah, c'est vous !

L'Ukrainien attira une chaise et s'assit en face de Malko. Aussitôt, le garçon déposa devant lui un carafon de vodka. Il ressemblait à un paysan du Caucase, ce qu'il était probablement.

– Vladimir m'a téléphoné, dit-il sans sourire. Je vous écoute. Il paraît que vous avez besoin d'un renseignement.

La chanteuse s'était remise à hurler à tue-tête, plusieurs couples virevoltaient à quelques mètres d'eux, et le groupe des jeunes faisait un raffut d'enfer. La discrétion était assurée.

Malko avait réfléchi à la façon d'aborder le patron du *Rasputin* sans l'alarmer. Mais il ignorait ce que Vladimir Sevchenko lui avait *vraiment* dit.

– Je cherche quelqu'un, dit-il. Il paraît que vous connaissez tout le monde à Brighton Beach.

– Qui ?

Alexis Panenko n'avait pas touché à sa vodka mais ses yeux étaient injectés de sang. De temps à autre, il jetait un coup d'œil à la salle et aux nouveaux clients.

– Un certain Serguei Artemiev.

Personne n'ayant révélé l'identité du porteur du sarin, il ne risquait rien. Sauf à tomber sur ses complices.

L'Ukrainien fronça les sourcils, puis laissa tomber :

– C’est pas un ancien boxeur ? Un gros type avec le nez tordu ?

– Tout à fait.

Alexis Panenko frotta son cou épais.

– Je le connais de vue. Je l’ai même employé pour le dépanner. Il picole pas mal. Je crois qu’il travaille régulièrement au *Paradise,* sur Emmons Avenue. Vous êtes allé voir là-bas ?

– Il n’y est plus et il n’est pas non plus chez lui. Personne ne l’a vu depuis plusieurs jours...

L’Ukrainien ôta sa casquette et la remit, découvrant une superbe boule de billard.

– Oh, ces types-là, ça disparaît facilement !

Malko lui décocha un regard glacial.

– Vladimir m’avait dit que je pouvais compter sur vous...

Alexis Panenko demeura de marbre. Sortant un paquet de Gauloises blondes d’une poche de son chandail, il en alluma une avec un Zippo tellement cabossé qu’il semblait être passé sous un camion. Mais il fonctionnait toujours parfaitement. Increvable.

– Je n’aime pas me mêler des affaires des autres, dit-il. Je ne sais pas pourquoi vous voulez trouver Serguei...

– Ce n’est pas pour lui faire du tort, affirma Malko.

On ne risquait plus de lui en faire... Le patron du *Rasputin* médita quelques instants sa réponse puis se leva.

– Je reviens, dit-il.

Il traversa la piste de danse pour aller s’installer à une petite table garnie d’un téléphone, près de l’estrade.

Malko le vit décrocher et engager une conversation. La fille à la perruque rouge passa près de lui pour aller danser avec une copine.

Toutes les chansons étaient russes ou ukrainiennes et les tables reprenaient souvent le refrain en chœur. On ne se serait jamais cru à une heure de Manhattan.

Au bout de dix minutes, Alexis Panenko revint, toujours aussi renfrogné.

– Je ne sais pas où se trouve Serguei, lança-t-il. Personne ne l'a croisé ces jours-ci. Il a peut-être eu un problème et il s'est tiré. Ces types sont des instables. Mais si je le vois, je peux le prévenir. Laissez-moi un téléphone.

Alexis Panenko ne se mouillait pas et Malko bouillait intérieurement. Il se pencha à travers la petite table.

– Je suis déçu ! fit-il. Vladimir m'avait promis que vous m'aideriez.

L'Ukrainien plissa ses petits yeux porcins et sembla réfléchir. Il rota, but un peu de vodka et finalement dit à voix basse :

– Ecoutez, je ne veux pas savoir pourquoi vous cherchez Serguei et je m'en fous. Puisque vous êtes le copain de Volodia (1), je vais quand même vous dire quelque chose. Vous voyez le grand blond derrière vous, avec un T-shirt noir ?

L'amant affiché de la fille à la perruque rouge, constata Malko.

– Oui, acquiesça-t-il.

– *Dobre.* Il s'appelle Arcady Churbanov. C'est un boxeur et un bon copain de Serguei Artemiev. Il l'a connu au Gleason's Gym, dans Front Street, à côté de Brooklyn Bridge. Ils se voient là-bas souvent. Si quelqu'un sait où est Serguei, c'est lui...

– Ce n'est pas la même génération...

– Non, bien sûr, mais Arcady a eu pitié de Serguei, quand celui-ci a dû arrêter sa carrière professionnelle à la suite d'une hémorragie cérébrale. Il traîne souvent au Gleason's Gym et Arcady le dépanne en lui procurant des petits boulots qui l'aident à survivre.

– Vous connaissez bien Arcady Churbanov ?

Le patron du *Rasputin* baissa encore la voix.

(1) Vladimir.

– On se dit bonjour, mais c'est tout. Il est boxeur professionnel. Il a disputé quelques combats et puis, il est arrivé de Russie avec un peu d'argent. Il fait du business. Maintenant, vous vous débrouillez. Ne parlez jamais de moi. Si vous n'étiez pas un copain de Volodia, je ne vous aurais jamais parlé. OK ?

– OK, dit Malko.

Enfin, il avait l'amorce du début d'une piste... Le patron du *Rasputin* lui adressa son premier sourire. Malko aperçut deux hommes qui l'attendaient à sa table. Alexis Panenko se leva.

– Passez une bonne soirée. Vous êtes mon invité. Si vous voyez Volodia, buvez un verre à ma santé. Et si vous voulez passer le réveillon ici, c'est huit cents dollars par personne. Il reste encore quelques places. Beaucoup de gens viennent de Moscou et de Kiev pour l'occasion. *Enjoy !*

Il s'éloigna de sa démarche lourde. Le garçon déposa aussitôt devant Malko le bœuf Strogonoff. Il l'avait à peine entamé qu'une blonde s'approcha de sa table. Celle-là arrivait aussi de la steppe, mais avec un détour par une clinique de chirurgie esthétique. A part les cheveux, tout était faux. Les pommettes remontées avec des implants, la bouche énorme, à mi-chemin entre la daurade et le pneu, les dents d'un blanc qu'on ne trouve pas dans la nature, les seins pointus et raides comme des obus. Une vraie poupée Barbie en kit. Sa longue robe noire ras du cou descendant jusqu'aux chevilles n'arrivait pas à lui donner l'air convenable.

– Bonsoir, dit-elle d'une voix mélodieuse. Je m'appelle Mariana. Alexis m'a demandé de vous tenir compagnie. C'est un peu triste d'être seul, non ?

Voilà ce que signifiait *« enjoy »*. Le patron du *Rasputin* tenait à ce qu'on prenne Malko pour un innocent pigeon. Trente secondes plus tard, le garçon à la veste tachée déposa une bouteille de Taittinger Comtes de Champagne, rosé 1986 sur la table. Cela tombait à pic. Malko n'avait pas envie de quitter le *Rasputin* avant Arcady Churbanov, l'ami de Serguei Artemiev.

*
**

Mariana dansait d'une façon très convenable de la pointe de ses cheveux blonds jusqu'à l'estomac. Ensuite, cela se gâtait. Le tissu fluide de sa robe noire lui permettait de se coller à Malko comme un timbre-poste. Mais un timbre animé de mini-ondulations destinées à muer le Cosaque en rut... La musique s'arrêta et ils regagnèrent leur table.

Mariana prit un paquet de cigarettes dans son sac et aussitôt Malko l'alluma avec son Zippo. Elle le lui ôta des doigts pour regarder les armoiries gravées dans le métal.

– Vous êtes noble ! murmura-t-elle avec respect.

– Et j'habite un château ! plaisanta Malko.

Plus d'une heure s'était écoulée depuis la fin de son dîner. Il n'avait pas dû échanger plus de vingt mots avec Mariana qui se fiait plus à son physique tout neuf qu'à sa conversation pour séduire. Interrogée par Malko sur ses occupations, elle avait vaguement mentionné « culturel exchange » (1). A la table voisine, Arcady Churbanov ne montrait aucun signe de départ. Au contraire : sa fiancée venait de commander une boisson aussi rouge que ses cheveux.

Mariana jeta un regard attristé à la bouteille vide de Taittinger Comtes de Champagne, rosé 1986.

– Il n'y a plus rien à boire, remarqua-t-elle.

– Je crois que je vais rentrer, fit Malko.

Mariana faisait de son mieux, mais il serait aussi bien dans sa voiture à écouter de la musique. Il réclama l'addi-

(1) Echange culturel.

tion, le garçon lui apprit qu'il était *on the house* et il prit le chemin du vestiaire. Mariana le précédait. Elle dit quelques mots à l'oreille de la blonde qui, lorsque Malko s'approcha pour reprendre son manteau, au lieu de le lui donner, souleva la planche où on posait les vêtements et lui fit signe de passer derrière, comme Mariana venait de le faire. Protégé par un rideau, Malko découvrit un coin minuscule, meublé d'une banquette rouge et entouré de glaces. Mariana l'y attendait, sa grosse bouche élastique en batterie. Gentiment, elle le fit asseoir sur la banquette, puis, sans perdre une seconde, se laissa tomber à ses pieds. Son regard remonta jusqu'au sien, presque implorant, tandis qu'elle descendait le zip de son pantalon. Elle engouffra ses deux mains dans l'ouverture, s'activant très vite avec une dextérité qui évoquait la traite des vaches au fond du kolkhoze.

Malko ne put s'empêcher de réagir à cette application touchante. Aussitôt la grosse bouche de daurade l'engloutit d'une seule traite.

Décidément, c'était la loi des séries. Anna von Neurath n'avait qu'à bien se tenir... Mariana se donnait un mal fou, l'enveloppant de sa langue, lui infligeant un vertige de velours. Ce n'était pourtant pas assez. Une voix troubla le silence.

– *Move head ! Move head !* (1)

La blonde du vestiaire avait écarté le rideau et encourageait Mariana. Celle-ci obéit à son injonction et aspira le membre raidi jusqu'au fond de sa gorge, à s'en étouffer, imprimant à sa tête des mouvements de plus en plus rapides. Jusqu'à ce que Malko, ayant relégué le sarin et la CIA très loin, capitule avec un grondement de plaisir. Lorsqu'elle se releva, encore pleine de la semence de Malko, sa bouche énorme semblait presque avoir aug-

(1) Bouge la tête ! Bouge la tête !

menté de volume. Elle disparut sans un mot, son devoir accompli. Effectivement, une forme d'échange culturel.

La blonde tenait respectueusement le manteau de vigogne de Malko et l'aida à l'enfiler. Elle repoussa le billet de cinq dollars dont il voulait la gratifier. Il remonta l'escalier, poussa la porte du *Rasputin* et se retrouva dans le vent glacé. Il alla se garer de l'autre côté de l'avenue, laissa son moteur tourner pour ne pas grelotter et guetta la porte du cabaret.

Il dut patienter presque une heure avant de voir le battant de bronze s'ouvrir sur Arcady Churbanov, escorté de la fille à la perruque rouge. Ils montèrent dans un 4 x 4, une Chevrolet Blazer noir et blanc qui effectua un demi-tour sur Coney Island Avenue avant de prendre la direction du nord.

Malko attendit quelques instants avant de décoller à son tour du trottoir et de la suivre.

*
**

Ils étaient entrés enlacés dans un petit immeuble de brique rouge, juste avant un pont du métro aérien, dans la 16e Rue, au coin de l'avenue L. La Blazer était garée sur le trottoir. Malko vit bientôt s'allumer une fenêtre, au troisième. Il descendit pour examiner l'entrée, surmontée d'un panneau : *Grandview Apartments.* Aucun nom, seulement des numéros d'appartements. Restait la Blazer. Il nota le numéro et repartit.

*
**

La voix de stentor de Howard Allenwood faisait trembler l'écouteur.

– Identification positive ! triompha-t-il. Arcady Churbanov habite bien là où vous l'avez suivi. C'est un boxeur poids lourd. Arrivé aux Etats-Unis il y a un an et demi.

Il a disputé pas mal de combats, mais gagne surtout son argent comme *enforcer* (1). Les flics du 61e *Precinct* le connaissent. C'est un dur, mais il n'a jamais été arrêté, ni même inquiété.

– Et la fille ?

– Novinka Grinenko. Elle est théoriquement chanteuse. S'est produite à l'*Arbat,* au *Rasputin,* au *Kawkas.*

– Rien de politique ?

– Rien. Le FBI ne connaît même pas Arcady Churbanov. On est en train de vérifier son compte en banque.

– Qu'allez-vous faire ?

– On lui a mis le FBI au cul, pour tâcher de prendre ses empreintes, et les comparer à celles du récipient contenant le sarin. Si c'est négatif, on le convoquera quand même pour l'interroger. Si c'est positif, bingo !

– Je crois que vous n'avez plus besoin de moi, remarqua Malko.

– Si, si. Attendez. Il faudra peut-être revoir votre copain du *Rasputin.*

*
**

Arcady Churbanov observa dans la glace du bar les deux hommes assis à une table près de la porte de l'*Arbat.* En apparence, des Russes qui parlaient russe entre eux, et ne se distinguaient en rien des autres habitants de Little Odessa. Seulement, depuis deux jours, il avait l'impression d'être surveillé.

Il se leva, laissant son plat entamé, et se dirigea vers la porte. Dans le petit hall, il gagna le taxiphone accroché au mur et composa aussitôt un numéro. Il eut une brève conversation et raccrocha. Lorsqu'il revint s'asseoir, il appela le garçon et lui demanda l'addition. Tandis que ce

(1) Homme de main.

dernier griffonnait la note, Arcady Churbanov l'interrogea à mi-voix.

– Tu connais les deux types à la table de l'entrée ?

– Non. Mais quand tu t'es absenté, l'un d'eux est venu rôder près de ta table, sous prétexte de regarder les photos au mur. J'ai eu l'impression qu'il voulait piquer quelque chose.

Les murs de l'*Arbat* étaient couverts de portraits encadrés des meilleurs clients en compagnie du patron. Arcady Churbanov ne broncha pas et sourit au garçon.

– Tu peux m'appeler un taxi ? Discrètement.

– *Dobre.*

Ils parlaient russe tous les deux.

Arcady Churbanov se mit à jouer avec un morceau de sucre pour tromper son angoisse. Depuis quelques jours, il s'attendait à des problèmes. Cinq minutes plus tard, le garçon lui adressa un signe discret.

Laissant sa canadienne, le boxeur quitta de nouveau la salle comme s'il allait téléphoner. Mais dès qu'il fut dans le vestibule, il se précipita vers la porte de la rue. Un taxi stationnait. Il y monta d'un bond et jeta au chauffeur :

– A JFK, vite. Je suis en retard.

Le chauffeur, un Ukrainien lui aussi, jeta un regard étonné à sa tenue. Sortir en T-shirt, avec le froid qu'il faisait... Mais ce n'était pas son problème.

– Quel terminal ?

– *International building,* lança-t-il.

Heureusement, il ne se séparait jamais de son passeport, ni de ses cartes de crédit, et il avait en poche assez de cash pour ne jamais être pris au dépourvu. Le taxi suivit Brighton Beach Boulevard, puis tourna dans Ocean Boulevard, remontant vers le nord. Ils seraient à Kennedy Airport dans moins d'une demi-heure. Juste à temps pour les vols du soir pour l'Europe.

Il se retourna. Personne ne les suivait.

*
**

Malko était en train de regarder un film idiot à la télévision quand le téléphone sonna. La voix de Howard Allenwood claironna :

– Bingo ! On l'a piqué ce soir à JFK, juste au moment où il allait embarquer sur un vol Air France à destination de Paris. Il avait largué le dispositif local.

– Il allait à Paris ?

– Oui, d'abord. Il avait demain une correspondance pour Kiev avec Ukrainian Airlines.

– Ce n'est pas un délit de prendre l'avion, remarqua Malko.

– Exact, reconnut l'Américain, même en T-shirt ! Mais nos copains du FBI ont eu le temps de prendre ses empreintes digitales. Ce sont les mêmes que celles qu'on a relevées sur le seau qui contenait le sarin. Et ça, c'est un délit !

Apparemment l'Opération Lucifer allait lever ses secrets.

CHAPITRE V

Malko regarda avec une certaine gêne les cinq messages de Vladimir Sevchenko empilés sur la table. Quatre jours s'étaient écoulés depuis sa dernière conversation avec le mafieux ukrainien dont le tuyau avait fait avancer l'enquête sur le sarin d'un pas de géant. Apparemment, Sevchenko s'attendait à un renvoi d'ascenseur pour l'affaire des armes. Depuis l'arrestation d'Arcady Churbanov la veille, Howard Allenwood ne se sentait plus. Ses ordres étaient simples : oublier Vladimir Sevchenko dont on n'avait plus besoin. Le FBI allait faire parler Churbanov, dont l'arrestation était demeurée secrète, et on remonterait la filière. Malko n'appréciait pas l'ingratitude de la CIA à l'encontre de Vladimir Sevchenko. Sans son coup de pouce, le FBI en serait encore à placarder des affichettes dans Little Odessa pour se renseigner. Lui aussi avait hâte que Churbanov fournisse une explication de cet étrange attentat avorté.

Il repensa au sigle ornant le message qui accompagnait le sarin. L'aigle bicéphale avec deux sabres entrecroisés et la devise : « Pour les Serbes. Pour Dieu. » Le boxeur blond qu'il avait observé pendant la soirée au *Rasputin* semblait à des années-lumière des Tchekniks serbes et de leurs obsessions.

La sonnerie du téléphone le fit sursauter. Il hésita à

répondre. Et si c'était Vladimir Sevchenko ? Comme il était trois heures du matin à Kiev, c'était peu probable. Il décrocha.

La voix d'Allenwood était moins flamboyante que la veille, humble même.

– Comment se passe l'interrogatoire de Churbanov ? demanda Malko.

– Pas aussi bien qu'on aurait pu l'espérer, avoua le *deputy-director* de la Direction des Opérations. En dépit de la présence de ses empreintes sur le récipient ayant contenu le sarin, il prétend ne rien savoir de cette histoire.

– Et sa tentative de quitter les Etats-Unis ?

– Il affirme qu'il voulait fuir New York parce qu'il était menacé par des racketteurs. On a perquisitionné dans son appartement sans rien trouver. Sa « fiancée » Novinka Grinenko paraît complètement idiote et ne sait rien non plus.

– Il reconnaît avoir été en rapport avec Serguei Artemiev ?

– Oui. Il confirme l'avoir aidé parfois, par sympathie. D'ailleurs, cela lui a servi à expliquer l'affaire des empreintes.

– Comment ?

– Il prétend avoir donné un jour à Artemiev un seau de peinture pour effectuer des travaux chez lui. *Stricto sensu,* c'est plausible. Un bon avocat peut s'engouffrer là-dedans...

– Il en a un ?

– Oui. Selon la loi, nous lui avons donné accès au *lawyer* de son choix. Il a choisi Barry Sodmak, un *criminal lawyer* à quatre cents dollars l'heure, qui défend tous les grands mafieux de Little Odessa. Bien entendu, il a déjà déposé une demande de liberté sous caution. C'est là que le bât blesse.

– Pourquoi ?

– Parce que le D.A. (1) doit communiquer au juge qui statue sur le bail lcs charges qui pèsent sur Arcady Churbanov, et exigerait son maintien en détention *sans* caution. Le dossier sera forcément communiqué à Barry Sodmak qui va le répandre dans les médias. On découvrira qu'il y a eu tentative d'attentat, et non simple accident, comme les autorités l'ont prétendu. C'est fâcheux, très fâcheux...

– Ce serait encore plus fâcheux qu'il se produise un *véritable* attentat, remarqua Malko. L'arrestation de Churbanov devrait l'éviter. Le FBI arrivera bien à le faire craquer...

– Dieu vous entende ! soupira Howard Allenwood. En plus, il n'est même pas entre les mains du FBI. Dans un premier temps, nous l'avons amené au 61e *Precinct,* afin qu'il y soit interrogé par les détectives du coin qui connaissent Little Odessa comme leur poche. Seulement, on ne peut pas le laisser là-bas, le FBI exige qu'on le leur remette. Ça doit se faire aujourd'hui. On le transfère à quatre heures au 26 Federal Plaza, à Manhattan. Son avocat a été prévenu, mais il ne peut pas s'y opposer.

– Quand doit avoir lieu l'audition pour sa mise en liberté sous caution ?

– Demain, neuf heures, au tribunal de Brooklyn. D'ici là, il faudrait mettre la pression maxima.

– Cela me paraît intelligent, dit Malko avec une pointe d'ironie. Mais vous savez bien que si vous mentionnez au juge l'affaire du sarin, il n'y aura pas de problème.

– Bien sûr, reconnut Howard Allenwood. Mais si je disposais, *avant,* de quelque chose de solide, cela serait mieux. Aussi, j'ai pensé à une possibilité. Je me suis arrangé avec le FBI pour qu'ils nous laissent l'interroger officieusement, dès son arrivée à Federal Plaza.

– Nous ?

(1) District attorney.

– Enfin, surtout vous... Vous parlez russe, vous avez une grande connaissance de ces problèmes.

– Je veux bien, dit Malko, mais j'aurais préféré en savoir plus sur son *background.*

– La station de Moscou s'en occupe. Vous recevrez son pedigree. Retrouvons-nous au *Bernardin,* 44e Rue. De là, nous irons directement au FBI.

Il fallait que la CIA se sente *vraiment* dans la merde. Le *Bernardin* était un des meilleurs restaurants de New York, et le plus cher.

*
**

Le détective Bob Sommers attrapa sa casquette verte, la planta sur sa tête et se tourna vers le géant blond menotté à une chaise, sous la garde de deux policiers en uniforme du 61e *Precinct.* Arcady Churbanov avait la tête baissée, ses yeux bleus fixés au sol. Les menottes s'enfonçaient dans sa chair à cause de l'énormité de ses poignets. Au déjeuner, il avait dévoré deux hamburgers et un demi-litre de lait.

– *Let's go,* lança Bob Sommers.

Le Russe leva sur lui un regard indifférent, résigné :

– Où ?

Le détective noua son écharpe assortie à sa casquette :

– Chez nos amis du FBI. Ils vont te « griller ».

– Je n'ai rien fait.

– Tu leur expliqueras. Mets ça.

Il lui tendit un vieux gilet pare-balles en kevlar, sans manches. Le Russe l'examina avec surprise.

– Pourquoi je dois mettre ça ?

Un nouveau venu s'encadra dans la porte et lui répondit. Un homme corpulent au nez en pied de marmite, en blouson et chapka, le teint couperosé.

– *Special agent* Don Murray, se présenta-t-il. C'est la routine. Vous êtes considéré comme un témoin très important. Nous devons veiller sur votre sécurité... (Tourné vers le détective du 61e *Precinct*, il ajouta :) Je vais vous signer une décharge.

Par l'ouverture de son blouson, Bob Sommers aperçut la crosse d'un gros pistolet. Il tendit à l'agent spécial le document officiel à signer et demanda :

– Vous êtes seul ?

L'autre émit un ricanement ironique.

– *You bet !* On doit être une bonne douzaine. Regardez par la fenêtre.

Le détective écarta le rideau d'une des fenêtres donnant sur Coney Island Avenue et émit un sifflement étonné.

– Vous avez mis le paquet !

Le commissariat du 61e *Precinct* se trouvait sur le trottoir est de Coney Island Avenue, au 2525. Il occupait tout le bloc entre W Avenue et Gravesend Neck Avenue. C'était un bâtiment en brique rouge de deux étages, séparé de la chaussée par une pelouse rachitique et enneigée. Derrière, un grand parking était desservi par deux entrées latérales.

Le FBI avait carrément bloqué la circulation sur Coney Island Avenue, avec des voitures équipées de gyrophares placées en travers de la chaussée. Le trafic venant du nord était détourné par Gravesend Neck Avenue, celui du sud par W Avenue. Les deux rues latérales qui longeaient le bâtiment étaient également bloquées par des voitures bleu et blanc et des policiers en uniforme sur les trottoirs. Sur l'avenue, Bob Sommers compta cinq voitures du FBI, avec une douzaine d'hommes armés de fusils à pompe et de pistolets. Tous arboraient des tenues avec dans leur dos la mention FBI en énormes lettres jaunes.

Le dispositif était discret comme une voiture de pompiers, mais le QG du 61e *Precinct* isolé du monde extérieur.

– *You're OK ?*

Le *special agent* s'adressait au Russe. Ce dernier inclina la tête avec un grognement.

– Mettez-lui le gilet, ordonna l'homme du FBI à Bob Sommers.

Il recula tandis qu'un second *special agent*, armé d'un *riot-gun*, apparaissait dans le couloir, son arme braquée sur le suspect à qui on ôtait les menottes pour lui enfiler le gilet pare-balles. L'opération se fit en quelques secondes. Le gilet était nettement trop petit et bâillait sur la poitrine d'Arcady Churbanov. On lui remit les menottes vivement, en dépit de son attitude passive. Il avait bien une tête de plus que les policiers et aurait pu les étaler d'un seul coup de poing. Le détective du 61e *Precinct* ricana.

– Ça va pas le protéger beaucoup.

Le *special agent* Don Murray haussa les épaules.

– *No big deal ! We go by the book...* (1)

Il arracha une radio de sa ceinture et lança :

– Action ! Nous amenons le suspect.

De la fenêtre, le détective Sommers aperçut les agents du FBI sortir de leurs voitures et prendre position en demi-cercle autour de celle qui devait emmener le prisonnier, une Chevrolet noire blindée.

Les autres policiers stoppèrent le trafic sur Coney Island Avenue. Médusé par un tel déploiement de forces, Bob Sommers se tourna vers son collègue du FBI.

– *Holy cow !* Pourquoi vous faites tout ça ?

Le *special agent,* sans se dérider, poussa le prisonnier menotté devant lui.

– *Sorry,* je ne suis pas autorisé à vous le dire. *See you !*

– *Good bye.*

Bob Sommers ne reprit pas tout de suite son travail, observant la scène de la fenêtre. Deux minutes s'écoulèrent avant que le prisonnier n'apparaisse à la porte du

(1) Pas des masses ! On obéit aux ordres...

Precinct, encadré par les deux *special agents* qui le poussèrent vers la Chevrolet noire dont le moteur tournait déjà. Bob Sommers allait se détourner lorsqu'un claquement sec le fit sursauter. Arcady Churbanov sembla frappé par un poing invisible. Sa tête fut rejetée en arrière tandis que des débris de cuir chevelu jaillissaient de sa nuque.

Bob Sommers ouvrit la bouche, tétanisé.

– *God...*

Le temps qu'il ait terminé de jurer, deux autres détonations avaient claqué. Cette fois, les projectiles frappèrent le prisonnier en pleine poitrine, là où le gilet pare-balles bâillait largement. Bien qu'ils le tiennent chacun sous un bras, les deux *special agents* ne purent l'empêcher de tomber sur le trottoir. Il était trop lourd. Ils se jetèrent aussitôt sur lui pour le protéger. Un peu tard, hélas. Arcady Churbanov, étendu sur le dos, ne bougeait plus, tandis qu'une mare de sang s'élargissait autour de sa tête. Dans l'avenue, une pagaille incroyable régnait. Tous les *special agents* du FBI, arme au poing, couraient se protéger derrière leurs véhicules, cherchant à comprendre d'où venaient les coups de feu.

Pendant quelques instants, un silence irréel tomba, seulement troublé par les klaxons des voitures bloquées au loin. Puis les policiers réalisèrent que le seul point élevé autour du 61e *Precinct* était un immeuble en brique rouge de six étages, de l'autre côté de Coney Island Avenue. Son toit-terrasse surplombait Gravesend Neck Avenue. Une centaine de mètres le séparaient de l'endroit où gisait le corps d'Arcady Churbanov. Se couvrant les uns les autres, les hommes du FBI se ruèrent à travers l'avenue.

*
**

Arcady Churbanov contemplait le ciel gris de ses yeux morts. Les agents du FBI avaient même renoncé à lui faire du bouche-à-bouche. Arme au poing, leurs collègues et les policiers exploraient les alentours et la circulation était toujours bloquée dans Coney Island Avenue.

Un des gradés du FBI jetait frénétiquement des ordres dans un téléphone portable. Plusieurs véhicules du 61e *Precinct* démarrèrent dans toutes les directions.

Une douzaine d'hommes avaient cerné le 815 de Gravesend Neck Avenue et commençaient à le fouiller avec précaution. Un capitaine de police s'approcha du responsable du FBI et assura d'une voix ferme :

– On va retrouver le *motherfucker* qui a fait ça ! Il ne peut pas aller loin ! Mais vous auriez dû surveiller ce putain de building !

Le *special agent* du FBI lui jeta un regard noir et marmonna entre ses dents :

– *Fuck you !*

*
**

– C'est un crime de professionnel ! Le meurtrier a réussi à tirer trois coups en douze secondes, à une distance de cent vingt mètres, avec un angle de trente degrés. Un sacré tireur ! Il a utilisé un fusil de guerre, un Mannlicher-Carcano 7,65 équipé d'une lunette Zeiss, d'un grossissement de trois. Le premier coup a été mortel, traversant le cerveau et emportant une partie du cervelet. Les deux autres projectiles l'étaient également.

Le *special agent* du FBI, à l'appui de ses explications, désignait les points importants d'un croquis au tableau noir avec une baguette. L'auditoire était composé d'une douzaine d'hommes, dont Malko et Howard Allenwood. La réunion se tenait dans le building du FBI, sur Federal Plaza, au 28e étage. A travers la baie vitrée, on apercevait tout Manhattan jusqu'à Central Park.

– Comment le tueur s'est-il échappé ? demanda d'une voix blanche le représentant de la CIA.

Le *special agent* du FBI s'efforça de répondre d'une voix calme.

– Nous pensons qu'il est parti par la 6e Rue qui donne dans Gravesend Neck. Une voiture devait l'attendre. Il a atteint le toit en terrasse du 815 Gravesend Neck Avenue grâce à une échelle d'incendie extérieure et s'est dissimulé derrière le muret qui entoure le toit-terrasse jusqu'au moment du meurtre. Ensuite, il a abandonné son arme et a filé par-derrière. Une vieille femme a aperçu un homme de dos en train de descendre l'échelle ; elle l'a pris pour un employé chargé de l'entretien.

– Pas d'empreintes sur l'arme ? aboya Howard Allenwood, blême de fureur.

– *No, sir,* avoua le *special agent* du FBI, penaud. Mais nous avons retrouvé les trois étuis vides.

– Et l'arme ?

– Volée dans une armurerie du New Jersey, il y a quatre mois. Avec les munitions.

– Qu'ont donné les recherches ?

Tout le FBI baissa la tête.

– Rien, *sir*. La police locale a contrôlé une centaine de véhicules sans résultat.

Howard Allenwood soupira, exaspéré.

– Evidemment, vous ne savez même pas si vous cherchez un homme ou une femme... Vous n'avez pas de signalement. Personne n'a pensé à fouiller les immeubles autour du *Precinct*, avant le transfert ? Il n'y en avait pas beaucoup pourtant !

Un silence de plomb lui répondit. Personne n'avait imaginé un tel attentat.

– *Sir,* le tueur savait quand et où le transfert aurait lieu. Il n'a eu que très peu de temps pour agir, remarqua un gradé du FBI.

– Qui était au courant ? jappa Howard Allenwood.

– Le personnel du 61e *Precinct*, les gens de chez nous et, bien sûr, l'avocat d'Arcady Churbanov.

– Où est-il, celui-là ?

– Nous n'en savons rien. On a laissé des messages à son bureau.

– Allez le chercher où qu'il soit, même au tribunal s'il le faut, lança d'une voix vibrante de rage le représentant de la CIA. Je veux le voir ici avant ce soir !

Bien qu'Howard Allenwood n'ait aucune autorité administrative sur le FBI, personne dans la pièce ne songea à le lui rappeler.

– Certainement, *sir* ! acquiescèrent les responsables de la réunion.

– Dès que vous l'aurez, prévenez-moi, conclut Howard Allenwood.

La réunion fut levée dans un silence pesant. Howard Allenwood et Malko descendirent par un ascenseur séparé et rejoignirent la Buick du *deputy-director* de la CIA, qui attendait dans Broadway.

– C'est la merde ! explosa-t-il dès qu'ils y furent installés.

– Nous risquons d'avoir encore besoin de Vladimir Sevchenko, remarqua Malko. Le tuyau du *Rasputin* était bon. Nous avons remonté un échelon, un échelon important, vu ce qui est arrivé.

– Ça nous fait une belle jambe ! grommela l'Américain.

– Il faut sérieusement passer au crible la vie d'Arcady Churbanov, conseilla Malko. Le FBI peut faire ça. Moi, je vais aller revoir Alexis Panenko au *Rasputin*. Cet assassinat confirme que l'Opération Lucifer est un complot très bien organisé.

– Quand allez-vous voir le patron du *Rasputin* ?

– Ce soir, fit Malko, mais il serait plus prudent de me fournir une protection. Je n'ai pas envie de finir comme Arcady Churbanov.

– Je vais prévenir Langley tout de suite, afin qu'ils

vous envoient vos « baby-sitters » habituels, Messrs Chris Jones et Milton Brabeck. D'ici là...

Il se pencha vers le chauffeur.

– Marty, vous avez une arme ?

– *Yes, sir.*

– Donnez-la-moi.

Le chauffeur sortit de la boîte à gants un Beretta 9 mm réglementaire et le tendit par le canon à Howard Allenwood. Ce dernier le posa sur les genoux de Malko.

– Voici pour ce soir. J'espère que vous n'aurez pas à vous en servir.

Malko glissa le lourd automatique dans sa ceinture.

L'atmosphère détendue du déjeuner au *Bernardin* s'était envolée. L'arme pesait contre son ventre et il regretta une fois de plus son pistolet extra-plat, si élégant et si pratique, que les contrôles aéroportuaires l'empêchaient d'emporter.

– Où êtes-vous ce soir ?

– Au *Waldorf,* annonça Howard Allenwood. Chambre 3212. *Take care.*

*
**

Le *Rasputin* était toujours aussi peu accueillant, vu de l'extérieur. Malko avait jugé préférable de ne pas téléphoner à Alexis Panenko. Lorsqu'il pénétra dans la petite entrée, il se trouva nez à nez avec les mêmes jeunes durs aux cheveux taillés en brosse, vautrés sur le canapé rond.

– Alexis est là ? demanda Malko.

– Pas encore, répondit un des jeunes.

Comme Malko s'apprêtait à entrer dans la salle, le voyou blond lui barra la route.

– Revenez plus tard. C'est pas encore ouvert.

Il était huit heures mais la salle était vide et il n'y avait pas d'orchestre. Malko n'insista pas. Pour tuer le temps, il reprit sa voiture et descendit Coney Island Avenue jusqu'à Brighton Beach Avenue, sans but défini. Sous le métro aérien, il faisait encore plus sombre qu'ailleurs. La plupart des magasins d'alimentation étaient encore ouverts, mais les gens se hâtaient sur les trottoirs, frigorifiés par le vent glacial. Il passa devant l'*Arbat* où deux notes de musique en tube de néon rose dans la vitrine accrochaient le regard. Partout, sous les enseignes en caractères cyrilliques, des vieilles à la tête couverte d'un foulard, des hommes en casquette ou chapka, engoncés dans des canadiennes informes. Il s'arrêta et acheta quelques journaux. Une vieille lui proposa des médicaments contre les rhumatismes, probablement périmés depuis dix ans, qu'elle portait dans son cabas. Devant le restaurant *Kawkas,* une inscription à la craie sur un tableau noir annonçait le *vrai* bortsch ukrainien pour 2,95 dollars. Tout cela était bien loin du sarin... Il fit demi-tour et revint sur ses pas. Il n'allait pas traîner toute la soirée dans Little Odessa.

*
**

Cette fois, les trois jeunes gens blonds se levèrent avant même que Malko ait ouvert la bouche. Le plus grand, en T-shirt jaune, lui jeta d'un ton sans réplique :

– Mr Alexis ne vient pas ce soir.

Malko lui offrit son sourire le plus suave.

– Je vais quand même prendre un verre.

Il y avait à présent de la musique et il apercevait quelques tables occupées.

– C'est tout réservé, lança le grand jeune homme.

– Vraiment ?

Malko s'avança, découvrant presque tout le cabaret. La salle était quasi vide, mais à sa table habituelle près de l'estrade, il repéra Alexis Panenko en compagnie de trois hommes. Bizarrement, tous avaient des chapeaux sur la tête et portaient des manteaux, comme s'il régnait un froid glacial au *Rasputin.*

Il n'eut pas le temps d'en voir davantage. Un des cerbères l'avait saisi au collet et le tirait brutalement en arrière. Un autre lui allongea un violent coup de poing dans l'estomac qui lui fit monter la bile aux lèvres. Le troisième – le plus grand – le projeta d'un coup d'épaule au bord de l'escalier menant au vestiaire. Il n'eut pas le temps de gagner la sortie. Un des jeunes gens, d'un coup de tête en pleine poitrine, le projeta dans l'escalier. Tous les trois se ruèrent derrière lui comme des pitbulls, le bourrant de coups de pied et de poing pendant qu'il dégringolait les marches. Au moment où il tentait de se relever, en bas, le grand blond sauta à pieds joints sur son dos, l'écrasant contre le sol.

Il réussit à se relever mais se retrouva coincé contre le jeu vidéo, sous une grêle de coups. Les trois videurs se relayaient, tapant comme des brutes. Sa lèvre se fendit sous un direct qui l'étourdit quelques secondes. C'étaient certainement des boxeurs professionnels, étant donné la violence et la précision de leurs coups.

Son manteau amortissait un peu les chocs, mais il le gênait aussi. Il commença à paniquer. Ce n'était plus une simple correction... Il se sentait faiblir, une arcade sourcilière fendue, du sang coulant de ses narines. L'escalier lui semblait à des années-lumière. Dès qu'il tentait de s'éloigner du mur, un poing le rejetait en arrière. On le massacrait. Des bêtes féroces. Ses forces diminuaient.

Pour atteindre son pistolet, il lui fallait ouvrir son manteau. L'arme était coincée dans sa ceinture, à la hauteur de sa colonne vertébrale. Il aperçut la blonde du vestiaire qui contemplait le spectacle avec un intérêt gourmand. Soudain, un de ses trois agresseurs lança à la fille une interjection. Elle se baissa et sortit de sous son comptoir une batte de base-ball qu'elle tendit gentiment au voyou.

Celui-ci revint vers Malko avec un sourire mauvais et lança :

– *Adios, motherfucker !*

Cette fois, Malko comprit qu'on voulait le tuer !

Le jeune voyou abattit sa batte, visant son visage. Malko l'évita et l'écran du jeu vidéo vola en éclats. Prenant ses adversaires par surprise, Malko se laissa brusquement tomber sur le sol, tout en déboutonnant fébrilement son manteau.

– Attention ! cria un des types. *He is loaded !*

Le voyou à la batte de base-ball s'avança, la batte levée, avec l'intention évidente de lui fracasser le crâne. Les doigts de Malko se refermèrent sur la crosse du Beretta. Il roula sur lui-même et la batte l'atteignit à l'épaule. La douleur l'éblouit une fraction de seconde, mais il parvint à arracher l'arme de sa ceinture et l'arma du même geste. La culasse claqua avec un bruit sec, une fraction de seconde avant que Malko n'appuie sur la détente.

La détonation fit un bruit de tonnerre dans la pièce minuscule. Les trois videurs se figèrent, comme frappés par la foudre. Malko avait visé le voyou à la batte, mais sa main tremblait en raison des coups reçus et le projectile s'était enfoncé dans le mur.

L'autre le fixait, les yeux plissés, cherchant la faille, mais n'osant pas bouger. Ses deux complices, sans arme, restaient légèrement en retrait. Sans les quitter des yeux, Malko se remit debout. Il reprenait péniblement son souffle. Le moindre mouvement déclenchait une vague de douleur. Les trois voyous comprirent à son regard qu'au premier geste, il tirerait. De la main gauche, il essuya le sang qui coulait de son nez. Sa lèvre le brûlait atrocement, il avait l'impression qu'on lui tapait sur la tête avec un marteau. Son visage enflé, martelé de coups, était horriblement douloureux. Sans un mot, il commença à se déplacer en direction de l'escalier.

Ses yeux ne quittaient pas ses trois adversaires. Son

index avait déjà enfoncé la détente au maximum. Un dixième de millimètre de plus et le chargeur se vidait. A cette distance, aucun des trois n'avait la moindre chance. Il mourait d'envie de se laisser aller, de voir les têtes des trois voyous exploser sous les balles du Beretta. Il regretta presque qu'ils se figent comme des statues, le laissant s'engager dans l'escalier. Il grimpa les marches avec l'impression d'avoir cent ans, glissant le long du mur, jusqu'au rez-de-chaussée.

Un couple poussait la porte d'entrée et s'immobilisa en voyant le pistolet. Malko se faufila dehors et le froid sur sa peau à vif manqua le faire hurler. Comme un somnambule, il regagna sa voiture, l'ouvrit et se laissa tomber sur le siège. Il tourna la tête : les trois voyous étaient devant le *Rasputin*. L'un d'eux s'approcha de sa voiture et lança :

– Si tu reviens, on te tue !

Malko démarra. Au moment où il franchissait le carrefour, une grosse pierre lancée d'une main sûre fracassa sa lunette arrière. Il prit un mouchoir et tamponna son nez qui saignait toujours. Sans le Beretta, il ne serait pas ressorti vivant du *Rasputin*.

CHAPITRE VI

Blême de fureur, Howard Allenwood décrocha le combiné et lança à Malko :

– Dans une demi-heure, il y aura deux cents flics au *Rasputin* et on bouclera tout ce qui respire. Même si je dois téléphoner moi-même au *New York Police Commissioner* !

Malko écarta de sa bouche la petite poche de glace posée sur sa lèvre ouverte.

– Non ! s'insurgea-t-il. On va attendre demain. Ce qu'il faut, c'est faire parler Alexis Panenko. Aïe !

Le médecin qui le soignait venait d'enfoncer une mini-agrafe dans son arcade sourcilière fendue, en rapprochant les deux bords de la plaie. Depuis quarante-cinq minutes, il s'affairait sur Malko, avec force piqûres, sacs de glace, onguents divers.

Dès son retour au *San Regis*, Malko avait appelé le *deputy-director* de la Division des Opérations qui était accouru en compagnie d'un médecin « agréé CIA ». A la réception de l'hôtel, Malko avait raconté avoir été attaqué, ce qui, à New York, n'avait rien d'extraordinaire. Après avoir pris une douche, constaté qu'il n'avait rien de cassé et stoppé son hémorragie nasale avec la glace du mini-bar, il s'était senti légèrement mieux.

Satisfait, le praticien se redressa.

– Vous n'avez rien de cassé, confirma-t-il. Si vous arrivez à maintenir de la glace sur les endroits les plus meurtris, cela ira à peu près demain. Sauf pour la lèvre où il n'y a rien à faire. Vous n'avez plus qu'à prendre huit jours de repos, sans sortir.

Malko s'évita un ricanement, ses lèvres refusant tout service. Il raccompagna le médecin à la porte et vit au passage, dans la glace, que son visage avait pratiquement doublé de volume. On voyait à peine son œil droit. Son poignet aussi était rouge et enflé, comme son épaule, là où la batte de base-ball l'avait frappé.

Howard Allenwood secoua la tête, écœuré, et but d'un trait le verre de *Defender* pris dans le mini-bar.

– Ces fumiers vous auraient massacré si vous n'aviez pas été armé.

Que répondre ? Malko se contenta de grogner, afin de ne pas déplacer son pansement de glace. Remis de son émotion, Howard Allenwood enchaîna :

– Ce n'est pas tout. Barry Sodmak, l'avocat d'Arcady Churbanov, a disparu. Sa femme s'est présentée à huit heures, ce soir, au 60e *Precinct* de Brooklyn pour signaler sa disparition. Ils devaient aller au théâtre ensemble à sept heures. Tout à l'heure, le FBI m'a prévenu qu'on avait retrouvé son coupé Cadillac Eldorado fermé à clef sur le parking d'un restaurant de Bensonhurst, le *Petrina Dinner*. C'est tout à côté de Brighton Beach.

Malko écarta la poche de glace et dit en parlant très lentement :

– Il a sûrement été neutralisé. Nous avons affaire à un groupe puissant et bien organisé qui utilise des éléments disparates des mafias locales. A mon avis, la tentative avortée de la Sixième Avenue fait partie d'un plan concerté. Ce n'est pas un acte isolé. Sinon, « ils » ne se donneraient pas tant de mal pour en verrouiller tous les accès.

– Je pense, hélas, que vous avez raison, confirma

Howard Allenwood. C'est une catastrophe pour l'Agence. John Deutch vient juste de prendre ses fonctions. La Maison-Blanche considère qu'il s'agit d'une affaire de notre ressort, en raison des « adhérences » extérieures. Le laxisme du FBI nous a privés d'un témoin précieux.

Malko secoua la tête.

– Arcady Churbanov, à mon avis, n'aurait rien dit. C'était un dur. Ali Agça, l'homme qui a tiré sur le pape, n'a jamais ouvert la bouche. Mais ses commanditaires n'ont pas voulu prendre le moindre risque. Il faut creuser du côté de Barry Sodmak, découvrir *qui* lui a demandé de prendre la défense de Churbanov.

– Je vais mettre la pression sur le FBI, promit Howard Allenwood. OK, reposez-vous maintenant. Si vous vous sentez en forme, rejoignez-moi au bureau demain matin.

– Et si Vladimir Sevchenko m'appelle encore ?

L'Américain n'hésita qu'une seconde.

– Dites-lui que nous étudions sa proposition.

*
**

Malko s'examina longuement dans le miroir de la salle de bains. Grâce à la glace, son visage avait en partie dégonflé, mais son nez ressemblait encore à celui d'un boxeur et des hématomes le déformaient un peu partout. Il pouvait à peine desserrer les mâchoires et sa lèvre ouverte continuait à le faire beaucoup souffrir. Quant au reste, il n'était plus qu'un bleu. Chacun de ses muscles était douloureux. Il passa un index léger sur son arcade sourcilière recousue et enflée, agrémentée d'une grosse croûte noire.

Il eut du mal à enfiler son manteau, ayant l'impression d'être perclus de rhumatismes.

Dix minutes plus tard, un taxi le déposait devant le building de la Panam. Howard Allenwood l'accueillit avec chaleur.

– Vous êtes presque présentable ! Vous ne souffrez pas trop ?

– Ça va, assura Malko.

L'Américain prit sur son bureau un poster et le tendit à Malko.

– Le FBI n'a pas perdu de temps. Regardez.

L'affiche en noir et blanc montrait la photo d'un homme brun et moustachu. « *This man, Barry Sodmak, has been seen for the last time at the restaurant* Petrina Dinner, *Bensonhurst, Brooklyn. All information will be strictly confidential.* FEDERAL BUREAU OF INVESTIGATION, *26 Federal Plaza, New York, ph. New York 10278.* »

– Il y en a un millier qui seront placardées dans Little Odessa.

– Vous croyez à leur efficacité ?

Howard Allenwood eut un sourire désabusé.

– Oui, pour retrouver son cadavre dans un mois ou deux. Mais c'est la routine.

– J'espère plus d'une nouvelle visite à Alexis Panenko, dit Malko. Chris Jones et Milton Brabeck sont en route ?

– Ils devraient être là vers midi. Nous déjeunerons ici. Je vais aussi vous donner un portable, pour que vous puissiez faire venir « la cavalerie », si besoin est.

– Nous irons ce soir au *Rasputin,* dit Malko. Si, d'ici là vous pouviez me trouver quelque chose pour faire pression sur Alexis Panenko, ce serait parfait. Il en sait probablement plus, mais il a peur. Je voudrais en apprendre aussi davantage sur la fiancée d'Arcady Churbanov, Novinka Grinenko. Je l'ai vue, elle n'a pas l'air aussi idiote que le prétend le FBI. Vivant avec lui, elle a forcément assisté à des conversations, des coups de téléphone.

– Le FBI l'a déjà interrogée. Elle prétend ne rien savoir.

– Le FBI n'est pas infaillible, dit Malko, et j'ai mon idée. Il faudrait la « décongeler » avant de l'attaquer.

– C'est-à-dire ?

– La mettre en confiance, d'une façon ou d'une autre.

– J'espère que vous réussirez, soupira Howard Allenwood. Parce que nous sommes assis sur de la dynamite. Nous ignorons *tout* de l'Opération Lucifer. Demain, on peut se réveiller avec un cataclysme et il est impossible d'arrêter tous les gens qui se promènent dans New York avec des pots de peinture.

Une voix de femme dans l'interphone l'interrompit :

– La nouvelle synthèse du FBI sur Arcady Churbanov vient d'arriver, *sir*.

Trente secondes plus tard, elle déposa sur le bureau un document que le chef de la CIA lut rapidement puis résuma :

– Arcady Churbanov, boxeur professionnel, était un des espoirs de la catégorie *cruise-weight* (1) de la United-States Boxing Association. Cette catégorie est un peu bâtarde, entre *light-heavy-weight* et *heavy-weight*, ce qui explique que le public ne s'y intéresse pas beaucoup. Churanov est arrivé de Moscou il y a cinq ans, en 1990, avec un visa d'immigrant. Officiellement, il vivait de sa profession de boxeur, mais la police locale le soupçonne d'entretenir des relations suivies avec la pègre de Little Odessa. Ses déclarations d'IRS sont extrêmement faibles et ne correspondent pas à son train de vie réel. Il a payé sa Chevrolet Blazer vingt-trois mille dollars cash, en billets de cent. On a également retrouvé la trace d'un manteau de fourrure de trois mille huit cents dollars offert à sa fiancée. Toujours payé cash. Il fréquentait beaucoup les restaurants, et le FBI estime son train de vie à quatre mille dollars par mois...

– Donc, il avait d'autres sources de revenus, conclut Malko. Rien sur ses fréquentations ?

– Pas grand-chose. Des Russes et des Ukrainiens, plus

(1) Poids mi-lourd.

quelques boxeurs d'ici. On a trouvé douze mille dollars sur son compte et il possédait plusieurs cartes de crédit. Pas d'autre maîtresse.

– Tout cela est bien négatif, remarqua Malko.

– Attendez, il y a un second feuillet. Le rapport de la station FBI de Moscou. Les enfoirés, ils ont été plus vite que nous.

Il parcourut le nouveau document des yeux et poussa aussitôt une exclamation.

– Ça alors ! Ecoutez ça : Arcady Churbanov était capitaine de l'Armée rouge. Il a donné sa démission en 1988, après les bouleversements de la Perestroïka. A cette époque, il appartenait à la Neuvième Direction du KGB. Ensuite, en 1988, il aurait rejoint une unité de lutte « non traditionnelle », la Flèche blanche, du même KGB, jusqu'en 1990.

– Voilà une information intéressante.

– Mais il y a mieux. Arcady Churbanov était diplômé de chimie de l'institut de Moscou ! Avant d'être muté au KGB, il a servi dans une unité spécialisée dans la guerre chimique de l'Armée rouge.

Il se tut.

Pour un boxeur, c'était un *background* plutôt inhabituel... On était loin de la mafia ukrainienne.

– C'est à Moscou que se trouve l'explication de cette affaire, conclut Malko. Il faudrait savoir *pourquoi* Churbanov a émigré. Quels étaient ses amis à Moscou, s'il avait encore des liens avec l'armée...

– Je vais mettre immédiatement la station de Moscou là-dessus, promit Howard Allenwood, mais vous réalisez les implications de ce document ?

– Ne vous emballez pas, conseilla Malko. Arcady Churbanov a quitté le KGB depuis cinq ans. Il peut avoir été récupéré pour ses connaissances techniques par une bande d'extrémistes pro-serbes, sans que le KGB ou le GRU ait quoi que ce soit à voir là-dedans. Il vaut mieux ne pas leur en parler. Du moins pour le moment... Arcady Churbanov était connu à Little Odessa. On va bien trouver quelqu'un qui l'ait fréquenté. Nous disposons d'un peu de temps. Nos adversaires, quels qu'ils soient, sont sur la défensive, même si nous ignorons tout d'eux. Ils ont perdu deux éléments importants qu'il faut remplacer. Cela prend un peu de temps. Mais il faut garder à l'esprit qu'ils risquent de recommencer.

Malko tamponna avec son mouchoir sa lèvre qui recommençait à saigner, et continua :

– Les troupes américaines sont en Bosnie et nous nous préparons à armer les musulmans. S'il s'agit d'un chantage politique, il est toujours d'actualité.

Un ange passa, la figure protégée par le groin d'un masque à gaz.

*
**

– *Holy cow !* On a traversé l'océan sans s'en apercevoir !

Chris Jones écarquillait les yeux, incrédule devant les innombrables enseignes en caractères cyrilliques de Coney Island Avenue. Il faillit en brûler le feu rouge au coin de l'avenue P. La Cherokee dérapa légèrement sous son coup de frein brutal et Milton Brabeck, à l'arrière, protesta :

– Hé, Chris, ce n'est pas une putain de luge, c'est une voiture !

Engoncés dans des parkas vaguement militaires, sur leur éternel costume sans forme et leur cravate multicolore, Chris et Milton, les « gorilles » favoris de Malko, n'avaient guère changé, à part quelques cheveux gris coupés toujours aussi court. Leurs yeux bleu-gris exprimaient toujours la même férocité obéissante et une absence totale d'états d'âme. Leur bonheur était complet de retrouver Malko, leur idole, sans avoir à quitter le territoire des Etats-Unis... Originaires du Middle West – le cœur de l'Amérique –, ils considéraient la Californie comme un pays d'Asie du Sud-Est, et le reste du monde comme une réserve d'Indiens...

Seule, la Russie les impressionnait, à cause de sa puissance militaire. Anciens du *Secret Service* passés à la CIA, Division des Opérations, ils étaient les meilleurs « babysitters » de l'Agence, et ne connaissaient qu'une devise : « Les ennemis de l'Oncle Sam sont nos ennemis. » Ils se nourrissaient de hamburgers arrosés de Coca *light* et, le samedi, de New York steak, toute nourriture ou boisson étrangère recelant à leurs yeux des pièges sournois.

Malko se dit qu'ils étaient toujours aussi impressionnants. Leur tête touchait le pavillon de la voiture et, avec leur parka, ils ressemblaient à des grizzlis, en plus méchants. Ils évoquaient un peu des Tchétchènes, avec la même férocité naturelle et un courage physique sans faille. Seuls les microbes, les virus et les nourritures exotiques les terrifiaient.

Ils continuaient à descendre Coney Island Avenue, en direction de Brighton Beach. Malko tendit le bras vers un bâtiment lie-de-vin, sur la droite.

– Voilà le *Rasputin* !

Il avait neigé et il faisait un froid de gueux. La grande avenue déserte, mal éclairée, était sinistre. Chris s'arrêta devant le *Cleaner,* vingt mètres après l'entrée du *Rasputin.*

– Nous allons chez des voyous, avertit Malko. Des dangereux.

Avec un sourire gourmand, Chris Jones sortit de sous sa veste un engin chromé qui ressemblait à un petit canon...

– Vous avez vu ce bébé ? lança-t-il fièrement à Malko. C'est israélien, *Desert Eagle* 357 Magnum. Neuf coups. Ça fait éclater une vache !

– Il n'y a pas de vaches là-dedans, fit remarquer Milton Brabeck, vexé. Moi, j'achète américain. Chris, il veut toujours des trucs exotiques...

Il entrouvrit sa veste, découvrant deux holsters qui abritaient une paire de brownings automatiques à quinze coups. Malko savait que de surcroît, il ne sortait jamais sans un petit .38 accroché à un étui de cheville. Quant à Chris Jones, il dissimulait sûrement quelque « en-cas », en sus de son obusier. C'étaient des garçons prudents. Malko se sentait tout nu avec son Beretta.

– On nettoie en entrant ? demanda Milton Brabeck, tout excité.

A l'idée de pouvoir trucider des méchants dans son propre pays, sans autre risque qu'une fastidieuse déclaration de légitime défense, il en bavait de joie.

Malko effleura sa lèvre ouverte qui le brûlait en permanence.

– Non, dit-il. Je viens simplement bavarder avec le patron.

Chris Jones insista :

– Vous n'êtes pas rancunier, dit-il. Ils vous ont drôlement arrangé. On dirait que vous vous êtes battu avec un bulldozer.

– Contentez-vous de me protéger. Avec mesure.

– Plus mesurés que nous, c'est pas possible ! affirmèrent en chœur les deux gorilles.

Les trois hommes traversèrent le trottoir verglacé et Malko ouvrit la lourde porte de bronze, laissant Chris et Milton un peu en retrait. Les trois habituels jeunes videurs aux cheveux rasés bavardaient sur la banquette. Les mêmes qui avaient tenté de le tuer la veille ! Ils se regardèrent tous en chiens de faïence, quelques secondes, puis le voyou à la batte de base-ball sauta sur ses pieds avec un sourire mauvais, et marcha droit sur Malko.

– Je t'avais bien dit de... lança-t-il en russe.

Il ne termina pas sa phrase. Chris et Milton venaient de surgir, les mains dans les poches de leur parka, un sourire froid aux lèvres. Le blond s'arrêta net. Ses deux copains s'étaient levés. Ils étaient plus petits que les deux

Américains, mais tout aussi larges. En sweat-shirt, jeans et baskets. Le blond ne fut pas long à réagir. Il fonça derrière le pupitre des réservations et en sortit trois battes de base-ball. Il en garda une, jetant les deux autres à ses copains. Puis il avança vers Malko.

– *Provalisai !* (1) ordonna-t-il. Sinon, on te fait péter le crâne.

Comme Malko ne bronchait pas, il fonça.

Chris Jones bougea si vite que l'Ukrainien ne vit rien venir. Le gorille saisit au vol la batte de base-ball et tira de toutes ses forces. Déséquilibré, le voyou blond partit en avant et alla percuter le poing énorme de Chris Jones. Cela fit un bruit mat. Le nez et la bouche écrasés, il lâcha son arme. Tandis qu'il s'ébrouait, Chris Jones mit en route ses deux cents livres. Fonçant comme un bulldozer, il projeta le voyou blond contre la porte de bronze, de tout son poids. Il y eut un bruit bizarre et le blond poussa un couinement de petit chat qui se transforma en hurlement. D'un coup de pied précis, Chris Jones venait de lui briser plusieurs côtes. Il resta à terre, recroquevillé, livide, respirant péniblement.

Ses deux copains s'étaient immobilisés, pétrifiés. Il y avait une explication à cette brusque passivité : Milton Brabeck, serein, braquait sur eux ses deux brownings.

Le dialogue était bien engagé.

– Ça a l'air sympa ici, remarqua Chris Jones d'une voix égale en jetant un coup d'œil dans la grande salle ronde.

Quelques couples dansaient sur la piste, la danseuse glapissait en ukrainien et une dizaine de tables étaient occupées. Malko aperçut Alexis Panenko installé à la sienne, avec deux hommes en casquette, en train de dîner.

– Allons-y, dit-il.

Chris et Milton sur ses talons, il contourna la piste de

(1) Fous le camp !

danse pour atteindre la table du patron du *Rasputin*. Ce dernier ne les vit qu'au dernier moment et s'arrêta net de manger. Son visage inexpressif ne refléta rien, mais un regard en direction de l'entrée trahit sa surprise.

Malko s'approcha avec un sourire.

– *Dobrevetcher*, (1) Alex ! J'ai besoin de bavarder un peu.

*
**

Silencieusement, les deux amis de l'Ukrainien se levèrent pour gagner une table un peu plus loin. Alexis Panenko posa ses mains ridées sur la table, jeta un bref regard aux « baby-sitters » et répliqua d'une voix calme :

– Je n'ai pas envie de bavarder.

Malko s'assit en face de lui et continua en russe.

– Je sais, fit-il. Je sais même que tu n'as pas envie de me revoir. Hier, tes videurs ont essayé de me tuer.

– Les garçons ont fait du zèle, prétendit Panenko. J'avais seulement dit qu'on ne te laisse pas entrer.

– Vladimir ne sera pas content, quand il saura ça...

– Vladimir vit à Kiev, laissa tomber Alexis Panenko. Il fait ce qu'il veut. Moi, j'ai un *legitimate business* ici et je veux le garder. Je t'ai déjà rendu un *grand* service.

Il avait appuyé à dessein sur le mot russe *bolchoi*.

– C'est vrai, reconnut Malko. Hélas, il y a eu un contretemps. Arcady Churbanov est mort trop tôt.

Alexis eut un geste de la main signifiant que c'étaient des choses qui arrivaient... Un bloc d'indifférence. Malko se pencha en travers de la table.

– Alexis, qui a tué Arcady ?

Les petits yeux rusés du mafieux exprimèrent une sorte d'amusement.

(1) Bonsoir.

– *Pryiakiel,* (1) fit-il moqueusement, je n'en ai aucune idée et je m'en fous. Et si je le savais, je ne te le dirais pas. J'ai cinquante-sept ans et, à part un peu de cholestérol, je suis en bonne santé. J'ai envie que ça continue. Je ne suis pas le seul à avoir connu Arcady.

– Barry Sodmak, son avocat, a disparu, remarqua Malko. Arcady, quand on l'a arrêté, allait prendre l'avion pour Moscou... C'est une affaire très importante. Si tu nous rends service, les Etats-Unis sauront te récompenser.

Alexis Panenko secoua la tête et dit de sa voix sourde :

– Je t'ai parlé uniquement pour une raison : il y a très longtemps, Vladimir et moi, nous étions comme ça – il leva deux doigts entrecroisés. On attaquait les automobilistes avec des pistolets à gaz pour les voler. Nous avons plusieurs fois été arrêtés par la Milice. Jamais on n'en a parlé... Alors, quand il m'a demandé de te voir, j'ai accepté. Il aurait fait la même chose pour moi. Maintenant, c'est différent, c'est *business.* Trop dangereux. Tes types peuvent tout casser ici, c'est pareil. Je ne veux pas terminer comme Arcady.

– Qui l'a tué ?

L'Ukrainien ne répondit pas. A la table voisine, Chris et Milton surveillaient la table, l'entrée et les clients. Malko avait l'impression de se heurter à un mur. Il lui restait un atout.

– Alexis, fit-il, moi, je te comprends. Mais je ne suis pas seul. Ton ami Vladimir le sait : je travaille pour le gouvernement des Etats-Unis. Il s'agit d'une affaire intéressant la défense nationale. Ils feront n'importe quoi. Et je ne les contrôle pas, ni FBI ni le gouvernement. A leurs yeux, tu es le seul à pouvoir nous aider. On ne retrouvera jamais l'avocat. Ils vont mettre la pression sur toi...

Alexis Panenko, les yeux mi-clos, semblait dormir.

(1) Mon pote.

Malko insista. Il était temps d'utiliser l'information fournie deux heures plus tôt par Howard Allenwood.

– Tu m'entends, Alexis ?

– *Da, da.*

– Alexis, insista Malko, le FBI a découvert que tu étais entré clandestinement dans le pays. Avec un visa obtenu en Allemagne grâce à un faux passeport, pour le Canada. Et ensuite, un visa US de tourisme. Tu es en situation irrégulière. Ils vont te « déporter », Alexis. Fermer le *Rasputin.* Saisir tes comptes bancaires...

Cette fois Alexis Panenko sortit de sa léthargie.

– J'ai de très bons *lawyers.*

Malko secoua la tête.

– Alexis, tu n'auras même pas le temps de voir tes *lawyers.* Il s'agit de la sécurité de l'Etat. Une équipe du FBI est dehors. Si tu refuses de m'aider, ils débarquent, te bouclent et tu es dans un avion avant de le savoir. Quand il le faut, le FBI peut agir comme le KGB.

A son regard, Malko vit que son bluff marchait. L'Ukrainien s'ébroua.

– *Karacho !* fit-il. C'est la vie, j'ai eu tort de te parler la dernière fois. Va les chercher... On n'a plus rien à se dire.

C'était vraiment un dur. Sans mot dire, il se versa un plein verre de vodka et le vida d'un trait. Un garçon vint chuchoter à son oreille, puis s'éloigna. Un homme le salua à distance, respectueusement. Malko observait le visage buriné de l'Ukrainien. Panenko savait sûrement quelque chose. Little Odessa était un village et les tueurs professionnels ne couraient pas les rues...

Mais Alexis Panenko resterait muet. Pour qu'il choisisse de perdre tout ce qu'il avait plutôt que de parler, il fallait qu'il ait *vraiment* peur. Donc, il savait probablement qui avait tué Arcady Churbanov et pour le compte de qui.

Seulement voilà, il était muet comme une carpe. Malko

avait prévu cette éventualité. Punir Panenko ne servait à rien. Il lui restait à faire avancer son enquête.

– Alexis, dit-il à voix basse, je t'offre un *deal*. Je ne viens plus jamais te voir et tu n'auras pas d'ennui. Mais tu dis à Novinka Grinenko de me recevoir. Et de me parler !

Une lueur de surprise passa dans les petits yeux de l'Ukrainien.

– Novinka ? La copine d'Arcady !

– Oui.

– Mais elle ne sait rien. Arcady était un homme, il ne parlait pas du business avec les femmes.

Il semblait sincèrement étonné de la proposition de Malko. Celui-ci enfonça le clou :

– Tu as sûrement raison, Alexis, mais je dois tenter quelque chose. En même temps, je te sauve la mise.

Alexis demeura longtemps silencieux, cherchant le piège. Malko, machinalement, enregistrait les paroles de la chanteuse, où il était question de printemps et d'hirondelles. Enfin, l'Ukrainien se décida :

– *Karacho.* Où veux-tu la voir ?

– Chez elle.

Lentement, Alexis allongea la main vers le téléphone posé sur la table, décrocha et composa un numéro. Malko entendit une voix de femme répondre et la conversation se poursuivit en ukrainien, langue qu'il ne comprenait que très imparfaitement. Cela fut assez bref. Alexis raccrocha et dit d'une voix égale :

– Elle t'attend.

Le raisonnement de Malko était simple. La fille à la perruque rouge savait *peut-être* quelque chose. Elle ne le dirait que mise en confiance. Bien sûr, c'était moins bien qu'une information directe, mais cela valait mieux que rien.

CHAPITRE VII

Débarrassée de sa perruque rouge, Novinka Grinenko ressemblait à une héroïne de Dostoïevski, avec ses nattes noires ramenées sur sa tête, ses grands yeux pleins d'innocence, sa petite bouche pulpeuse qui donnait une touche de sensualité à un visage rond et enfantin. On lui aurait donné seize ans... Elle était vêtue d'une robe de velours noir au profond décolleté carré, de bas assortis et de bottes. Elle dévisagea Malko avec un mélange de crainte et d'intérêt.

– Entrez, dit-elle d'une voix cristalline.

Il pénétra dans un petit appartement surchauffé, meublé sans grande imagination, aux murs décorés de posters et de tableaux bucoliques. Novinka le précéda sur un petit canapé d'un orange agressif, en face d'une table basse couverte de bouteilles.

Un quart d'heure à peine s'était écoulé depuis la conversation de Malko avec Alexis Panenko, et il avait foncé directement au domicile de feu Arcady Churbanov, avenue L, au coin de la 15e Rue, juste en face du viaduc du métro aérien qui enjambait l'avenue. La jeune femme l'avait accueilli sans problème lorsqu'il avait sonné à l'interphone, lui précisant l'étage et le numéro de l'appartement : 304.

En bas, une équipe du FBI surveillait la jeune femme

vingt-quatre heures sur vingt-quatre. Du coup, Malko avait laissé Chris et Milton dans la voiture. Il était armé et les agents du FBI lui avaient assuré que personne de suspect n'était entré dans l'immeuble.

Malko s'assit dans un coin du canapé orange et Novinka à l'autre bout, ce qui ne les séparait guère que de cinquante centimètres.

– Vous voulez boire quelque chose ? proposa-t-elle en ouvrant avec respect une bouteille de cognac français, du Gaston de Lagrange XO.

Malko accepta. Ils trinquèrent. Le regard baissé, les genoux serrés, la robe tirée et le buste droit, Novinka Grinenko le fixait, visiblement anxieuse.

– Alex m'a dit que vous vouliez bavarder avec moi, dit-elle. Que vous étiez un ami. Vous êtes boxeur ?

– Boxeur !

Malko essaya de sourire en dépit de sa lèvre ouverte.

– Non, j'ai seulement rencontré des gens qui ne m'aimaient pas.

Novinka lui jeta un regard apitoyé.

– Vous devez avoir très mal. Même Arcady, je ne l'ai jamais vu aussi abîmé !

Une référence.

– Justement, fit Malko, sautant sur l'occasion. Parlez-moi de lui. Je cherche à savoir qui l'a tué. Il avait l'air sympathique. Je l'ai vu avec vous, un soir, au *Rasputin*. Vous portiez une perruque rouge, et vous buviez quelque chose de la même couleur.

Novinka sourit.

– Ah oui ? C'est vrai. Le truc rouge, c'est un cocktail, un Cointreau-cosmopolitan : Cointreau, vodka, citron vert et cranberry juice ; quelquefois, je fais des choses un peu folles. Mais pourquoi voulez-vous savoir qui a tué Arcady ? Vous le connaissiez ?

– Non, avoua Malko, je travaille pour le gouvernement américain.

Le regard de porcelaine se voila et Novinka sembla se recroqueviller.

– J'ai déjà été interrogée par les policiers du 61e *Precinct* et par le FBI... fit-elle d'un ton plaintif. Je ne sais rien. Arcady ne me confiait rien de ses affaires.

– Moi, je travaille pour une autre organisation, expliqua Malko. Plus secrète. Un peu comme le KGB.

– Mais je n'ai rien à me reprocher, protesta-t-elle.

Ses grands yeux bleus se remplirent de larmes. Machinalement, elle but son verre de Gaston de Lagrange XO d'un trait et ses joues rosirent.

– J'en suis certain, affirma-t-il. Mais peut-être qu'en bavardant, un détail vous reviendra en mémoire.

Elle renifla et s'essuya les yeux.

– Je... je ne crois pas. Je ne sais rien. Pour moi, la disparition d'Arcady, c'est une catastrophe. Il était si gentil et si généreux... C'est lui qui payait l'appartement. Moi, je ne gagne pas encore assez d'argent.

– Qu'est-ce que vous faites ?

– J'ai voulu chanter, mais c'est très difficile. Arcady me présentait des gens. Maintenant...

– Arcady avait beaucoup d'argent ?

– Oui, je crois. Il avait toujours des rouleaux de billets dans sa poche. Il me faisait des cadeaux.

Un sifflement les interrompit, venant de la cuisine. Novinka sauta sur ses pieds.

– Excusez-moi !

Elle disparut et Malko sentit une odeur de chou envahir le petit appartement. Novinka revint avec un sourire d'excuse.

– Je me suis fait du bortsch pour ce soir.

Elle restait debout, attendant visiblement que Malko s'en aille. S'il sortait de cet appartement sans résultat, il pouvait aussi bien quitter New York. Arcady ne parlerait plus, Barry Sodmak, l'avocat, était déjà probablement au fond de l'East River, et Alexis Panenko n'avait pas craqué... Il ne restait que Novinka.

Malgré sa lèvre ouverte, il parvint à lui adresser un sourire encourageant.

– Je sais que je ne suis pas très présentable, mais je pourrais vous emmener dîner. Ce sera plus gai que de manger votre bortsch toute seule. Et puis, nous aurons le temps de bavarder.

– Oh, mais vous êtes très bien, protesta Novinka. Je veux bien sortir avec vous, mais je n'ai rien de plus à vous dire, vous savez.

– Cela vous changera les idées, affirma Malko en se levant à son tour.

Novinka ouvrit une penderie et en sortit un superbe vison que Malko l'aida à enfiler.

– C'est un cadeau d'Arcady, pour mon anniversaire, dit-elle tristement.

– Si on allait au café *Arbat* ? suggéra Malko.

– Oui, si vous voulez, approuva Novinka. J'aime bien cet endroit, j'y ai chanté.

La proposition n'était pas innocente. Si on apercevait Novinka en sa compagnie, ceux qui avaient liquidé Arcady Churbanov seraient peut-être amenés à commettre une imprudence.

C'était la vieille technique de la chèvre...

*
**

– *Jesus-Christ* !

L'exclamation de Chris Jones fit sursauter Milton Brabeck qui sommeillait. Le gorille ouvrit l'œil, juste à temps pour voir Novinka onduler jusqu'à la Cherokee. Malko ouvrit la portière et quand la jeune femme monta, sa robe se retroussa quasiment jusqu'à son ventre... Chris en donna involontairement un coup de coude sur le klaxon.

Milton lui envoya une bourrade, rigolard.

– Quand je pense qu'on était inquiets...

– Nous allons à l'*Arbat*, annonça Malko, sur Brighton Beach Boulevard. Novinka va nous guider. Novinka, ce sont mes amis, Chris et Jones.

– *Dobrevetcher*, lança Novinka de sa voix flûtée.

Chris démarra, redescendant l'avenue L en direction de Coney Island Avenue. La voiture des agents du FBI suivait.

Ils parcoururent la grande avenue jusqu'au croisement de Brighton Boulevard, où Chris Jones tourna à droite, sous le métro aérien. La vitrine du café *Arbat*, au numéro 306, émergeait de la pénombre avec ses notes de musique en tubes de néon rose.

La Cherokee garée sur un emplacement interdit, Malko expliqua à Chris Jones :

– Attendez un peu avant d'entrer, puis installez-vous près de la porte et soyez sur vos gardes. Il y a déjà eu une douzaine de meurtres ici. La dernière fois, les clients ont aidé l'assassin à ramasser ses douilles... Prévenez vos collègues du FBI qu'ils restent dans leur voiture.

Novinka Grinenko à son bras, Malko poussa la porte du café *Arbat*. Un gros bonhomme en casquette tenait le vestiaire à gauche et prit leurs manteaux.

La salle était tout en longueur, les tables dressées comme en Russie, avec les hors-d'œuvre et les bouteilles d'alcool. Les murs couverts de velours rouge, décorés de dizaines de photos dans des cadres dorés, et l'éclairage tamisé créaient une atmosphère intime et chaude. Sur une petite estrade, au fond, une chanteuse accompagnée d'un trio de musiciens égrenait une chanson russe pleine de nostalgie, pour une vingtaine de clients.

Le menu qu'on leur apporta était en russe... Immédiatement, Malko commanda du caviar et du champagne français. On leur apporta deux bols pleins de caviar, du Sevruga pressé, et une bouteille de Taittinger Comtes de

Champagne, rosé 1986, étiquetée cent cinquante dollars... Novinka écarquilla ses grands yeux bleus.

– Vous êtes fou ! C'est trop cher. Arcady ne prenait que du caviar rouge !

Malko faillit lui dire que, vu ce qui lui était arrivé, il aurait pu aussi bien faire venir son caviar de chez Petrossian.

– Vous avez besoin de vous remonter le moral, dit-il.

La bouteille ouverte, ils trinquèrent. D'abord à Arcady. Puis à la mort, à la vie, à l'avenir...

La seconde bouteille arriva en même temps que les pommes de terre accompagnant le caviar. La musique langoureuse et les bulles semblaient plonger Novinka dans une mélancolie teintée de sentimentalisme. Elle effleura la tempe enflée de Malko, attendrie.

– Ça a dû vous faire très mal...

*
**

Après le Taittinger Comtes de Champagne, rosé 1986, Novinka avait tenu à passer à la vodka. Son regard un peu triste au début de la soirée s'était allumé de lueurs nettement moins innocentes.

– Comme vous êtes gentil, soupira-t-elle. J'ai l'impression d'être avec Arcady !

– A propos, demanda-t-il, vous n'avez jamais rencontré d'anciens amis d'Arcady, du temps où il était dans l'armée ?

Novinka ouvrit de grands yeux.

– Mais il n'a jamais été militaire, il était boxeur, en Russie.

De toute évidence, sa sincérité était totale.

– Il sortait souvent sans vous ? insista Malko.

– Oui, pas mal. Moi, j'attendais à la maison. C'est normal.

Elle était désarmante. Malko commençait à craindre de faire chou blanc. Novinka était transparente. Malko jeta un coup d'œil à Chris et à Milton qui n'avaient pas touché à leur assiette... Inutile de prolonger leur supplice. Il demanda l'addition.

Novinka Grinenko se leva en titubant légèrement et le précéda vers la sortie. Soudain, elle tomba en arrêt devant une des innombrables photos ornant les murs.

– Arcady, fit-elle d'une voix pleine de sanglots. Mon Arcady !

Malko regarda la photo qu'elle fixait. Celle-ci représentait quatre personnes. Un bonhomme adipeux, lippu, velu, avec d'énormes lunettes et de gros sourcils noirs, qu'on retrouvait sur les photos voisines. Arcady Churbanov, Novinka, et un quatrième personnage : un homme de petite taille, aux épaules très larges et aux yeux tombants, les cheveux en brosse, le menton carré. Les autres souriaient, mais pas lui.

– Qui est-ce ? demanda Malko.

Novinka oscilla légèrement d'avant en arrière.

– Je ne sais pas, bredouilla-t-elle. Un copain d'Arcady. Il dînait avec lui ici. Je les ai rejoints un jour, ça n'était pas prévu.

– Il s'appelle comment ?

– Je ne sais pas. Il ne m'a pas présentée.

Malko ne bougea pas. Cette photo parmi d'autres pouvait très bien ne rien signifier. Les murs en étaient couverts. Mais le quatrième personnage méritait d'être identifié... Il se retourna et appela le garçon :

– Je voudrais savoir qui se trouve sur cette photo, lui demanda-t-il en russe.

Le garçon y jeta un coup d'œil.

– Victor Lichine, le patron, dit-il. Novinka, Arcady. L'autre, je ne le connais pas.

Il s'éloigna. Chris Jones et Milton attendaient, intrigués, près de la porte. Malko leur fit signe, puis décrocha la photo encadrée. Trente secondes plus tard, deux garçons lui barraient la route.

– Hé, qu'est-ce que vous faites ?

– J'emporte un souvenir, dit Malko.

Pas question de courir un risque. Demain, la photo pouvait ne plus être là...

Un des garçons essaya de la lui arracher et poussa un cri : la main énorme de Chris Jones venait de le saisir par la nuque, et le secouait comme un chiot.

– Il t'a dit qu'il emportait un souvenir, dit gentiment le gorille.

Le garçon se débattit en appelant ses collègues qui déboulèrent entre les tables. C'est le moment que Milton Brabeck choisit pour s'avancer vers eux, la parka largement ouverte, découvrant les crosses de ses deux brownings. Au café *Arbat*, c'est un langage qu'on comprenait au quart de tour... Personne n'avait envie de risquer sa vie pour une photo. Il y eut quelques grognements, des insultes proférées prudemment d'une voix imperceptible et les quatre garçons battirent en retraite. Les derniers clients avaient plongé le nez dans leur assiette.

Novinka Grinenko sauta au cou de Malko.

– Ce que tu es gentil ! fit-elle, se mettant à le tutoyer. Jamais je n'aurais osé la demander.

Elle lui prit la photo encadrée et la serra contre son cœur, tout en se dirigeant vers la sortie...

Le vieux à casquette du vestiaire, qui avait assisté à la scène, leur rendit leurs manteaux en faisant mine de ne pas voir la photo... Dans la Cherokee, Novinka mit sa tête sur l'épaule de Malko.

Arrivés devant l'immeuble de l'avenue L, Malko aida la jeune femme à descendre, et lui prit le bras, tant sa démarche était vacillante. Elle eut du mal à trouver sa clef... A peine dans l'appartement, elle fonça dans sa chambre et disposa la photo sur la table de nuit, avant de se retourner vers Malko, le regard humide :

– *Spasiba bolchoi* ! murmura-t-elle. A moi, ils n'auraient pas voulu la donner.

Elle s'approcha de lui pour presser doucement sa bouche contre la sienne. Et rouvrit du même coup sa lèvre blessée ! Instinctivement, Malko recula. Novinka comprit aussitôt.

– Oh pardon, je suis désolée.

Elle demeura quelques instants appuyée à lui, cherchant de toute évidence une autre façon de manifester sa gratitude. Ce ne fut pas long. Sans même ôter son manteau, elle glissa le long de son corps, jusqu'à ce que son visage soit à la hauteur de sa ceinture. Il ne lui fallut que quelques secondes pour s'emparer de la virilité de Malko et l'enfoncer dans sa bouche avec conviction. Sa fougue lui valut rapidement un résultat plus que convenable.

Appuyé au mur, Malko savourait ce remerciement inattendu. Novinka s'efforçait de lui arracher sa sève avec de grands mouvements lents et amples. Ses nattes noires montaient et descendaient. Il sentit le plaisir venir de ses reins et poussa un cri bref. Novinka l'engloutit encore plus loin dans sa bouche et le reçut sans broncher. Puis elle se releva avec un sourire plein de candeur.

– Comme ça, je ne t'ai pas fait mal, dit-elle gentiment.

Elle fit glisser son manteau de ses épaules et s'allongea sur le lit, entraînant Malko par la main.

– Viens me baiser, murmura-t-elle. Je suis si triste.

Elle émit un gros soupir, ferma les yeux et s'endormit d'un bloc. La vodka ajoutée au Taittinger Comtes de Champagne, rosé 1986 avait eu raison d'elle... Malko prit alors délicatement la photo et sortit sur la pointe des pieds.

*
**

– C'est décourageant, avoua Howard Allenwood, le FBI a montré cette photo aux flics de tous les districts de Brooklyn, sans le moindre résultat.

Depuis la veille au soir, FBI et policiers tentaient d'identifier l'inconnu photographié en compagnie d'Arcady Churbanov. En vain. La nuit tombait. Malko avait tenté de joindre Novinka chez elle, mais son téléphone était sur répondeur, et toujours sous la protection du FBI.

– Conseillez aux agents du FBI de faire du porte-à-porte dans Brighton Beach, suggéra-t-il au *deputy-director* de la Division des Opérations. Moi, je retourne au café *Arbat.*

Il alla récupérer Chris Jones et Milton Brabeck qui, dans la pièce voisine, se goinfraient de hamburgers et de Coca, au cas où...

– On repart à Brighton Beach ! annonça-t-il.

– Heureusement qu'on a bouffé, remarqua Chris Jones. Hier soir, c'était vraiment dégueu... Le strogonoff, ils disent que c'est du bœuf, mais c'est sûrement pas vrai.

– Non, vous avez raison, répliqua Malko, c'est du chat. Mais très bien préparé. Une vieille recette du Caucase. De toute façon, ce soir, on ne dîne pas. On va juste rapporter la photo.

– Y vont être contents ! En avant !

La photo avait été contretypée, puis ce contretype reproduit de plusieurs façons différentes, l'un d'eux ne conservant que l'inconnu.

Il y avait une circulation effroyable sur le FDR Drive. Ils mirent presque une heure pour atteindre le Battery Tunnel. Ensuite, c'était pareil sur le 267, le *freeway* qui longeait la côte ouest de Brooklyn.

Il était presque neuf heures quand ils atteignirent Brighton Beach. Malko entra le premier dans le café *Arbat.* C'était bondé. Les garçons mirent quelques secondes à le reconnaître, puis foncèrent sur lui, pas vraiment aimables. Malko brandit la photo.

– Je viens vous la rapporter. Je veux voir Victor Lichine.

Comme le garçon hésitait, Milton lui mit sous le nez sa carte du *Secret Service*. L'autre partit et revint accompagné du chauve aux gros sourcils noirs de la photo, qui apostropha Malko en mauvais anglais.

– Qui vous a permis de voler ma photo ?

Chris Jones s'interposa avant que Malko ait pu ouvrir la bouche, enfonçant aimablement son index d'acier dans la panse du gros homme.

– *Take it easy*. On ne s'énerve pas, on répond poliment. Sinon...

Victor Lichine redevint immédiatement aimable. S'installant à la seule table vide, il invita ses visiteurs à s'asseoir. Aussitôt, un garçon déposa devant eux une bouteille de vodka et des verres. Avec un sourire bien huileux. Victor Lichine attaqua :

– Je suis OK, les gars du 61e *Precinct* me connaissent bien.

Malko lui adressa un regard froid.

– La dernière fois qu'il y a eu un meurtre ici, vos quarante clients ont tous juré qu'ils étaient aux toilettes du sous-sol, où il n'y a que deux places... Vous y étiez aussi ?

Désarçonné, l'Ukrainien baissa les yeux. Malko glissa la photo sous ses yeux.

– Savez-vous qui est cet homme ?

Victor Lichine regarda attentivement le cliché et releva la tête.

– Non.

– Pourquoi a-t-on pris cette photo ?

L'Ukrainien désigna un vieil homme debout près de l'entrée, un vieux Rolleiflex en bandoulière.

– Vadim est là tous les soirs. Il propose ses services.

Quand les clients acceptent et que je suis là, on fait la photo. Mais je ne connais même pas les gens avec qui je suis photographié. Sauf quelques-uns.

– Et cet homme-là, justement ?

– Non, vraiment.

– Et les garçons ?

– Ils ne parlent pas aux clients. Il n'y a qu'Arcady Churbanov qui...

– Il est mort.

– Alors, Novinka, sa copine.

– Elle ne se souvient de rien. Ils se sont quittés tout de suite après le dîner.

Silence pesant. Victor Lichine arborait un sourire mécanique. Malko comprit qu'il n'en sortirait rien et se leva.

– Si vous voyez à nouveau cet homme, dit-il, prévenez immédiatement le FBI.

Ils quittèrent le café *Arbat* sans avoir touché à leur vodka. Une rame de la ligne D du métro aérien passa au-dessus de leurs têtes en grondant.

– Allons quand même faire un tour au 61e *Precinct*, suggéra Malko.

*
**

– Jamais vu ! lança le lieutenant Walter Willinger, patron des détectives du 61e *Precinct*, en remettant ses lunettes d'écaille noire. Les gens du FBI sont déjà venus. Pourtant, on connaît tous les voyous du coin.

– Ce n'est peut-être pas un voyou...

Un détective pénétra dans la pièce et accrocha sa casquette à une patère avant de s'installer. Son chef le présenta : détective Arthur Semioli. Lui aussi eut droit à la photo et secoua la tête.

– Connais pas.

– Le FBI va nous le retrouver, suggéra Chris Jones qui avait hâte de regagner la civilisation.

Arthur Semioli ricana, en mordant dans un *pastrami sandwich.*

– Ils retrouvent même pas les objets perdus ! Non, il n'y a qu'un type qui pourrait vous aider. S'il veut bien.

– Qui ça ?

– Maxim Semionov, le patron de *Novoye Russkoye Slovo* (1), le quotidien en langue russe qui paraît ici. Lui connaît *tout* le monde et a des milliers d'informateurs. Seulement, il ne parle pas beaucoup aux gens de chez nous.

– On le trouve où ? demanda Malko. Ici, à Brighton Beach ?

– Non. Il a ses bureaux dans Manhattan. Il n'y a qu'à acheter le canard, l'adresse est dessus.

Malko et les deux gorilles prirent congé des détectives. Il n'y avait plus rien à faire à Brighton Beach.

– Vite, un McDonald's ! supplia Chris Jones, je vais me trouver mal.

*
**

Le 111 Fifth Avenue était un immeuble ancien, noirci par la pollution, dans le bas de la ville, à la hauteur d'Union Square, dans la partie populeuse de la prestigieuse avenue. Le hall de l'immeuble était si mal éclairé que Malko eut du mal à trouver la plaque annonçant « Novoye Russkoye Slovo, 5e étage ».

– Attendez-moi, dit-il à Chris et à Milton.

Au téléphone, il s'était fait passer pour un journaliste allemand effectuant une enquête sur les mafias new-yorkaises. Les bureaux du quotidien en langue russe semblaient abandonnés. Il dut traverser plusieurs pièces vides avant de tomber sur une secrétaire qui l'introduisit dans celui de Maxim Semionov, un homme corpulent au crâne

(1) La Nouvelle Russie libre.

dégarni et au regard fourbe. Celui-ci accueillit Malko avec une certaine chaleur et ils commencèrent à s'entretenir sur le crime à New York.

Maxim Semionov expliqua ensuite qu'il était un ancien dissident politique et avait fait cinq ans de goulag avant de créer ce journal. Malko écoutait sagement. Le FBI lui avait appris que Maxim Semionov avait bien passé cinq ans en prison en Union soviétique, mais pas pour des motifs politiques : tout bêtement pour quelques belles escroqueries...

Revenant au sujet qui l'amenait, Malko commença à sortir quelques photos de sa serviette. D'abord, Youri Ivankov, dit *Japonshik*, grand voyou moscovite qui avait croisé la route de Malko aux Cayman Islands, deux ans plus tôt (1).

Maxim Semionov le reconnut au premier coup d'œil.

– Celui-là, on dit qu'il est mort ! commenta-t-il.

Malko sortit une seconde photo, fournie par le FBI.

– Anatoli Kozyrev ! Il a escroqué vingt-quatre millions de dollars au Trésor US. Il a été arrêté il y a six mois, dans le New Jersey, annonça le journaliste.

Malko glissa alors la photo d'Arcady Churbanov. Le journaliste russe y jeta un bref coup d'œil.

– Vous n'avez que des morts ! plaisanta-t-il. C'est Arcady le boxeur. Il a été abattu la semaine dernière en face du 61e *Precinct*, à Brighton Beach.

– Pourquoi ?

Le Russe fit la moue.

– Personne ne le sait. Quelqu'un a dû avoir peur qu'il parle trop. On saura un jour...

– Et celui-là ?

Il poussa vers Maxim Semionov la photo du café *Arbat*, recadrée de façon qu'il ne reste que le patron et l'inconnu barbu.

(1) Voir SAS, n° 114, *L'or de Moscou*.

– C'est Victor Lichine, le patron de l'*Arbat*.

– Et l'autre ?

– Karkov Balagula. On l'appelle aussi Karkov le Tatar.

Malko parvint à demeurer impassible. La chance était de son côté.

– Il fait partie de la mafia de Brighton Beach ?

Maxim Semionov eut un rire sec.

– Lui ! Non ! C'est un *vory u zakone* (1). Un grand voyou qui vit à Moscou et à Kiev, parce qu'il est Ukrainien d'origine.

– Pourquoi l'appelle-t-on le Tatar ?

– Il prétend qu'il est tatar de Crimée, par sa mère. Ça fait bien. Les Tatars sont à la mode.

– Il a une activité ici ?

Le journaliste russe, nettement moins chaleureux tout à coup, repoussa la photo.

– Non. Je suis étonné qu'on l'ait vu à l'*Arbat*. Il devait être de passage. Franchement, je n'ai pas très envie de parler de lui. Si ça lui revenait aux oreilles...

– Il n'en saura rien.

Maxim Semionov regarda Malko avec une expression grave.

– Karkov Balagula est *très* dangereux. Je n'ai pas envie de me retrouver pendu par les pieds à mon lustre, la gorge ouverte.

(1) Grand bandit.

CHAPITRE VIII

Malko prit le temps de digérer l'information de Maxim Semionov. Il ne fallait pas trop s'emballer. Karkov Balagula, tout en étant un voyou, pouvait très bien n'avoir aucun lien avec l'Opération Lucifer. Le côté « Tatar » n'amenait rien. Les Tatars, vivant à l'origine dans la presqu'île de Crimée, au sud de l'Ukraine, avaient été déportés par centaines de milliers dans ce qui était maintenant le « Tatarstan », à plus de mille kilomètres au nord-est de Moscou, sous prétexte de collaboration avec les Allemands. Depuis l'éclatement de l'Union soviétique, certains étaient revenus sur leur terre d'origine.

Aucun rapport avec l'ex-Yougoslavie.

Cependant, Malko était maintenant persuadé que l'attentat avorté au sarin était le fait d'un groupe organisé et puissant. On n'arriverait à écarter la menace qu'en remontant à la tête, échelon par échelon.

Karkov Balagula était peut-être un de ces échelons.

Il affronta le visage fermé de Maxim Semionov.

– Je ne vous citerai *jamais* mais dites-m'en un peu plus sur ce personnage.

Flatté, Maxim Semionov fit semblant de se faire prier, puis alla théâtralement fermer la porte du bureau.

– OK, dit-il, je vais vous dire deux ou trois trucs. Karkov Balagula est un des plus féroces et un des plus riches businessmen de la nouvelle vague. Bien qu'il soit basé à Kiev, il a beaucoup d'affaires à Moscou. Une banque, des opérations d'import-export. Il gagne des millions de dollars. L'année dernière, il est venu de Kiev avec des amis passer le réveillon au *Rasputin*, à sept cent cinquante dollars par personne la soirée !

– Il a des affaires aux USA ?

– Non, je ne crois pas. Il est venu investir ses dollars dans l'immobilier. Tous les *vory u zakone* font la même chose. C'est plus sûr que la Russie.

– J'aimerais bien l'interviewer, proposa Malko. Vous pourriez m'aider ?

Maxim Semionov se referma.

– Impossible. Je vous en ai déjà trop dit.

Il se leva, tout gonflé de son importance, et raccompagna Malko. A peine celui-ci était-il en bas qu'il appela le bureau de la CIA.

– Faites mettre les téléphones de Maxim Semionov sur écoute par le FBI dès que possible, demanda-t-il à Howard Allenwood.

Il lui résuma son entrevue avec le journaliste russe, et conclut :

– Rien ne dit que Karkov Balagula soit mêlé à cette affaire, mais il ne faut rien négliger, au point où nous en sommes...

Howard Allenwood le coupa :

– Je fais le nécessaire, mais j'aimerais vous voir immédiatement. Il y a du nouveau.

*
**

Howard Allenwood avait les traits tirés et ses rides semblaient s'être creusées. Dès que Malko eut pénétré dans son bureau, il sortit d'un tiroir un objet translucide ressemblant à un bloc rectangulaire de Plexiglas et le tendit à Malko.

– Regardez bien !

Malko prit l'objet. Il s'agissait en effet de deux feuilles de Plexiglas, épaisses d'un centimètre chacune, soudées ensemble, et renfermant une feuille de papier.

Une simple feuille de papier machine. En en-tête, il reconnut le sigle qu'il avait déjà vu, l'aigle à deux têtes surmontant deux sabres, et l'inscription : « Pour Dieu. Pour la Serbie ». En dessous, il y avait un message d'une seule ligne : « *The US government has ten days to evacuate Bosnia.* »

Malko tourna et retourna le bloc de plastique, intrigué.

– Pourquoi avoir enchâssé ainsi ce message ? demanda-t-il.

– Le FBI a reçu ce matin une lettre dans une enveloppe kraft, adressée au directeur, 26 Federal Plaza. Comme toutes celles qui arrivent là, elle a été passée au détecteur d'explosif, qui n'a pas réagi. Elle a donc été confiée au secrétariat. Une secrétaire l'a ouverte. L'enveloppe était doublée à l'intérieur d'une feuille d'aluminium afin de la rendre étanche. Elle ne contenait que cette feuille de papier. Deux minutes après l'avoir ouverte, la secrétaire a été prise de malaise. Rien n'a pu la sauver. Le papier avait été imprégné de sarin...

– *Himmel Herr Got !* fit Malko éberlué.

Il s'était trompé. Les terroristes n'avaient pas été déstabilisés par la mort de Serguei Artemiev et l'arrestation d'Arcady Churbanov. Ils frappaient encore. Sous son nez.

Il reposa le bloc de plastique sur le bureau du haut fonctionnaire et retourna à son fauteuil. Le clic caractéristique de l'ouverture d'un Zippo le fit se retourner. Howard Allenwood venait d'allumer une cigarette.

– J'ose à peine décrocher le téléphone, avoua-t-il. John Deutch a été convoqué à la Maison-Blanche, avec le DG du FBI et l'Attorney général. Personne ne sait ce qu'il faut faire. Le président insiste pour ne rien dire à la presse. Mais c'est un jeu de quitte ou double. Si la prochaine lettre arrive au *New York Times*, avec quelques explications, vous imaginez le tableau ! Le président sera pris entre deux possibilités également impossibles : renier sa parole en Bosnie ou affronter le risque d'un attentat *massif*.

La voix de sa secrétaire, dans l'interphone, l'interrompit :

– M. Meselson est arrivé.

– Faites-le entrer, ordonna l'Américain. C'est Matthew Meselson, le patron du *Biological Arms Control Institute* de Washington, annonça-t-il à Malko. Il est venu de Washington par avion spécial.

Un homme de taille moyenne, des Ray-ban aux verres épais sur le nez, le visage plutôt sévère, une vieille serviette à la main, fit son entrée. Il salua Malko et Howard Allenwood avant de s'asseoir. Le *deputy-director* de la Direction des Opérations ne perdit pas de temps :

– Nous vous avons déjà demandé conseil il y a quelques jours, dit-il. Aujourd'hui, la menace semble se préciser. Nous avons besoin de votre aide. Voici ce qui se passe.

Il raconta l'histoire de la lettre piégée et expliqua la menace qui pesait sur l'Amérique. Matthew Meselson examina la lettre sous Plexiglas et la rendit à Howard Allenwood. Sans perdre son calme, il demanda :

– Que voulez-vous savoir ?

– Ce qu'on peut faire.

Un très pâle sourire éclaira le visage austère du scientifique.

– Attrapez ces salopards ! conseilla-t-il.

Howard Allenwood lui jeta un regard à figer une banquise.

– C'est ce que nous essayons de faire, de toutes nos forces... Mais nous n'avons que peu d'éléments. Y a-t-il un moyen technique de prévention ?

Matthew Meselson alluma une cigarette, pensif.

– A moins de faire porter en permanence un masque à gaz équipé d'un filtre spécial à toute la population new-yorkaise, fit-il, je n'en vois pas. Vous avez de la chance : nous sommes en hiver... Or, le sarin, extrêmement volatile, l'est encore plus lorsque la température s'élève. Pour répondre à votre question, je ne vois aucune façon de prévenir un attentat de ce type. Le seul antidote, l'atropine, doit être injecté par piqûre.

– Aujourd'hui, c'est le FBI qui est frappé, mais il s'agit seulement d'un avertissement, expliqua l'homme de la CIA. Si le porteur du seau de sarin n'avait pas été renversé par un taxi, l'autre jour, le gaz aurait été introduit dans tout le système de climatisation d'un building...

– Et en vingt minutes, il n'y aurait plus eu que des morts à l'intérieur, compléta Matthew Meselson. Il y a des dizaines de façons de répandre du sarin dans des lieux publics, ou même dans la rue. Comme il est plus lourd que l'air, il reste au niveau du sol...

Howard Allenwood demeura silencieux, atterré.

Devant son désarroi, le scientifique eut un geste d'impuissance.

– Je comprends, fit-il avec compassion, mais je n'ai pas de recette miracle. Nous sommes tous coupables d'avoir fabriqué des armes aussi dangereuses. Il faut bien un jour que cela se retourne contre l'humanité.

– Merci, dit Howard Allenwood. Bien entendu, ne mentionnez cette conversation à *personne*.

– Evidemment, promit Matthew Meselson. Je vous souhaite bonne chance.

Il se leva et reprit sa serviette noire et usée. Lorsqu'il fut parti, le *deputy-director* de la Division des Opérations fixa Malko.

– Vous avez entendu... Il n'y a qu'*une* solution.

– Trouver ces salopards... Commençons par trouver ce Karkov Balagula. Soit on le mettra hors de cause, soit nous ferons sérieusement avancer l'enquête.

*
**

La nuit était tombée depuis longtemps. Exceptionnellement, la secrétaire d'Howard Allenwood était restée, apportant des sandwiches et du café à son patron et à Malko. L'Américain, en bras de chemise, posa ses lunettes et se frotta les yeux.

– Je crois qu'on a fait tout ce qu'on pouvait ! soupira-t-il.

Depuis le départ de Matthew Meselson, il avait envoyé des messages à *tous* les services capables de les aider à trouver Karkov Balagula, aux Etats-Unis comme à l'étranger. Du FBI aux services amis, en passant par toutes les stations de la CIA pouvant être concernées. La police métropolitaine de New York avait été, elle aussi, mobilisée par une diffusion dans tous les districts, et à tous les services de police criminelle. L'Opération Lucifer était devenue la priorité numéro un. Malko avait lui-même rédigé la fiche de recherche. La plus grande difficulté venait de ce qu'il était impossible d'agir ouvertement. Karkov Balagula ne devait pas savoir qu'il était recherché.

Howard Allenwood avait même demandé à la NSA (1) d'analyser les messages interceptés, y compris sur Internet, en espérant voir surgir le nom du caïd ukrainien. Une immense toile d'araignée invisible était désormais tendue à travers le monde. Sans résultat garanti. S'il se déplaçait, Balagula devait le faire sous un faux nom, et surtout, rien ne garantissait qu'il soit mêlé à l'affaire du sarin ! Mais c'était la seule piste à explorer.

Malko achevait de mastiquer son *pastrami sandwich* livré par le *Stage delicatessen*, quand le téléphone sonna. Howard Allenwood répondit :

– Le FBI vient de me prévenir qu'Alexis Panenko a

(1) National Security Agency.

pris ce soir un vol Air France pour Paris, avec correspondance pour Moscou, annonça-t-il après avoir raccroché. Il n'y a aucune charge contre lui, on l'a laissé partir.

Malko réfléchit rapidement.

– C'est bizarre. S'il se met à l'abri pour ne pas être mêlé de trop près à cette affaire, cela pourrait vouloir dire que Karkov Balagula se trouve ici...

– C'est possible, reconnut l'Américain. Mais je crois qu'on a fait l'impossible pour le dénicher...

Ils se regardèrent, partageant le même sentiment d'impuissance. A la fin du XXe siècle, un pays aussi puissant que l'Amérique pouvait être tenu en échec par un groupe terroriste décidé et féroce. C'était une forme de guerre totale. Avec une population civile prise en otage et un gouvernement désarmé.

Pour détruire un minuscule noyau malfaisant, les forces traditionnelles n'étaient pas adaptées. Il ne restait qu'une traque souterraine, basée sur des informations extrêmement difficiles à réunir. Mentalement, Malko essayait de faire le point. Des gens susceptibles de faire avancer son enquête, il ne restait plus qu'une personne : Novinka Grinenko. Certes, il était persuadé qu'elle ne savait rien *directement*. Mais elle connaissait le milieu des petits gangs de Little Odessa. Or, un homme aussi important que Karkov Balagula ne devait pas passer inaperçu dans cette faune. La jeune femme ignorait encore que Malko avait identifié l'ami de feu son amant. Peut-être le nom éveillerait-il quelque chose dans sa mémoire.

– Je vais revoir Novinka Grinenko, annonça-t-il.

*
**

Novinka Grinenko, enveloppée d'une longue robe en lainage noir du menton aux chevilles, écoutait Malko, sage comme une icône. Il l'avait trouvée devant la télé, en train de siroter son étrange cocktail rouge fait de Cointreau, de vodka, de citron vert et de cranberry juice. Un Cointreau-cosmopolitan. Elle semblait n'avoir gardé qu'un vague souvenir de son attitude de la veille, accueillant Malko plus comme un ami que comme un partenaire sexuel.

Celui-ci venait de lui apprendre qui était l'homme sur la photo et ce qu'il faisait.

– Si ce Karkov Balagula se trouve à New York, conclut-il, comment pourrais-je le trouver ?

Novinka Grinenko réfléchit un long moment, le front plissé par l'effort.

De toute évidence, elle *voulait* aider Malko. Finalement, elle s'anima :

– Ce Balagula, remarqua-t-elle, c'est un *bandit*.

Elle utilisait le mot russe signifiant indifféremment voyou ou terroriste.

– Je le pense.

Un sourire malin éclaira le visage de la jeune Ukrainienne.

– Les *bandits*, ils n'ont que deux choses en tête : le fric et le « pussy » (1). Celui-là doit être comme les autres.

– Où voulez-vous en venir ? demanda Malko, surpris par cette analyse lapidaire.

– S'il est à New York pour du business, il ne vient pas avec sa femme. Donc la première chose qu'il fait, c'est de trouver une belle fille pour coucher. Les *bandits* n'aiment pas les Américaines, plutôt les Russes ou les Ukrainiennes.

– Et alors ?

– J'ai des copines qui sortent avec des types comme Balagula, expliqua Novinka. Pour le fric. C'est à *elles* qu'il faudrait demander s'il est en ville.

Malko commençait à l'écouter attentivement.

– Excellente idée, approuva-t-il. Mais comment les trouver ?

(1) Le cul.

– Je peux vous aider ! fit simplement Novinka Grinenko.

Elle termina d'un coup son Cointreau-cosmopolitan et prit son téléphone sur ses genoux.

Elle appela d'abord une certaine Ludmilla qu'elle ne trouva pas, et continua ses recherches. Appelant un restaurant, puis un bar, un hôtel, s'exprimant tantôt en anglais, tantôt en ukrainien, tantôt en russe. Malko arrivait à suivre grosso modo. Novinka « rebondissait » de fille en fille, mettant à contribution toutes celles qu'elle connaissait... Seulement, vingt minutes plus tard, elle raccrocha, désolée.

– J'ai fait tout ce que je pouvais, avoua-t-elle, mais je n'arrive pas à joindre celle que je veux. J'ai laissé des messages partout pour qu'elle me rappelle. Vous voulez attendre ?

– Bien sûr !

Elle sourit :

– Alors, on va regarder la fin du feuilleton !

*
**

Le téléphone sonna trente-cinq minutes plus tard. Malko assista à une conversation animée en ukrainien. sans y comprendre grand-chose. Puis, Novinka mit la main sur l'écouteur et annonça :

– C'est ma copine Ludmilla. Elle ne connaît pas Karkov Balagula, mais elle a une copine qui sort avec un type qui le connaît très bien.

– Qui ?

– Gregor Limonov. Je l'ai croisé en cherchant du travail. Il possède plusieurs restaurants et beaucoup d'appartements. Ludmilla me dit qu'il place de l'argent pour Balagula.

– Comment je peux trouver ce Gregor Limonov ?

Nouvelle conversation en ukrainien.

– Elle dit qu'elle a vu la voiture de Limonov ce soir devant un restaurant. Il doit y être encore. Elle dit que ce soir sa copine dîne avec Limonov...

– Où ?

Nouvelle conversation en ukrainien, interrompue à nouveau par Novinka, embarrassée.

– Elle veut cinq cents dollars pour le dire...

Malko n'hésita pas le quart d'une seconde.

– D'accord. Elle vient ici ?

Nouvel échange.

– Elle vous attend au *Black Sea Bookshop*, au coin de Coney Island et de Brighton Beach Boulevard. Dans un quart d'heure.

– Comment je vais la reconnaître ?

– Elle est très grande, très belle, avec un manteau en astrakan noir. Vous êtes d'accord pour les cinq cents dollars ?

– Absolument.

Cette fois, Novinka raccrocha presque immédiatement avec un sourire d'excuse.

– Je suis désolée, mais elle a besoin d'argent.

– Pas de problème, fit Malko en se levant. J'espère que c'est sérieux.

*
**

Le *Black Sea Bookshop* était une longue boutique à la façade noire, au bout de Coney Island Avenue, juste sous le métro aérien. Malko y entra seul, laissant les deux gorilles dans la voiture. Comme la plupart des boutiques du coin, elle ne fermait qu'à minuit. La caisse était à droite en entrant et le magasin tout en longueur, sous un plafond très bas. Dans un silence religieux, des clients cherchaient leur bonheur au milieu de milliers de livres d'occasion en russe. Il repéra immédiatement une très grande blonde au visage dur et en manteau d'astrakan, au fond du magasin, et la rejoignit.

– Ludmilla ?

– *Da*. Vous avez l'argent ?

Malko sortit à demi de sa poche cinq billets de cent dollars. Ludmilla tendit la main, les prit et les enfouit aussitôt dans la poche de son manteau d'astrakan.

– Limonov dîne au *Wintergarden Restaurant*, au bout de la 6e Rue. C'est une impasse, qui se termine au *Boardwalk*. Il a une Mercedes 600 verte avec des plaques de New York. La voiture est garée devant.

– Comment est-il ?

– Costaud, laid avec un gros nez et toujours un chapeau noir. Ça va ?

– Ça va.

Elle traversa aussitôt la librairie et sortit. Malko attendit quelques secondes avant de rejoindre Chris et Milton.

– Le *Wintergarden* est à deux pas, dit-il après les avoir mis au courant.

– On prévient le FBI ? suggéra Chris Jones.

La CIA n'ayant aucun pouvoir de police sur le territoire américain, seul le FBI pouvait intervenir.

Malko réfléchit quelques secondes.

– J'ai envie de tenter quelque chose de plus vicieux, suggéra-t-il. Nous ignorons si Karkov Balagula est à New York. Il peut être n'importe où dans le monde. Gregor Limonov, interrogé par le FBI, va se fermer comme une huître. Et prévenir son ami et associé. Voici ce que je vous propose...

*
**

La Mercedes 600 verte était garée juste en face du *Wintergarden*, le capot vers la mer. La 6e Rue se terminait en impasse, en contrebas de la promenade en planches qui bordait l'océan et à laquelle on accédait par des escaliers de pierre.

Le *Wintergarden* faisait l'angle, au rez-de-chaussée, l'entrée se trouvant dans la 6e Rue totalement déserte. Malko monta sur les planches balayées par un vent glacial venu de l'océan. Quelques vieux Ukrainiens promenaient leur chien. On se serait cru à Deauville. Il revint vers l'impasse, espérant que Gregor Limonov ne tarderait pas à sortir. Peu avant minuit, la porte du *Wintergarden* s'ouvrit sur un couple.

La femme, une blonde au visage marqué, avec une chapka de fourrure grise et un gros manteau de laine, avait bien quinze centimètres de plus que l'homme. Ce dernier ressemblait à un champignon, avec son chapeau à large bord des années cinquante. Engoncé dans un manteau de cuir noir, style Gestapo, il ressemblait à la description qu'avait faite Ludmilla. Il ouvrit la portière de la Mercedes à sa compagne et prit place au volant. Malko avait tout prévu. La Cherokee était collée à la Mercedes, l'empêchant de démarrer.

Chris et Milton en sortirent pour venir à hauteur des deux portières avant. Mais si le moteur de la 600 tournait, le Russe n'avait pas allumé ses phares. Malko s'approcha, intrigué. Gregor Limonov n'avait pourtant pas pu les repérer.

D'abord, il ne distingua qu'une masse confuse, avant de réaliser ce qui se passait. Le mafieux n'avait pas pu attendre. D'une main ferme, il guidait la nuque de la blonde, occupée à le pomper comme un derrick. Il n'avait même pas ôté son chapeau et la fille semblait trouver ce dessert tout à fait naturel. Gregor Limonov était si absorbé qu'il s'aperçut à peine que Malko venait d'ouvrir la portière...

Le vent glacial s'engouffra dans la voiture et le gros homme tourna la tête. Malko croisa son regard d'abord furieux, puis affolé. La fille, stoïque, continuait sa besogne. Malko s'effaça et lança à Chris Jones, en russe :

– *Davai !* (1)

Le gorille se pencha à l'intérieur, agrippa Gregor Limonov par le col de son manteau de cuir et tira de toute sa puissance, l'arrachant littéralement de son siège. La fille faillit venir avec. A son tour, elle se redressa, paniquée. Gregor Limonov se débattait sur le trottoir, jurant en russe comme un damné.

Malko se pencha à son tour et lança à la fille en russe :

– Tu ne bouges pas !

Muette de terreur, elle se tassa sur son siège, tandis que Milton Brabeck prenait la place de Limonov au volant. Malko lui avait ordonné de ne pas ouvrir la bouche. Avec son parka et ses traits taillés dans le roc, il pouvait très bien passer pour un Tchétchène, dans la pénombre... Chris Jones avait remis Gregor Limonov debout et l'entraînait vers la place.

– Qu'est-ce que... Qui êtes-vous ? demanda le voyou.

Pour toute réponse, Chris Jones lui enfonça le canon de son obusier israélien dans l'estomac. Malko lui dit à voix basse :

– Viens avec nous, Gregor.

Son russe était parfait, certes avec un accent, mais il y avait tant d'accents dans l'ex-Union soviétique... Gregor Limonov s'y méprit. Tandis qu'on le traînait, il s'égosilla :

– Skoktovy ? (2) Qu'est-ce que tu veux ?

– Zatknais ! (3) lui intima Malko.

Il se retourna : la ruelle était toujours déserte et Milton Brabeck veillait sur la pute. Les trois hommes marchèrent dans le sable une bonne centaine de mètres, jusqu'à être invisibles de la promenade déserte. Arrivés non loin des

(1) En avant !
(2) Qui es-tu ?
(3) Tais-toi !

vagues, alors que le bruit du ressac couvrait les protestations de Limonov, Malko, d'une bourrade, jeta celui-ci à genoux dans le sable. Puis, sortant son Beretta de sa ceinture, il posa le canon contre le cou du voyou.

Gregor Limonov poussa un cri étranglé. Il ne serait pas le premier truand à être abattu à la sortie d'un restaurant de Brighton Beach. Le dernier remontait à moins de trois mois...

– *Niet ! Niet !* balbutia-t-il.

Malko lui rejeta la tête en arrière et le canon du pistolet heurta ses dents.

– Gde zia on (1) « Tatarin » ? demanda-t-il.

Sa seule chance de faire parler le Russe était que ce dernier le prenne pour un autre mafieux. Même s'il ne l'avait jamais vu, c'était plausible... Gregor Limonov s'étrangla, tenta d'écarter le canon de l'arme de sa bouche, bredouilla des mots incompréhensibles, puis articula :

– *Ya nié znayou !* (2)

Malko enfonça le canon d'un centimètre supplémentaire.

– Ty vrech ! (3)

L'autre bredouilla encore. Il n'avait pas assez peur. D'une bourrade, Malko le fit tomber sur le sable. Le bras tendu vers le sol, le canon à quelques centimètres de la tempe du voyou, il releva le chien. Le « clic » métallique arracha un cri à Gregor Limonov.

– *Niet ! Niet !* Ne tire pas ! supplia-t-il. Il est au *Paradise* !

(1) Où est...
(2) Je ne sais pas !
(3) Tu mens !

CHAPITRE IX

– Le *Paradise,* dans Emmons Avenue ?

– *Da, da,* confirma Gregor Limonov, recroquevillé sur le sable. Au coin de la 29e Rue.

Cela paraissait trop beau à Malko qui se pencha et enfonça le canon du Beretta 92 dans l'oreille du Russe.

– Tu mens, répéta-t-il. Il n'est pas au *Paradise,* j'y ai été. Tu vas crever !

Terrifié, Gregor Limonov rampa sur le sable et cria :

– Si, si, il est au *Paradise*, mais pas dans la salle... Dans un salon, avec Azeri, le patron.

Une mouette passa en glapissant. Cette fois Malko était *sûr* que l'autre disait la vérité. C'était inespéré. Jubilant, il remit son pistolet dans sa ceinture. A peine avait-il lâché la crosse que Gregor Limonov roula sur lui-même, se releva d'un bond et dévala comme un lapin en direction de l'océan.

Chris Jones et Malko, pris de court, ne réagirent pas immédiatement, le laissant reprendre une dizaine de mètres d'avance.

– Rattrapez-le, vite, ordonna Malko.

Le gorille se lança de toute la vitesse de ses puissantes jambes. Il sembla à Malko, dans la pénombre, que le Russe courait d'une façon bizarre, le bras droit replié contre son torse, la main contre son visage, comme s'il était blessé.

Il fonçait droit vers l'eau comme s'il voulait se noyer... Malko réalisa brutalement que Gregor Limonov avait pris dans sa poche un téléphone portable et était en train de téléphoner, tout en s'enfuyant ! Il n'était pas difficile de deviner à qui ! Il prévenait Karkov Balagula. Il fallait réagir coûte que coûte.

– Chris, hurla Malko pour couvrir le bruit des vagues, revenez !

Gregor Limonov avait remis le téléphone dans sa poche. Il s'arrêta et se retourna. Malko, à cette distance et dans l'obscurité, ne distingua pas bien ce qui se passait. Chris Jones avait pilé net. La détonation sourde de son *Desert Eagle* troua le silence.

Malko devina la silhouette de Gregor Limonov projetée en arrière comme par une violente rafale de vent. Le Russe tomba sur le sable et y demeura immobile.

Chris Jones s'approcha de lui, se pencha, puis revint vers Malko en courant.

– Il a tiré un flingue de son manteau, lança-t-il, j'ai été obligé de...

– Tant pis pour lui ! Mais avant, il a eu le temps de téléphoner. Sûrement à Karkov Balagula. Il faut le coincer avant qu'il n'ait le temps de filer. Appelez Mr Allenwood !

Tout en courant, Chris Jones commença à composer le numéro de la CIA sur son propre portable.

En les voyant revenir ventre à terre, Milton Brabeck émergea de la Mercedes 600.

– Vite ! lança Malko, nous avons localisé Karkov Balagula. Ce n'est pas loin d'ici.

Chris Jones, dès qu'il eut communiqué l'adresse du *Paradise* à Howard Allenwood, coupa la communication et annonça :

– Le FBI sera là-bas dans quelques minutes.

Abandonnant là la blonde terrorisée, les trois hommes sautèrent dans la Cherokee. Malko prit le volant et fonça dans Brightwater Court, parallèle à Brighton Beach. Il tourna ensuite à gauche dans Coney Island Avenue, puis à droite dans Emmons Avenue, une longue artère longeant un bras de mer où étaient amarrés des bateaux de croisière et de pêche utilisés à la belle saison.

A cette heure tardive, Emmons Avenue était totalement déserte. Le portable de Chris Jones sonna et il répondit.

– Le FBI, le 61e *Precinct* et le 60e envoient toutes leurs voitures disponibles, annonça-t-il. Ils seront sûrement là-bas avant nous.

Il leur restait environ un kilomètre à parcourir. Malko priait pour que ce déploiement de forces ne soit pas inutile.

Il avait fini de longer le quai. Le *Paradise* se trouvait sur le même côté, en bord de mer. Le hurlement d'une sirène éclata derrière eux et il aperçut dans son rétro un gyrophare rouge qui se rapprochait. Le FBI était en route. Lui-même ralentit un peu, cherchant le restaurant. Emmons Avenue se scindait en deux voies séparées par un terre-plein. Une minute plus tard, il repéra l'enseigne du *Paradise*. A l'instant où quatre hommes en sortaient en courant pour se diriger vers le terre-plein central, le long duquel étaient garées des voitures. Impossible de distinguer leurs visages dans l'obscurité.

Les quatre hommes s'engouffrèrent dans une voiture garée de l'autre côté du terre-plein. Une Mercedes qui démarra dans un hurlement de moteur dans la direction opposée à la leur.

Malko explosa de fureur. Le terre-plein lui interdisait de couper la route aux fuyards. Il dut parcourir encore cinquante mètres avant de pouvoir effectuer un demi-tour. Il manqua accrocher deux voitures du FBI qui arrivaient face à lui. Elles s'immobilisèrent en plein milieu de Emmons Avenue, pour vomir plusieurs hommes arme au poing, arborant la casquette du FBI. La voiture qui talonnait Malko stoppa en face du *Paradise*, crachant à son tour ses occupants. Les hululements de plusieurs sirènes s'amplifiaient, venant de toutes les directions.

Malko, rebroussant chemin, dévala Emmons Avenue vers l'ouest, les yeux rivés au loin sur les feux rouges de la voiture dont les occupants avaient fui le *Paradise.*

– Appelez le FBI, lança-t-il à Chris, dites-leur que Balagula ne se trouve plus au *Paradise* !

Avant le croisement avec Coney Island Avenue, il croisa encore deux véhicules du FBI qui fonçaient vers le *Paradise*... Chris Jones hurlait dans le portable, expliquant au QG du FBI ce qui se passait.

– Nous allons vers l'ouest, cria-t-il. Nous sommes maintenant sur Neptune Avenue.

La circulation était quasi nulle et, devant eux, la Mercedes ropulait à tombeau ouvert. Malko rageait silencieusement, tentant de se rassurer en se disant qu'il serait relativement facile d'isoler le sud de Brooklyn, avec les forces dont il disposait.

– Vous voyez leur numéro ? demanda Milton Brabeck de l'arrière.

– Non, fit Malko, ils sont trop loin.

La distance qui séparait les deux voitures ne se réduisait pas. La Mercedes tourna à droite dans Shell Road, une grande avenue filant vers le nord.

– Ils essaient de gagner le Belt Parkway, annonça Chris Jones penché sur une carte. Il coupe un demi-mille plus loin.

C'était le grand *freeway* urbain remontant Gravesend Bay jusqu'au nord de Brooklyn. Dans l'autre sens, il filait vers l'est et les aéroports de New York. Soudain, juste avant de déboucher sur le Belt Parkway, Malko aperçut les gyrophares de plusieurs voitures de police qui barraient Shell Road et l'accès au Belt Parkway. Au même moment, une sirène hulula derrière eux.

Un nouveau véhicule de police venait de surgir d'une voie transversale. Les feux stop de la Mercedes s'allumèrent. Elle freina, cent mètres avant le barrage, puis vira à gauche. Lorsque Malko parvint à l'endroit où elle avait disparu, il la vit engagée dans un chemin boueux coincé entre une haute clôture métallique et les piliers de ciment soutenant le Belt Parkway. Il s'y engagea à son tour.

A sa droite, derrière la clôture, s'étendait un immense dépôt de matériel roulant. Des wagons à perte de vue. Ils roulèrent à faible allure deux ou trois minutes, puis une sirène retentit derrière eux. Ils étaient talonnés par le FBI.

La voiture qu'ils poursuivaient stoppa brutalement. Malko n'eut que le temps de freiner, s'arrêtant en travers, entre la clôture et un dépôt d'immondices. Déjà, les quatre occupants jaillissaient de la Mercedes et à la même seconde, l'un d'eux ouvrit le feu sur la Cherokee avec un pistolet-mitrailleur ! Malko, Chris Jones et Milton Brabeck n'eurent que le temps de plonger tandis que le pare-brise au-dessus d'eux éclatait sous plusieurs impacts.

Le tir cessa et ils sautèrent à terre, se protégeant derrière un des énormes piliers de béton qui supportaient le Belt Parkway. L'endroit était particulièrement sinistre, semé de carcasses de voitures abandonnées, de détritus, de vieux réfrigérateurs, de lacs d'eau boueuse. Malko comprit pourquoi les fuyards avaient abandonné leur voiture : le chemin se terminait en cul-de-sac au pied de la clôture qui se prolongeait sous le Belt Parkway.

La voiture du FBI s'arrêta derrière la leur et une voix caverneuse sortit d'un haut-parleur, trouant la nuit.

– FBI ! Vous êtes cernés. Avancez, les mains en l'air.

En même temps, quatre *special agents* du FBI bondirent hors de la voiture, armés de *riot-guns* et de pistolets. Leurs gilets pare-balles portaient en lettres phosphorescentes jaunes la mention FBI.

Ils furent salués par une volée de projectiles !

Deux hommes tombèrent, l'un en hurlant, le genou brisé, tandis que les deux autres s'abritaient, ouvrant le feu à leur tour. Leurs adversaires étaient invisibles, planqués derrière leur véhicule. Le Desert Eagle de Chris Jones tonna, visant de vagues silhouettes courant dans la pénombre. L'échange de coups de feu se prolongea plusieurs minutes. Trois autres voitures arrivèrent à la file, amenant des agents du FBI et des policiers. Enfin, un projecteur éclaira le fond du chemin.

Le silence était retombé. La Mercedes, une 280, semblait rescapée d'un tremblement de terre. Plus une glace intacte, la carrosserie trouée, les pneus à plat. Malko s'avança au milieu d'une meute de policiers armés jusqu'aux dents tandis que le haut-parleur répétait ses injonctions. Il vit un homme couché sur le côté, près d'une large flaque. Du sang coulait de son oreille et il serrait encore un court pistolet-mitrailleur. Ses yeux ouverts contemplaient la boue. Il avait le teint mat et une cinquantaine d'années.

Malko contourna la voiture criblée d'impacts et découvrit une grille du dépôt entrouverte : les trois survivants avaient fait sauter le cadenas à coups de pistolet, pour se glisser à l'intérieur du gigantesque dépôt, pendant que celui qui avait été abattu les couvrait.

Malko embrassa du regard les milliers de wagons alignés à perte de vue sur des voies parallèles faiblement éclairées par des lampadaires. Pas âme qui vive ! Les trois hommes, avec deux ou trois minutes d'avance, devaient être déjà loin. Le dépôt s'étendait sur un bon kilomètre de profondeur.

Malgré tout, Malko partit en courant le long d'une rame, tandis que des policiers s'égaillaient de toutes parts. L'endroit recelait des milliers de cachettes, mais les fugitifs n'allaient sûrement pas s'y faire piéger... Lorsqu'ils parvinrent à la lisière nord du dépôt, ils n'avaient vu personne. Un hélico de la police apparut et commença à balayer de son projecteur les rames immobiles, volant au ras des wagons.

Vingt minutes plus tard, après avoir atteint la limite

opposée du dépôt, ils durent se rendre à l'évidence : les fugitifs leur avaient échappé.

En revenant vers sa voiture, Malko fut abordé par un des responsables du FBI qui avaient assisté à la réunion tenue juste après le meurtre d'Arcady Churbanov.

– Nous les aurons, affirma-t-il. Tout Brooklyn est bouclé. Nous avons plus d'une centaine de voitures et quatre hélicoptères vont venir en renfort. Et s'ils sont encore là-dedans, on fouillera wagon par wagon.

Malko préféra ne pas répondre. Un groupe de policiers entourait le cadavre. D'après ses papiers, un certain Otari Shinkin, commerçant, domicilié 368 Hubbard Street, à Brighton Beach. La Mercedes 280 lui appartenait. Des radios et des téléphones portables grésillaient dans tous les coins.

Les hélicoptères apparurent, tournant en rond au-dessus du dépôt. Une équipe technique du FBI venait d'arriver afin de relever les empreintes et les indices matériels sur la Mercedes.

La Cherokee étant hors d'usage, Chris Jones réquisitionna une voiture du 61e *Precinct*. Il n'y avait plus rien à faire sur place.

*
**

– Karkov Balagula se trouvait bien dans cette voiture, annonça Howard Allenwood. Des témoins qui se trouvaient au *Paradise* l'ont reconnu.

Malko ravala son dépit. C'était encore plus frustrant. Grâce à des méthodes guère orthodoxes, il avait réussi à trouver la piste de Karkov Balagula, et celui-ci lui avait filé entre les doigts ! Ludmilla avait bien mérité ses cinq cents dollars ; mais, désormais, Karkov Balagula se savait recherché...

Malko avait regagné le *San Regis* vers deux heures du matin et, dès huit heures, il avait rejoint le *deputy-director* de la Division des Opérations dans son bureau du Panam building. Le soleil brillait mais un vent glacial soufflait sur Manhattan et la météo annonçait une tempête de neige.

– Rien de nouveau depuis hier soir ? interrogea Malko.

– Le FBI n'a pas dételé depuis le *shoot-out,* répondit l'Américain. Ils passent au crible Gregor Limonov et Otari Shinkin. Aucun des deux n'était connu du FBI...

La ligne directe sonna. Howard Allenwood, après une brève conversation, raccrocha, excité.

– Le FBI nous demande de venir à Brooklyn, annonça-t-il. Ils ont trouvé quelque chose dans un entrepôt appartenant à Gregor Limonov.

*
**

La 13e Rue West, à Bensonhurst, était barrée à ses deux extrémités par des voitures de police. C'était un quartier sinistre, composé essentiellement d'entrepôts et de taudis en bois rafistolés flanqués de petits jardins en friche. Un gradé du FBI accueillit Howard Allenwood, Malko et ses « baby-sitters » avant de les emmener dans un vaste entrepôt d'environ mille mètres carrés, mal éclairé, encombré de caisses.

Cela grouillait de policiers. Une équipe vêtue de combinaisons ABC fouillait les lieux avec précaution.

Ils traversèrent l'entrepôt, atteignant une trappe ouverte dans le plancher. Une échelle de métal s'enfonçait vers un sous-sol d'où montait une odeur effroyable. Un *special agent* du FBI leur distribua des masques qu'ils placèrent sur leur visage avant de s'engager dans l'ouverture.

En bas de l'échelle, l'odeur était insoutenable, malgré le masque. Un projecteur tenu par un policier éclairait une baignoire remplie d'un liquide marron d'où sortaient des fumerolles nauséabondes. Devant la baignoire, étalés sur une toile cirée, reposaient les restes d'un être humain. On distinguait encore le fil de fer barbelé qui avait servi à le ligoter comme un saucisson.

– Voilà ce qui reste de Barry Sodmak, l'avocat d'Arcady Churbanov, annonça un agent du FBI. Il a reçu plusieurs balles dans la tête et ensuite, on a plongé son corps dans l'acide.

Malko regarda pensivement l'informe dépouille. Le puzzle prenait forme. Serguei Artemiev, Arcady Churbanov, puis Gregor Limonov. Et, au-dessus d'eux, l'ombre de Karkov Balagula, le Tatar. Il remonta l'échelle. Howard Allenwood discuta quelques instants avec les agents du FBI, puis revint vers lui.

– Le FBI n'a mis cet entrepôt sous surveillance que ce matin à six heures. Les autres ont eu le temps de faire le ménage. Tous les services de l'Immigration sont alertés...

Malko était payé pour savoir qu'on sortait des Etats-Unis sans problème (1)...

– Nous avons maintenant la quasi-certitude que Limonov est mêlé au complot du sarin. Il serait très étonnant que Karkov Balagula ne le soit pas puisqu'il connaissait Arcady Churbanov qui a fourni le sarin à Serguei Artemiev.

– Gregor Limonov est mort, remarqua Howard Allenwood. Il reste Karkov Balagula. A mon avis, il a déjà filé.

– C'est probable, reconnut Malko.

– Où peut-il être ?

Malko sourit.

– Il doit tenter de regagner son habitat naturel : l'ex-Union soviétique.

– Ça paraît logique, fit l'Américain, mais ne nous délivre pas du risque d'un attentat. Peu à peu, nous découvrons de plus en plus de gens impliqués dans ce complot. Rien ne dit qu'en dehors de Balagula, il n'y en ait pas d'autres, tapis par ici, prêts à frapper.

(1) Voir SAS, n° 120, *Ramenez-moi la tête d'El Coyote.*

– Je suis d'accord avec vous, acquiesça Malko. Le FBI va se charger de l'enquête. Mais tant que nous n'aurons pas trouvé Balagula, l'épée de Damoclès sera au-dessus de nos têtes.

– Rentrons à Manhattan, suggéra l'Américain, nous ferons le point là-bas.

Quand ils furent installés dans la Buick, Malko réalisa qu'il n'avait même pas remercié Novinka !

– Pouvez-vous faire transférer Novinka Grinenko au *San Regis* pour quelques jours ? demanda-t-il. Sous protection du FBI. Si Balagula apprend l'histoire de la photo, je ne voudrais pas qu'il cherche à se venger.

– Pas de problème, accepta distraitement Howard Allenwood.

*
**

– Alexis Panenko est mort, annonça Howard Allenwood d'une voix blanche, après avoir déchiffré un câble apporté par sa secrétaire. Ce matin, à Moscou. Un inconnu l'a poussé sous le métro à la station *Kirowskaia.* Ils venaient juste d'arriver au Panam building. Ce meurtre devait être une vengeance de Karkov Balagula, ayant appris les indiscrétions du propriétaire du *Rasputin.*

De plus en plus, le « Tatar » semblait au cœur de l'affaire.

– Y a-t-il des informations complémentaires concernant Karkov Balagula ? demanda-t-il.

– La station de Moscou m'a envoyé une note. Pas grand-chose. C'est ce qu'on appelle là-bas un *delovik* (1) prospère. Un truand qui fait de juteuses affaires, grâce à ses relations avec les mafias et le pouvoir. Il y en a des dizaines comme lui dans l'ex-Union soviétique.

– Je me pose une question, remarqua Malko. Ce Bala-

(1) Businessman, avec connotation péjorative.

gula semble riche. Pourquoi se serait-il impliqué dans une opération terroriste qui lance à ses trousses autant de gens ?

Howard Allenwood le fixa d'un air absent.

– C'est une excellente question, reconnut-il. Mais nous avons un problème gravissime à résoudre. La lettre reçue par le FBI promettait un attentat avant dix jours. Deux jours se sont écoulés depuis. Il en reste huit pour désamorcer ce mécanisme implacable. Vous avez une idée ?

Malko s'assit en face du *deputy-director* de la Division des Opérations.

– Oui, dit-il. Mais je pense que c'est notre *unique* chance.

CHAPITRE X

Howard Allenwood ôta ses lunettes et les essuya avec son mouchoir d'un geste distrait. Il avait vieilli de dix ans en quelques jours.

– Je vous écoute, dit-il d'une voix lasse.

– Nous avons maintenant toutes les raisons de croire que Karkov Balagula est à l'origine de notre problème. A mon avis, sûrement pas pour son compte, mais c'est une autre question. Nous avons épuisé tous les moyens pour le coincer.

– Le FBI continue, objecta Howard Allenwood. Et nous aussi...

Malko lui jeta un regard peu amène.

– Ne rêvons pas. Même le FBI ne peut pas faire de miracle. Peut-être, avec du temps, arriveront-ils à quelque chose, mais le temps, c'est ce dont nous disposons le moins.

– C'est exact, reconnut l'Américain.

– Je continue, fit Malko. Balagula est un mafieux basé notamment à Kiev. C'est aussi un homme qui fait peur. A juste titre. Après ce qui est arrivé à Arcady Churbanov, à Alexis Panenko, à Barry Sodmak, je doute que nous trouvions beaucoup d'informateurs. Je ne vois qu'une personne à même de nous aider : Vladimir Sevchenko. D'ailleurs, il l'a déjà fait.

Howard Allenwood posa ses lunettes.

– Je suis d'accord. Pourquoi tout ce discours ? Appelez-le.

Malko sourit. Très, très froidement.

– Mon cher Howard, il y a quelques jours, vous ne vouliez plus entendre parler de Sevchenko. Je ne l'ai pas rappelé alors qu'il m'a laissé une dizaine de messages. Depuis, d'ailleurs, il n'appelle plus.

– Où voulez-vous en venir ?

– Qu'il faut jouer le jeu avec Sevchenko. Lui donner quelque chose en échange de son aide.

Howard Allenwood se renfrogna.

– Je pense que vous êtes trop pessimiste, c'est un mafieux qui sera immensément flatté de se rapprocher de nous. Il sait qu'à terme il peut en tirer certains avantages. Pourquoi marchander avec lui ?

Décidément, il ne comprenait rien au monde extérieur ; Malko ne le convaincrait qu'en lui mettant les points sur les i.

– D'accord, fit-il, je vais appeler Vladimir Sevchenko. Tout de suite et d'ici. Branchez le haut-parleur.

Il regarda sa montre. Avec le décalage horaire, il était cinq heures de l'après-midi à Kiev. Il prit la liste des numéros que lui avait communiquée le trafiquant d'armes et composa le numéro de son bureau. Une secrétaire lui répondit, en russe. Vladimir Sevchenko n'était pas là.

– Vous pouvez le joindre sur son portable, précisa la secrétaire.

L'Ukraine avait fait des progrès...

Malko composa le numéro du portable. Il dut s'y reprendre à quatre fois. Cela ne passait pas. Au cinquième essai, la sonnerie se déclencha enfin et la voix bougonne de Vladimir Sevchenko fit « allô ».

– C'est Malko Linge, annonça Malko.

Il y eut un silence, puis l'Ukrainien lança d'une voix furieuse :

– Pourquoi m'appelez-vous ?

– Pour vous remercier d'abord, fit Malko. Ensuite, nous...

Vladimir Sevchenko l'interrompit avec violence.

– Je ne veux plus entendre parler de cette affaire. A cause de vous, j'ai des ennuis.

– Ecoutez, plaida Malko, conciliant, je peux venir à Kiev vous expliquer.

– Je ne veux pas vous parler. Ni à Kiev ni ailleurs ! hurla l'Ukrainien dans l'appareil. Si je vous vois ici, je vous mets une balle dans la tête.

Clac ! La communication avait été coupée... Howard Allenwood, ébranlé, affronta le regard de Malko.

– Il y a un problème, reconnut-il.

– Un *gros* problème, souligna Malko. Alexis Panenko, avant d'être assassiné, a dû se plaindre à Sevchenko. Celui-ci a transgressé les règles de son milieu en m'aidant. Et il n'a rien eu en échange.

– Vous voyez une solution ?

– Peut-être. Cela dépend de vous...

– De moi ? s'étonna l'Américain.

– Vladimir Sevchenko n'est ni un philanthrope ni un grand ami des Etats-Unis. Vous pouvez lui promettre la médaille du Congrès ou une poignée de main du président Clinton, il s'en moque. C'est un businessman. Si on veut le faire changer d'avis, il faut le motiver.

– Comment ?

– En lui offrant un *deal.* Quelque chose qui le fasse saliver assez pour qu'il prenne des risques.

– Quoi ?

– Ce dont il m'avait parlé : la fourniture d'armes aux Bosniaques.

Le visage d'Howard Allenwood s'éclaira.

– Bien sûr ! Eh bien, rappelez-le et dites-lui que nous sommes d'accord. Ensuite, prenez le premier avion pour Kiev.

Malko secoua la tête.

– Howard, vous n'avez *pas* compris. Je ne vais pas raconter un conte de fées à Vladimir Sevchenko. J'ai envie de jouir encore quelques années d'une vie agréable à Liezen. Je l'ai vu réagir à Istanbul, contre ceux qui l'avaient doublé. Vous vous souvenez de l'affaire, n'est-ce pas ?

Howard Allenwood, mal à l'aise, inclina la tête affirmativement.

– OK, admit-il, mais vous savez bien que ce genre de décision ne dépend pas de moi. Même pas de John Deutch. Il n'y a que la présidence qui puisse donner le feu vert. Il faut un *finding* du président. Vous pouvez expliquer cela à Sevchenko ?

Malko lui expédia un regard à geler un glaçon.

– *Vous* pouvez lui expliquer, si vous y tenez. Je vais vous donner tous ses numéros à Kiev. Il se moque de vos complications administratives. Il ne risquera pas sa vie pour de bonnes paroles. Si vous tenez à sa collaboration, convainquez la Maison-Blanche ou le diable. Mais je n'irai voir Vladimir Sevchenko qu'avec du solide. Un engagement écrit, signé de John Deutch, par exemple.

– *My God !* soupira l'Américain. Vous vous rendez compte ! Ce type est un voyou, un trafiquant, un assassin.

– Si vous préférez laisser gazer la moitié de New York, rétorqua Malko, c'est votre affaire.

Howard Allenwood se raidit.

– Ne plaisantez pas avec ce truc-là.

– Je ne plaisante pas, je suis pragmatique ! L'alternative, c'est un attentat aux conséquences humaines et politiques incalculables. Vous le savez aussi bien que moi. Ce n'est pas le moment de faire de l'angélisme...

Howard Allenwood s'était tassé sur son fauteuil.

– Bien, bien, dit-il d'une voix faible. Je vais filer à Washington par le premier « shuttle » et voir le conseiller de la Maison-Blanche qui suit l'affaire.

– A mon avis, remarqua Malko, s'ils hésitent, c'est

qu'ils sont fous à lier. Mais ne vous laissez pas mener en bateau. Pas de promesses, il faut un engagement *écrit* de traiter avec Sevchenko.

Howard Allenwood avala péniblement sa salive.

– Malko, plaida-t-il, vous savez bien que dans ce genre d'histoire, il n'y a jamais de traces écrites explicites.

– Dans le cas présent, je crains que cela ne soit indispensable, répliqua Malko. Sevchenko n'est pas tombé de la dernière pluie. Voici les coordonnées de sa société. Arrangez-vous pour obtenir un document écrit assez compromettant pour que personne n'ait envie de revenir dessus. Et un commencement d'exécution immédiat.

Cette fois, Howard Allenwood était convaincu. Malko le regarda enfiler sa veste et mettre le papier dans son attaché-case.

– Je file sur La Guardia, dit-il. Priez pour moi !

*
**

Il était onze heures du matin et Malko, n'ayant rien d'autre à faire que d'attendre le retour d'Howard Allenwood, parti la veille, était toujours dans sa chambre du *San Regis*. L'Américain avait attendu deux heures à La Guardia, à cause du mauvais temps, et était arrivé très tard à Washington. La température extérieure avait encore baissé, jusqu'à moins dix degrés.

Le téléphone sonna et il répondit. La communication était presque inaudible, mais il reconnut quand même la voix d'Howard Allenwood.

– Je suis dans le « shuttle », annonça l'Américain. Je serai au bureau dans une heure et demie. Tout va bien !

– Parfait, cria Malko pour être sûr d'être entendu. Je vous y retrouve.

Chaque heure comptait, désormais. Il ne restait plus que sept jours avant l'expiration de l'ultimatum menaçant New York d'un attentat au sarin.

*
**

Howard Allenwood semblait épuisé par son bref aller-retour à Washington. Pour la première fois, Malko le vit sortir une bouteille de *Defender classic* de son minibar et s'en verser une copieuse rasade.

– Ça n'a pas été facile ! soupira-t-il. J'ai même cru revenir les mains vides. Il a fallu l'intervention du président lui-même...

– Qu'avez-vous rapporté ? demanda Malko, méfiant.

– Trois choses, expliqua l'Américain. D'abord une lettre d'intention adressée à Vladimir Sevchenko en tant que président de sa société. Elle lui demande de se mettre en rapport avec notre attaché militaire à Kiev, le général James Kalstrom. Cette lettre est signée du conseiller général du président pour la Bosnie.

– Bien, approuva Malko. Ensuite ?

– La copie d'un télégramme secret adressé au général Kalstrom, l'autorisant à ouvrir des négociations avec Vladimir Sevchenko pour une livraison de matériel. Enfin, une *shopping-list* des armements dont nous avons besoin, avec les prix que nous sommes prêts à payer. Ça devrait suffire, non ?

– J'espère, fit Malko sans se compromettre. Je partirai ce soir.

– Attendez, compléta Howard Allenwood, j'ai aussi obtenu que vous emmeniez vos « baby-sitters » ! Vous serez accueilli à Kiev par notre chef de station, Teddy Atlas. Il parle russe et ukrainien. Il nous reste exactement sept jours avant l'expiration de cet ultimatum.

– Cela ne sera pas du superflu, dit Malko.

*
**

L'Airbus A 310 du vol direct d'Air France Paris-Kiev perdait régulièrement de l'altitude et on distinguait mieux les détails du paysage enneigé. Un patchwork de bois et de prairies saupoudré de quelques villages. Le tout plat comme la main. Depuis une heure, ils survolaient l'Ukraine. A côté de Malko, Chris et Milton regardaient de tous leurs yeux le plat pays qui jadis faisait partie de l'URSS.

– Tout ça, c'est plein de Popovs ! soupira Milton Brabeck. C'est vrai qu'ils ne sont plus méchants ?

– Ça dépend, corrigea Chris Jones qui avait étudié le problème. Il n'y a pas que des vrais Popovs. Il y a d'autres espèces : des Kirghizes, des Azeris, des Tadjiks, des Ouzbeks, des Tchétchènes...

« Nous allons nous poser à Kiev, annonça la voix de l'hôtesse. Il est quatre heures et la température extérieure est de moins dix-sept degrés. »

– Ça fait quoi, ça ? demanda Milton Brabeck, peu familiarisé avec les degrés centigrades.

– Ça fait *très* froid, expliqua Malko. Mais ils ont de la vodka.

A tout hasard, Milton Brabeck termina d'un trait son « Old James », cocktail de Cointreau, citron vert et rhum St-James.

Des Tupolev 154 aux couleurs de la nouvelle compagnie ukrainienne apparurent, alignés sur leur parking. L'aérogare toute neuve sentait la province. A peine furent-ils descendus de l'avion qu'un homme blond, plutôt jeune, une mèche de cheveux dans les yeux, l'air rieur et nu-tête, s'avança vers eux.

– Je suis Teddy Atlas, annonça-t-il. Bienvenue à Kiev. Venez avec moi.

Grâce à lui, ils gagnèrent l'aérogare en minibus privé et les formalités furent expédiées en un temps record. Les feuilles de douane étaient encore à en-tête de l'URSS ! Teddy Altas plaisantait en ukrainien avec les douaniers et les policiers. A l'un d'eux, il glissa une cartouche de Gauloises blondes.

– Ils en raffolent, expliqua-t-il. Ici, la plupart des américaines sont des fausses, fabriquées en Pologne avec Dieu sait quoi...

Chris et Milton regardaient avec respect les uniformes verts des miliciens. Sur un mur s'étalait une pub pour la vodka américaine Smirnoff. Chris la montra du doigt.

– Tu vois qu'ils sont civilisés...

Une Chevrolet attendait dehors, rutilante au milieu des Lada, Jigouli, Neva et autres rescapées du Comecom. On remarquait quand même pas mal de BMW et de Mercedes, certaines du dernier modèle. Cinq minutes plus tard, ils roulaient sur une autoroute déserte au milieu d'une immense forêt de bouleaux enneigée. La nuit tombait et il n'était pas cinq heures. Stoïques, quelques voyageurs attendaient aux arrêts de bus, emmitouflés comme des Esquimaux.

– Ça me rappelle le Docteur Jivago, remarqua Milton Brabeck qui avait des lettres.

– Nous serons à Kiev dans une demi-heure, annonça Teddy Atlas. J'ai un message pour vous, ajouta-t-il à l'intention de Malko.

Celui-ci déplia le papier. Il était très court, signé Howard Allenwood : « Ne perdez pas une minute ! Bonne chance. » Avertissement justifié. Entre les sept heures de décalage horaire et le voyage, ils avaient « consommé » une journée de plus.

Il restait six jours.

– Cette voiture et Viktor, le chauffeur, sont à votre disposition, annonça le chef de station de Kiev. Je dois recevoir bientôt, par la valise, l'équipement pour ces messieurs.

Chris Jones et Milton Brabeck soupirèrent d'aise. Sans leur artillerie, ils se sentaient tout nus.

– Vous connaissez Karkov Balagula ? demanda Malko au chef de station.

Teddy Atlas ramena sa mèche en arrière et sourit.

– Cela fait plusieurs jours que l'on me pose la question... J'en ai entendu parler, c'est tout. C'est un des grands voyous qui gagnent beaucoup d'argent. J'ignore même s'il se trouve à Kiev. J'ai posé la question au SBU (1), mais ils prétendent ne rien savoir sur lui.

– Et Vladimir Sevchenko ?

– J'en ai également entendu parler. Je sais qu'il a des bureaux à l'hôtel *Ukrainia,* en ville. Il ne fait pas partie de mes cibles.

– Quelles sont-elles ?

– Les Iraniens et l'Ukraine politique. Nous essayons qu'ils ne se rapprochent pas trop des Russes.

– C'est facile ?

– Non, cher, très cher ! soupira Teddy Atlas. Il n'y a pas de pays plus corrompu. Même le FMI n'y retrouve pas ses petits. Tenez, regardez !

Ils longeaient le Dniepr totalement gelé. Le grand fleuve sinuait comme un interminable serpent argenté au milieu de la plaine. Accroupi devant une voiture, un milicien en chapka et uniforme gris était en train de dévisser la plaque d'une voiture, sous le regard résigné de son propriétaire... Teddy Atlas ricana.

– C'est le racket numéro un, ici. L'outil des miliciens, ce n'est pas le revolver, mais le tournevis. Ils ne s'en séparent jamais. Quand un automobiliste refuse de payer une amende pour un délit imaginaire, on lui pique sa plaque... Ensuite on négocie.

– *Thanks God,* soupira Chris Jones, on ne vit pas ici...

Ils longèrent encore un moment le fleuve, puis après la gare d'un funiculaire, ils attaquèrent une côte verglacée

(1) Slashi Besjecki Ukrainia. Services de renseignements ukrainiens.

menant au centre-ville. Kiev était une cité très ancienne, jadis capitale du premier Etat russe, et rivale de Constantinople. De superbes immeubles baroques du XIXe siècle, aux peintures délavées, noircis par la pollution, mais encore majestueux, voisinaient avec de hideuses constructions staliniennes. Les deux quartiers les plus élégants se situaient sur des collines, alors que de l'autre côté du Dniepr s'étalaient des milliers de clapiers hideux construits après guerre, qui abritaient la plus grande partie des trois millions d'habitants. Ils doublèrent de vieux trolleybus verts peinant pour monter la côte et débouchèrent sur une grande place d'où partait une imposante avenue.

– Voilà Kreshchatik, annonça Teddy Atlas, les Champs-Elysées de Kiev. A droite, l'ancien musée Lénine, en face, votre hôtel, le *Dniepro*.

Le musée Lénine était un cube imposant surmonté d'une hideuse coupole. Pour survivre, le directeur avait loué un étage à des sécurités étrangères. Quant à la statue de Lénine de trente-huit tonnes, en bronze, du rez-de-chaussée, elle avait été découpée, et les morceaux discrètement évacués de nuit... ; quant au *Dniepro*, ses douze étages avaient toute la gaieté d'un hôtel Intourist !

Ils stoppèrent sur le parking et immédiatement un jeune type mal rasé, un bonnet de laine enfoncé jusqu'aux oreilles, s'approcha pour leur proposer de la vodka suédoise Absolut et des Gauloises blondes, payables en dollars, bien entendu.

– C'est quoi la monnaie, ici ? demanda Chris Jones surpris.

– Le karbovanetz, expliqua Malko tandis que Viktor déchargeait les bagages. Mais rassurez-vous, c'est un mot que vous n'entendrez jamais. Les Ukrainiens disent *koupons* et comme il en faut environ 180 000 pour faire un dollar, tout le monde compte en dollars.

Le hall du *Dniepro*, sous son éclairage crépusculaire, était particulièrement sinistre. Une exposition de dentelles locales jouxtait une boutique fermée, et la réception, sur la droite, était occupée par un quarteron de bonnes femmes adipeuses et très maquillées, sûres de leur pouvoir. Teddy Atlas revint avec les clefs et des coupons de petit déjeuner.

– Vous êtes au cinquième, annonça-t-il aux gorilles, il n'y avait plus de chambre au onzième. J'arrangerai cela demain. Vous voulez vous reposer ?

– Où est l'*Ukrainia* ?

– Au coin de Volodymyrska et de Lva Tolstogo. Viktor connaît.

– Je pose mes bagages et on y va, dit Malko.

Il était à peine six heures et il avait une chance de surprendre Vladimir Sevchenko.

Au onzième étage, une jeune employée était rivée à une télévision, surveillant tout l'étage à partir d'un petit bureau installé au milieu du couloir, selon le vieux système classique soviétique. Elle leva à peine la tête lorsque Malko passa devant elle.

La chambre était refaite à neuf, avec des couleurs criardes, il y régnait une chaleur d'étuve. En Ukraine, plus on payait, plus on était chauffé. De la fenêtre, on voyait le Dniepr gelé et un petit bois descendant jusqu'au fleuve, au bord duquel s'élevait une étrange arche blanche, comme un arc-en-ciel qu'on aurait oublié de peindre : le monument célébrant l'indéfectible amitié russo-ukrainienne... Quand il repassa, la jeune femme lui adressa cette fois un sourire insistant. Vu son salaire, elle ne devait pas rechigner à quelques suppléments.

Il retrouva, dans le hall mal éclairé, Chris Jones et Milton Brabeck serrés l'un contre l'autre comme des lapins effrayés.

– C'est effroyable ! fit Milton.

– Quoi ?

– La chambre... Les lits ne seraient pas homologués à Sing-Sing, le chauffage ne marche pas, il n'y a pas d'eau chaude et en un quart d'heure, il y a eu trois coupures d'électricité. En plus, la fille de l'étage, elle ne parle que russe...

– Il y a quand même la télé, corrigea Milton Brabeck, incorrigiblement optimiste. Mais ils ne parlent que russe.

Un ange passa arborant l'étoile rouge.

– On verra cela plus tard, promit Malko ; on a dû vous donner une chambre pour la clientèle locale, encore habituée au socialisme.

Il expliqua à Viktor où il voulait aller et le chauffeur s'engagea dans l'avenue Kreshchatik, bordée d'un mélange de vieux immeubles baroques 1900 et de hideux blockhaus staliniens. A presque tous les coins de rue, des *Gastronom,* épiceries d'Etat, montraient leurs façades sinistres et leurs vitrines vides.

L'*Ukrainia*, vieux paquebot de l'ère communiste échoué au coin de deux grandes artères, n'avait pas meilleure allure. Toujours la même façade noirâtre, une allure de ruine. Dans le hall, on se serait cru revenu vingt ans en arrière. Eclairage jaunâtre, *barioshka* offrant des produits hors de prix, inévitable comptoir de change... Des Ukrainiennes à chapka, en épais manteau et bottes, traînaient sur des canapés, non loin des inévitables *stukachi* (1) du SBU, vêtus comme des clochards et l'air hargneux.

Malko se renseigna : toute l'aile droite, la plus grande, avait été transformée en bureaux. Au pied d'un monumental escalier à la moquette usée jusqu'à la corde, les plaques de cuivre s'alignaient comme des ex-voto. Il trouva facilement celle de la société de Vladimir Sevchenko, Import-Metal, au troisième étage.

Plutôt que l'ascenseur minuscule et hasardeux, Malko et ses « baby-sitters » prirent l'escalier. A chaque étage s'ouvraient d'immenses couloirs sombres et pas chauffés : l'aile capitaliste ! Au troisième, Malko s'adressa à un

(1) Mouchards.

vigile morose, la chapka enfoncée jusqu'aux yeux, qui grignotait une saucisse. D'une main graisseuse, l'homme lui indiqua Import-Metal, au fond à droite. La porte du 354 était capitonnée de cuir. Malko l'ouvrit et entra dans un autre univers. Un élégant bureau aux murs gris clair, sous un éclairage indirect tombant d'un faux plafond, baignait dans une température agréable et une musique d'ambiance.

Cinq personnes se trouvaient là : deux hommes à la carrure impressionnante vautrés sur une banquette, et trois secrétaires, devant des ordinateurs ultramodernes. Jeunes, bien habillées, maquillées. L'une d'elles, qui semblait sortir de *Playboy,* adressa à Malko un sourire qui était déjà presque une fellation.

– *Dobredin.* Que désirez-vous ?

– Voir Vladimir Sevchenko.

– Le président ne reçoit pas sans rendez-vous, fit la secrétaire, désolée. Il faudrait téléphoner.

Malko se tourna vers les deux hommes qui l'observaient, intrigués, et reconnut les deux gorilles qui accompagnaient Vladimir Sevchenko à Istanbul (1).

Il s'adressa en russe à l'un d'eux, un monstrueux rouquin velu comme un animal.

– Djokar, tu te souviens de moi ? Istanbul. Va dire à Volodia que je suis là.

Le Tchétchène s'ébroua et disparut derrière une porte capitonnée de cuir vert. Les secrétaires reprirent leurs activités.

*
**

– Qu'est-ce que tu viens foutre ici ?

La porte capitonnée de cuir vert venait de s'ouvrir à la volée sur Vladimir Sevchenko, en bras de chemise, un

(1) Voir SAS, n° 119, *Le Cartel de Sébastopol.*

énorme pistolet dans la main droite. Il n'avait pas changé depuis Istanbul. La même tête brutale au nez écrasé, de petits yeux rusés et furieux, la carrure impressionnante, et toujours le même teint blanc qui lui avait valu son surnom du « Blafard » au GRU.

Les secrétaires plongèrent le nez dans leurs dossiers et Djokar, le rouquin, regagna sa place en se faisant tout petit. Vladimir Sevchenko fit encore un pas en direction de Malko, brandissant son pistolet sous son nez, et le tutoyant en russe.

– Je t'avais *interdit* de venir à Kiev, enchaîna-t-il, toujours en russe. Je vais t'en mettre deux dans la tête.

Ne comprenant pas un traître mot de son discours, Chris et Milton percevaient néanmoins qu'il ne s'agissait pas d'une attitude amicale. Sans même un cure-dents pour assurer la protection de Malko, ils commençaient à se sentir mal.

Avec un sourire amical, Malko tenta de placer quelques mots d'une voix posée.

– Vladimir ! Je suis venu avec une proposition de business *très* intéressante.

– Je m'en fous ! hurla Sevchenko. Je vais te tuer.

Les trois secrétaires tapotaient sur leur ordinateur comme si rien ne se passait.

Vladimir Sevchenko se tourna vers les deux Tchétchènes et leur jeta un ordre dans leur langue. Ils se levèrent d'un bloc et s'ébranlèrent en direction de Malko. Vladimir Sevchenko, un peu calmé, lança à celui-ci :

– Djokar et Abbi vont t'emmener à l'aéroport. Ils resteront jusqu'à ce que tu montes dans un avion. Si tu refuses, ils te cassent tous les os ! *Davai !*

Malko eut l'impression qu'une grue le soulevait de terre. Djokar l'avait ceinturé par-derrière... Il pivota, afin de le placer face à la porte, qu'Abbi ouvrit aussitôt.

Ce gracieux ballet n'alla pas plus loin. Chris Jones, d'une manchette qui aurait brisé les vertèbres cervicales d'un dinosaure, étourdit Djokar qui lâcha Malko. Milton Brabeck, qui avait du bon sens, fonça, lui, sur Vladimir Sevchenko, lui expédiant un coup de pied précis. Le gros pistolet noir s'envola et atterrit sur le nez d'une des secrétaires qui se mit à hurler, le visage en sang.

Réalisant que le départ n'était plus à l'ordre du jour, Abbi referma la porte et fonça sur Milton Brabeck. Refermant ses énormes pattes autour de son cou, il le renversa sur un des bureaux, et commença à l'étrangler. Chris Jones, provisoirement débarrassé de Djokar qui s'ébrouait en grimaçant contre une table verte, se retourna vers Abbi et lui décocha un coup de pied à lui faire éclater la poitrine. Le Tchétchène se contenta de se courber en deux avec un grognement de verrat blessé. Chris regarda alors autour de lui, repéra un ordinateur Apple de taille moyenne, le souleva et l'écrasa de toutes ses forces sur la casquette d'Abbi.

L'ordinateur et le Tchétchène s'éteignirent en même temps... Vladimir Sevchenko en fonçant sur Malko en renversa un deuxième, involontairement... Le dernier fut utilisé par Milton Brabeck, violet, qui le jeta à la volée devant lui. Vladimir Sevchenko le reçut en pleine poitrine.

Comme cet échange d'amabilités risquait de se prolonger, Malko plongea sous un bureau, à la recherche du pistolet. Il le découvrit à côté d'une secrétaire recroquevillée derrière son siège et s'en saisit pour se relever aussitôt. On allait enfin pouvoir dialoguer. Il n'était pas venu faire la guerre. Une mêlée confuse opposait les quatre gorilles qui oscillaient d'un coin à l'autre de la pièce, détruisant ce qui était encore intact. On n'entendait que le bruit mat des coups. Vladimir Sevchenko, appuyé à la porte de son bureau, le souffle coupé, les yeux injectés de sang, pointa un index boudiné sur Malko.

– Tu ne quitteras pas cette ville vivant !

Malko ramassa son porte-documents et lui jeta.

– Ouvre ça et lis, *niékulturny* ! lança-t-il. Je t'apporte la fortune !

Vladimir Sevchenko hésita quelques secondes, le temps que le mot « fortune » arrive jusqu'à son cerveau. A Istanbul, il avait eu raison de croire Malko. D'une brève interjection, il stoppa ses Tchétchènes. Les quatre gorilles s'immobilisèrent, s'observant avec méfiance. Vladimir Sevchenko s'engouffra dans son bureau et claqua la porte derrière lui.

Les trois secrétaires émergèrent lentement de leur abri. Il y avait des papiers partout, trois ordinateurs bons pour la casse. La fille qui avait reçu le pistolet en pleine figure tamponnait son nez cassé en pleurnichant. L'ambiance était encore lourde. Un employé entrouvrit la porte du couloir et la referma vivement. On n'interrompt pas une discussion d'affaires.

Deux minutes plus tard, Vladimir Sevchenko surgit, rayonnant. D'un seul élan, il marcha vers Malko, l'étreignit et l'embrassa sur la bouche !

– *Iz vinité ! Iz vinité !* (1) bredouilla-t-il. *Davai !*

Malko vit, étalés sur le bureau de l'Ukrainien, les documents qu'il avait apportés. La secrétaire au nez brisé risqua quelques mots en ukrainien.

– Tu veux du thé ? demanda Vladimir Sevchenko.

– *Da.*

Avant que la fille ne sorte, l'Ukrainien la rappela. Tirant un rouleau de billets de cent dollars de sa poche, il en fourra une poignée dans la main de la fille, qui lui embrassa littéralement les mains !

– Elle gagne cent dollars par mois et elle voulait se refaire le nez. Elle est très contente, expliqua-t-il.

Enfin un patron social... Vladimir Sevchenko emmena Malko dans son bureau et s'assit avec un sourire radieux.

– Tu veux combien sur ce *deal* ?

(1) Pardon ! Pardon !

– Vladimir, annonça Malko, il y a une condition non écrite à ce marché.

L'Ukrainien ne se troubla pas.

– Laquelle ?

– J'ai besoin de ton aide.

Vladimir Sevchenko sembla propulsé hors de son fauteuil par une fusée. Les poings serrés, il se pencha sur le bureau, écarlate de fureur. Malko fut heureux d'avoir conservé son pistolet.

– Je t'ai dit de ne jamais *plus* me parler de cette histoire, hurla l'Ukrainien. Tu sais ce qui est arrivé à Arcady Churbanov ?

– Oui.

– Et à Alex ?

– Je sais, on l'a poussé sous le métro à Moscou.

Malko s'efforçait de conserver son calme, le gros pistolet sur ses genoux. Vladimir Sevchenko le guettait comme un fauve.

– Et alors, ça ne te suffit pas ! gronda l'Ukrainien.

– Le problème n'est pas là, fit patiemment Malko. Je suis chargé d'une mission par le gouvernement américain et j'essaie de la remplir. Or, pour cela, j'ai besoin de toi. Alors je t'offre une affaire qui porte sur trois cents millions de dollars d'armes. Il a fallu se battre avec la Maison-Blanche pour t'imposer. Personne ne te connaît à Washington...

Cela valait peut-être mieux... Vladimir Sevchenko était en train de retomber comme un soufflé. Malko porta l'estocade finale.

– Je ne te force pas. Si tu refuses, je repars avec ma proposition. Les Turcs qui servent d'intermédiaires ont d'autres prétendants en Géorgie. Tu es libre.

Vladimir Sevchenko se rassit lourdement sur son fauteuil, attrapa un paquet de Gauloises blondes, en alluma une, souffla la fumée et lança :

– *Dobre.* Qu'est-ce que tu attends de moi ?

Malko dissimula son soulagement : le premier obstacle était franchi.

– Je cherche Karkov Balagula, dit le Tatar. Il faut que tu m'aides à le trouver.

Vladimir Sevchenko se renfrogna.

– C'est très difficile. « Tatarin » est trop puissant, il a trop de protections ici, à Kiev et à Moscou. Moi, je croyais que c'était une petite merderie locale, à Little Odessa. Je te devais un service, je t'ai aidé. Quel problème tu as avec Balagula ?

– Pour le moment, je ne peux pas te le dire.

Vladimir Sevchenko médita quelques instants puis haussa les épaules.

– *Dobre.* Tu veux quoi ?

– Le trouver d'abord.

– Et après ?

– Le coincer. Vivant.

– Vivant !

Vladimir Sevchenko répéta cette question choquante avec stupéfaction, puis secoua la tête.

– C'est comme si tu me demandais d'attraper un tigre affamé.

– Un tigre qui vaut cinquante millions de dollars, souligna Malko... C'est à peu près ta commission. *Dobre,* c'est *da* ou *niet* ?

L'Ukrainien tira quelques instants sur sa Gauloise blonde en regardant le plafond. Malko pouvait voir fonctionner les rouages de son cerveau primitif.

– *Da,* laissa-t-il tomber enfin. Mais je crois que je fais une connerie.

– Tu sais où le trouver ?

– *Niet.*

– On n'a pas de temps à perdre.

– *Karacho !*

Il prit un carnet et décrocha son téléphone. Coup sur coup, il appela cinq correspondants différents, pour de brèves conversations en ukrainien. Il se leva ensuite, passa sa veste.

– C'est en route. On va dîner.

*
**

Le *Zaporosnié,* dans Petrasahaidachnoho, la grande artère du vieux quartier de Podol, le long du Dniepr, était le restaurant le plus cher de Kiev. Vladimir Sevchenko y avait visiblement ses habitudes. Les serveuses blondes, en étrange tenue rayée, l'avaient accueilli avec une servilité de bon aloi, l'installant avec Malko dans la salle du premier étage. La table voisine était occupée par les quatre gorilles. Les deux Tchétchènes, Chris Jones et Milton Brabeck, faute d'échanger un traître mot, se contentaient de se sourire, de se renifler avec affection, un peu comme des animaux de la même espèce, sans la moindre rancune pour le petit différend qui les avait opposés. Du moment que leurs chefs étaient réconciliés, il n'y avait aucune raison de se chamailler.

A la mode russe, la table était déjà garnie. Non seulement avec les *zakouskis,* mais aussi d'un choix recherché d'alcools de luxe : vodka Absolut, champagne Taittinger Comtes de Champagne, blanc de blancs 1988, scotch *Defender classic*, cognac Gaston de Lagrange XO, plus une sélection d'excellents bordeaux, dont un Château-Latour 1982. Dans un pays où le salaire moyen était de cent vingt francs par mois et où les retraités survivaient avec trois fois moins. Ou plutôt ne survivaient pas.

Vladimir Sevchenko leva sa coupe de champagne.

– A l'avenir.

Il but d'un coup et annonça :

– J'adore la cuisine française. Je vais souvent à Paris acheter des meubles. J'ai ouvert une galerie de luxe sur Kreshchatik. J'achète chez Claude Dalle et Roméo, je revends ici, quatre fois le prix. Les *deloviki* veulent tous du mobilier de luxe et ils ont beaucoup de dollars...

On leur apportait une terrine de foie gras, directement importée des Landes. L'Ukrainien la goûta et remarqua :

– Karkov Balagula est un très bon *delovik* Ton problème avec lui, c'est sûrement beaucoup de dollars...

A ses yeux, seul un différend financier pouvait justifier un massacre. Malko laissa son regard errer sur les fresques murales représentant des musiciens du Caucase et répondit évasivement.

– *Da,* confirma-t-il, c'est très important.

Vladimir Sevchenko allait terminer son foie gras quand son portable émit une sonnerie stridente et répétée. Il répondit, écouta assez longtemps, sans dire un mot, puis coupa la communication. Ses petits yeux inquisiteurs se posèrent sur Malko.

– Qui sait que tu es à Kiev ?

– Les Américains. Pourquoi ?

– Quelqu'un que je ne connais pas, mais qui a le numéro de mon portable, vient de m'avertir. Je ne dois pas te fréquenter. Il y a un *contrat* sur toi.

CHAPITRE XI

Malko encaissa le choc en silence. Brutalement, l'ambiance feutrée et élégante du *Zaporosnié* apparaissait pour ce qu'elle était : un îlot de luxe artificiel dans une ville en pleine dérive où des mafias féroces faisaient la loi, parce que la Loi n'existait plus. Vladimir Sevchenko, abandonnant son foie gras, avait allumé une Gauloise blonde et il soufflait très fort la fumée, comme pour chasser ses soucis. La menace qu'on venait de lui transmettre signifiait que Karkov Balagula disposait à Kiev d'un efficace réseau d'informateurs. Le tuyau ne pouvait venir que de l'aéroport, des policiers de l'immigration. Dans ce pays aux salaires de misère, il n'était pas difficile de corrompre un fonctionnaire.

En ex-Union soviétique, un « contrat » n'était pas une menace en l'air... A Moscou, des banquiers et des *deloviki* se faisaient assassiner toutes les semaines, sans que les tueurs soient jamais arrêtés.

La voix rocailleuse de Vladimir Sevchenko troubla sa réflexion.

– C'est une affaire sérieuse, fit-il. Ce ne sont pas tes deux « Tchétchènes » qui vont te protéger. « Tatarin » peut en aligner une armée...

Chris et Milton auraient été ravis de s'entendre qualifier de « Tchétchènes ». Pourtant, dans la bouche de Vladimir

Sevchenko, c'était un compliment, à cause de leur épouvantable férocité.

– Donc, il est à Kiev, avança Malko.

L'Ukrainien secoua la tête, prit son portable et le montra à Malko.

– Pas forcément. Avec ça, on peut être n'importe où pour donner des ordres.

Sur un point au moins, l'ex-Union soviétique avait fait des progrès.

– Ça change quelque chose ?

– *Da,* laissa tomber le mafieux. « Tatarin » est très dangereux. Si je t'aide, je deviens son ennemi. C'est gros risque. Alors, je veux savoir pourquoi. Si c'est une histoire de fric tordue...

Les serveuses apportèrent le carré d'agneau. Malko ne répondit pas immédiatement. Il était hors de question de parler du sarin à Sevchenko sans le feu vert de la CIA.

– Tu ne veux pas me le dire ? interrogea l'Ukrainien avec une pointe d'agressivité.

– Je ne *peux* pas, corrigea Malko. Il faut qu'on m'y autorise.

Vladimir Sevchenko attaqua son agneau en haussant les épaules.

– Tu demandes, OK. En attendant, on bouffe, on boit, on baise ! Pas de problème.

Malko ne pouvait pas lui dire qu'il y avait problème... Il lui restait six jours avant qu'expire l'ultimatum du mystérieux groupe terroriste. L'Ukrainien dévorait son agneau de bon appétit, l'arrosant tranquillement de *Defender classic.* Il se pencha vers Malko.

– J'ai petit *side-business* pour toi. Quelque chose qu'on pourrait vendre *directement* aux Bosniaques.

– Quoi donc ? demanda Malko, intrigué.

– Un porte-avions.

Il crut que Vladimir Sevchenko plaisantait. Mais ce dernier sortit de sa serviette une photo et la glissa entre la bouteille de scotch et celle de Château-Latour 1982. Elle représentait, effectivement, un porte-avions battant pavillon russe.

– Le *Novosibirsk*, précisa fièrement l'Ukrainien. En ce moment, il pourrit dans le port militaire de Sébastopol. Les marins qui ne sont pas payés vendent tout pour manger. On peut l'avoir pour dix millions de dollars, un pour cent du prix de la construction ! Bien sûr, les avions sont vendus en plus. On a deux millions de dollars chacun sur ce *deal*.

Malko était partagé entre découragement et fou rire. Il venait en Ukraine pour essayer de stopper un attentat aux conséquences effroyables et on essayait de lui vendre un porte-avions. L'ex-Union soviétique était vraiment devenue folle...

– Vladimir, dit-il, les musulmans bosniaques n'ont pas accès à la mer...

L'Ukrainien balaya l'objection d'un geste péremptoire.

– Et alors ? Quand ils ne s'en servent pas, ils le laissent à Sébastopol ! Là-bas, on l'entretient, non ? Ma Mercedes, je l'envoie bien à Budapest ! Ici, il n'y a personne.

Malko ne voulut pas s'engager dans une discussion oiseuse.

– On verra, si tout se passe bien, promit-il.

Le dîner se termina là-dessus. Vladimir Sevchenko laissa quand même l'addition à Malko : quatre cent cinquante dollars... Soudain, en descendant au vestiaire, ce dernier prit conscience de sa fâcheuse situation.

– Vladimir, demanda-t-il, ce « contrat », c'est sérieux ?

– C'est business, *très* sérieux, confirma l'Ukrainien. Pourquoi ?

– Nous sommes arrivés sans armes ici.

Vladimir Sevchenko eut un geste de grand seigneur.

– Pas de problème. Venez au bureau.

*
**

La grande armoire blindée du bureau de Sevchenko contenait de quoi armer un bataillon, y compris de RPG 7... Chris Jones et Milton Brabeck regardaient son contenu, éblouis comme des enfants devant une vitrine de Noël... Chris soupesa un gilet pare-balles qui devait peser dix kilos. Vladimir Sevchenko approuva en connaisseur.

– Kevlar et plaques de céramique. Ils viennent des *Spętnaz* (1). Cela arrête tout, sauf le Dragonov.

Les deux gorilles firent leur choix. Deux pistolets-mitrailleurs Borzo, variété russe de l'Ingram, deux pistolets Makarov, modèle Kommando, calibre 12,7 mm. Plus beaucoup de munitions. Vladimir Sevchenko entassa lui-même dans un sac de nylon des grenades rondes et des chargeurs.

– Je t'attends demain ici, rappela-t-il à Malko. Si tu ne veux pas me parler, il vaut mieux que tu quittes Kiev.

Le hall de l'*Ukrainia* était désert. Viktor, le chauffeur de l'ambassade, attendait patiemment.

– On va d'abord au *Dniepro*, ordonna Malko.

Il s'occupa du sort des gorilles. Après de périples explications, il leur obtint une chambre au même étage que lui. Il y avait eu erreur, celle qu'on leur avait attribuée était réservée normalement aux autochtones qui ne payaient que vingt dollars... La fille blonde de leur étage sembla beaucoup regretter leur départ. Avec ses bas noirs et sa grosse poitrine, elle devait se louer comme radiateur.

A peine dans sa chambre, Malko appela le chef de station de la CIA, Teddy Atlas. Comme tous les hôtels en ex-URSS, le *Dniepro* ne comportait pas de standard, chaque chambre ayant sa ligne directe.

– Venez chez moi, proposa l'Américain. Viktor sait y aller. J'attendais votre coup de fil. J'ai déjà reçu deux messages de Langley.

(1) Commandos d'élite.

*
**

– Le FBI n'a pas retrouvé la trace de Karkov Balagula, annonça Teddy Atlas. Il pense qu'il a quitté le territoire américain. Avez-vous une piste ici ?

– Pas encore, avoua Malko, et j'ai un gros problème.

– *Relax !* conseilla l'Américain. Ici, la vie n'est que problème.

L'Américain habitait un bloc d'appartements modernes dans Chervonoarmijska : le complexe Maculan, du nom de la société américaine qui avait terminé, aux normes occidentales, un projet abandonné par l'Etat. Mais comme rien n'était simple en Ukraine, les entrées donnant sur l'avenue étaient condamnées. Il fallait passer par-derrière, d'abord dans une impasse sans nom, puis sous une voûte, traverser un bout de terrain vague pour enfin atteindre une grille surveillée. Malko avait d'ailleurs été surpris de tomber sur deux Marines équipés de M. 16, dans le couloir de l'immeuble du chef de station.

L'appartement de ce dernier semblait avoir été déménagé : il n'y avait pratiquement pas de meubles, sauf des canapés et une table basse. Teddy Atlas alla chercher dans la cuisine une bouteille de *Defender* et une de Smirnoff. Il remplit les verres et soupira.

– Cela fait presque trois ans que je vis ici. Les trois quarts du personnel de l'ambassade y logent, y compris l'ambassadeur, juste au-dessus de chez moi. C'est chauffé et à peu près confortable. Pour cinq mille dollars, ça va...

– Par an ? interrogea Chris Jones.

– Non, par *mois*. Tout est hors de prix, ici. Alors, votre problème ?

Malko l'expliqua. Teddy Atlas en perdit son éternel sourire.

– Je vais envoyer un câble codé « flash », dit-il, j'ai ce

qu'il faut ici... Langley baigne dans la frousse, ça m'étonnerait qu'ils refusent.

– Vladimir Sevchenko ne collaborera pas autrement, affirma Malko.

L'Américain alluma une Gauloise blonde achetée au free-shop de l'aéroport.

– Les gens du SBU doivent pourtant savoir des choses sur Balagula, dit-il.

Le SBU avait succédé au KGB local et était chargé à la fois du contre-espionnage, de la sécurité intérieure et extérieure, et même de la lutte contre la mafia.

– S'ils pouvaient nous aider... approuva Malko, plein d'espoir.

L'Américain doucha son enthousiasme.

– La difficulté, c'est que la plupart des *deloviki* sont des anciens du KGB ! Ils ont gardé des copains, qui gagnent trois cents dollars par moi au SBU, et ne crachent pas sur un petit service pour doubler leur salaire. Ils se sentent un peu moins cons... Demain, on en rencontrera un, mon « correspondant », le général Bogdan Baikovo. Il est au cabinet du directeur général du SBU, le général Radchenko. Je l'ai invité à déjeuner au *Slavuta*, rue Gorki. Grâce à lui, on n'aura peut-être pas besoin de Sevchenko. Du moins, dans un premier temps.

– Que pensez-vous de cette histoire de « contrat » ? demanda Malko.

– Il faut la prendre au sérieux. Les mafieux tuent comme ils respirent, dans une impunité totale. Le seul truc que le gouvernement contrôle *vraiment,* c'est le démantèlement des armes nucléaires stratégiques. Il faut dire qu'on le noie sous les dollars. Pour le reste...

Malko bâilla.

– Je vous laisse envoyer ce câble, dit-il. A demain.

– Viktor connaît l'adresse du restaurant. En attendant d'en savoir plus, ne bougez pas trop de l'hôtel.

Après être passés devant les Marines, ils se retrouvèrent

dans les rues désertes, à peine éclairées, de véritables patinoires. La municipalité n'avait pas d'argent pour le fuel des chasse-neige et seules les artères principales étaient déblayées. Les trolleys et les bus, verdâtres et déglingués, ajoutaient encore à l'aspect décati des immeubles pas entretenus depuis trois quarts de siècle.

*
**

– Tiens, le général Baikovo est déjà arrivé, remarqua Teddy Atlas.

L'Américain venait de descendre d'une Neva jaunâtre et cabossée, aux plaques ukrainiennes, qui se fondait parfaitement dans le paysage, et montrait une Mercedes 600 grise, le chauffeur au volant, qui stationnait rue Gorki, juste en face de la porte rouge du *Slavuta*.

– C'est sa voiture de fonction ? interrogea Malko, étonné.

Teddy Atlas rit de bon cœur.

– Sa voiture de fonction, c'est une Jigouli avec deux cent mille kilomètres et plus de roue de secours. Seulement, en dehors de ses heures de travail, le général Baikovo est *delovik*. Il dirige une affaire d'exportation de déchets de métaux.

Le *Slavuta* ressemblait à une salle de billard, avec ses abat-jour verts au-dessus des tables. Le général Baikovo, trapu, les cheveux gris très courts sur une bonne tête de moujik, étreignit chaleureusement Teddy Atlas, sous le regard médusé des gorilles pour qui c'était le diable et le bon Dieu qui s'embrassaient.

Discrètement, le chef de station de la CIA glissa à son homologue un paquet contenant une bouteille de Cointreau, une de *Defender* et deux cartouches de Gauloises blondes. Ensuite, il fit les présentations et commanda du caviar pour tout le monde.

L'officier ukrainien parlait bien anglais et semblait

affamé. Il fallut attendre deux platées de caviar pour que Teddy Atlas pose la question de confiance.

– Mr Linge enquête sur un certain Karkov Balagula, dit le Tatar, expliqua-t-il. Un mafieux qui sévit aux Etats-Unis. On croit qu'il a une base à Kiev. Ce nom vous dit quelque chose ?

Le général Baikovo prit le temps de terminer son caviar avant de répondre :

– J'ai entendu parler de lui, admit-il. C'est un *delovik* et un grand voyou. Le racket, les casinos, les boîtes. Il a aussi beaucoup d'affaires à Moscou, une banque même. Après 1989, il s'est taillé un empire. Souvent par la terreur.

Il ajouta à l'intention de Teddy Atlas :

– Vous vous souvenez du patron du Football-club de Donetsk, Tarass Pogrebi ?

– Oui, dit Teddy Atlas.

– Il refusait de céder un terrain à Karkov Balagula. Il se méfiait et avait toujours au moins six gardes du corps. Un jour, il va assister à un match de son club. Pour accéder au stade, il fallait passer par un tunnel creusé sous un carrefour. Au milieu du tunnel, il y avait une voiture abandonnée avec cent kilos de TNT. Tarass Pogrebi a été pulvérisé en même temps que ses gardes du corps... Mais Balagula n'a jamais été inquiété.

Un ange passa, en combinaison blindée...

– Et depuis ? interrogea Malko. Qu'est-il devenu ?

Le général eut un geste évasif.

– Personne ne se heurte à lui de front.

– Il s'occupe de politique ?

Le général Baikovo fixa Malko, sincèrement étonné.

– De politique ? Qu'est-ce que vous voulez dire ?

– Il a des liens avec l'ancien KGB ? Ou il joue un rôle en politique ?

– Le KGB ! Mais *tout le monde* a eu des liens avec le KGB, s'exclama le général. Notre Premier ministre Martchouk dirigeait le Deuxième Directorate, ici à Kiev. Moi-même, j'y ai fait toute ma carrière. Notre immeuble du SBU était celui du KGB ! Tout ça, c'est fini. La seule politique, c'est de faire du dollar... Et pour ça, Karkov Balagula s'y entend à merveille.

– Et ses affaires à Moscou ? insista Malko.

– Je ne les connais pas.

– Ici, à Kiev, il a des activités officielles ?

Le général se resservit un verre de Smirnoff.

– On dit qu'il est le véritable propriétaire du *Hollywood,* une boîte de nuit très fréquentée, avec un casino.

– Il a un appartement ou une datcha à Kiev ?

– Il possède un appartement, au numéro 15 de la rue Bankivska, au quatrième étage, dans le quartier de Petchiersk, mais je ne sais pas s'il y habite. Il y a installé sa maîtresse, une certaine Irina Bondarenko, ex-miss Ukraine. Il a racheté l'appartement pour deux millions de koupons...

Malko effectua un rapide calcul mental.

– Deux millions de koupons ? Cela fait un peu plus de dix dollars...

Le général Baikovo eut un sourire gêné.

– C'est une astuce. L'appartement appartenait à un professeur qui y habitait depuis des années. La ville de Kiev le lui a vendu, dans le cadre des privatisations. C'était le prix. Balagula a forcé le professeur à le lui revendre, pour la même somme, ensuite il l'a tué et enterré dans la forêt. Dans la zone qui entoure Tchernobyl. On ne retrouvera jamais le corps.

– Comment a-t-il fait ?

– Il a des amis dans les *berkut* (1). Eux ont le droit d'aller partout. Pour mille dollars, ils ont enterré le corps. Maintenant, si Balagula voulait revendre cet appartement, il en tirerait trois cent mille dollars.

(1) Forces spéciales de la police.

Une histoire exemplaire...

Le général Baikovo rota et regarda ostensiblement sa Rolex en or, estimant avoir bien gagné son déjeuner. Teddy Atlas se hâta de demander :

– Pourriez-vous obtenir un permis de port d'armes pour mes trois amis ?

Le visage du général s'illumina devant une requête aussi modeste.

– Venez avec moi rue Volodymyrska, proposa-t-il. Vous les aurez immédiatement.

Pendant que l'Américain réglait, Malko lui demanda encore :

– Savez-vous si Balagula se trouve à Kiev ?

– Il voyage beaucoup, répondit l'Ukrainien. Souvent avec de faux passeports. Mais je peux essayer de me renseigner. Il sponsorise l'équipe de football du SBU. Je leur demanderai.

Chris Jones et Milton Brabeck échangèrent un regard effaré. C'était Al Capone parrain de l'équipe de base-ball du FBI...

Ils sortirent tous ensemble et montèrent dans leurs voitures respectives, pour s'arrêter un quart d'heure plus tard devant le QG du SBU. Impressionnant, l'énorme bâtiment de quatre étages en pierre rose, orné de balcons au deuxième étage, occupait tout un bloc. A l'intérieur, c'était sale, sombre, décrépit. Ils montèrent au deuxième étage où se trouvait le cabinet du général Radchenko. On apercevait par la fenêtre les coupoles de la cathédrale Sainte-Sophie, chef-d'œuvre d'art byzantin que Staline avait jadis voulu transformer en parking...

Malko remarqua une vitrine fermée à clef remplie de briquets Zippo soigneusement exposés. Teddy Atlas lui souffla à l'oreille :

– Il adore ça ! Je lui ai promis de lui en livrer une centaine au sigle du SBU. Avec ça, il me mangera dans la main.

Le général Baikovo revint quelques instants plus tard avec trois formulaires établis sur du papier jaunâtre, encore à l'en-tête du KGB, raturé à la main !

Tandis que Malko les examinait, le général prit Teddy Atlas à part pour une conversation à voix basse avant de les raccompagner gentiment. Ce n'est que sur le trottoir que l'Américain annonça la mauvaise nouvelle :

– Il m'a avoué que Karkov Balagula est intouchable à Kiev. Trop de relations, trop d'argent. Et il craint pour votre vie. Il préférerait que vous ne restiez pas trop longtemps en ville.

– Je croyais que les Ukrainiens vous mangeaient dans la main ? s'étonna Malko.

– Sur certains points, c'est exact, confirma le chef de station de la CIA. Mais là, il s'agit d'une affaire *intérieure*. Le problème des mafieux, dans l'ex-Union soviétique, est extrêmement délicat. Parce qu'en grattant un peu, on retrouve vite les anciennes structures : le Parti communiste ou le KGB. Les apparatchiks se sont revendus le pays à eux-mêmes. Comme ils essaient de conserver une façade respectable, ils sous-traitent avec les *deloviki*. Si cela se trouve, Karkov Balagula n'est qu'un homme de paille pour des gens beaucoup plus puissants. Cela pourrait peut-être expliquer son implication dans l'affaire du sarin.

– Allons à l'ambassade, suggéra Malko. Il y aura peut-être la réponse de Langley.

*
**

Ironie du sort, le charmant bâtiment abritant l'ambassade US, au 10 de la rue Kotsubinskoho, était l'ancien siège du Parti communiste de l'arrondissement... Une sorte d'hôtel particulier au milieu d'un jardin, au toit hérissé d'antennes.

Teddy Atlas vérifia auprès de sa secrétaire : rien n'était arrivé.

– Pourtant, dit-il, j'ai envoyé le message hier soir à minuit. Il était seulement cinq heures à Washington.

– Howard Allenwood devait être en balade, conclut Malko. Pourvu qu'il l'ait eu depuis...

Chaque heure qui passait diminuait sa marge de manœuvre. Or, sans l'appui de Vladimir Sevchenko, il était quasiment réduit à l'impuissance. Il regarda sa montre : trois heures, donc huit heures du matin à Washington. Il fallait encore tuer le temps au moins une heure.

– Je vais voir à quoi ressemble l'appartement de la rue Bankivska, annonça-t-il. Je pourrais peut-être glaner une information là-bas.

Chris Jones se leva, déjà tout émoustillé.

– On verra peut-être à quoi ça ressemble une miss Ukraine...

Milton Brabeck lui sortit un *Playboy* russe acheté au *Dniepro,* avec en couverture une fille qui affichait au moins cent vingt centimètres de tour de poitrine.

– Ah ça, fit-il. On a mieux chez nous.

Malko, hélas, n'avait pas le cœur à la plaisanterie. Il lui restait cinq jours avant l'expiration de l'ultimatum des terroristes au sarin. Il était à Kiev depuis vingt-quatre heures et n'avait pas avancé d'un pouce. Or, il allait bientôt égrener le compte à rebours en heures et non plus en jours...

CHAPITRE XII

Irina Bondarenko, en s'extirpant du siège arrière de la Mercedes 600, entrouvrit assez les cuisses pour que les deux miliciens en faction devant la Banque centrale d'Ukraine puissent apercevoir sa culotte en satin ivoire de La Perla, qui coûtait facilement deux mois de leur salaire de misère. Renforçant cette exhibition par un sourire ravageur à leur intention, elle parcourut les quelques mètres qui la séparaient de l'entrée de son immeuble, voisin de la banque. La tête haute, un pull jaune canari, visible sous sa veste de cuir, moulant avec précision ses quatre-vingt-dix-sept centimètres de tour de poitrine, elle avait tout, avec ses bottes souples et sa grosse ceinture, d'un personnage de BD érotique. Avant de pénétrer sous le porche de son immeuble, elle se retourna et lança :

– N'oublie rien, Boris !

Le jeune chauffeur blond était en train d'extraire du coffre une bonne dizaine de sacs : les emplettes parisiennes d'Irina. Et encore, il n'y avait pas tout. Elle avait eu un coup de foudre pour un objet totalement insolite chez l'architecte d'intérieur Claude Dalle où elle allait à chacune de ses visites à Paris : un lit tendu de soie rehaussée de broderies d'or et d'argent, de rubans de soie rose, tête de lit « Impériale ». Couvre-lit brodé King-Size. Même dans les superproductions hollywoodiennes, elle n'avait jamais vu ça. Le luxe à l'état pur. Elle avait payé sans sourciller les soixante-dix mille dollars, recevant en cadeau une coiffeuse Louis XV en marqueterie de bois de rose. Elle se rendait à Paris chaque mois, claquant allégrement les dollars de son amant Karkov Balagula. Il y avait certains avantages à être la maîtresse attitrée d'un grand mafieux...

La jeune femme pénétra dans le hall mal éclairé où pendaient des fils électriques. La peinture des murs s'en allait par plaques et d'énormes tuyaux couraient partout. Cela sentait le chou et le lard rance. Néanmoins, l'immeuble était un des plus luxueux de Kiev, dans « le » quartier. Irina Bondarenko plissa le nez, agacée. L'odeur lui rappelait son enfance, dans un village voisin de Kiev. Elle s'en était arrachée pour travailler en ville et avait participé au premier concours de beauté de la Perestroïka. Ensuite, tout s'était enchaîné. Un job comme vendeuse dans un magasin, puis un jeune amant businessman. Ce dernier avait eu l'imprudence de l'emmener un soir au *Hollywood* et de danser avec elle sur l'immense piste. Irina portait ce jour-là une tunique en vinyl rouge pompier qui la moulait comme une seconde peau, s'arrêtant à des années-lumière de ses genoux.

Un garçon était venu les inviter à la table du patron. Le regard de Karkov Balagula l'avait transpercée comme un laser, la détaillant avidement, de sa grande bouche un peu molle jusqu'à ses chevilles. Avec ses grands yeux en amande, entre vert et bleu, ses cheveux blonds cascadant sur les épaules, son nez un peu busqué et son expression sage, Irina ressemblait à une sulfureuse madone. Lorsque Karkov Balagula s'était levé pour l'inviter à visiter la boîte, elle n'avait pas ri.

Malgré ses talonnettes, le mafieux ne dépassait guère un mètre soixante et lui arrivait à l'épaule. Mais sa carrure était impressionnante, des épaules de docker, des pectoraux qui saillaient sous sa chemise, une allure puissante.

De tête, c'était Gengis Khan en plus brutal, avec ses courts cheveux blonds.

Ils avaient commencé la visite par la mezzanine dominant la piste de danse. Au premier coin d'ombre, Karkov Balagula avait plaqué Irina contre un pilier et s'était mis à la palper comme un aveugle, fourrageant entre ses cuisses jusqu'à cc qu'il lui arrache sa culotte. Pendant qu'elle se débattait pour la forme, il avait fait jaillir de son pantalon de velours un membre disproportionné par rapport à sa taille, avait poussé Irina sur une table vide et l'avait embrochée, d'un seul élan, de toute la longueur de son membre. Le cri d'Irina s'était perdu dans le vacarme de l'orchestre. En quelques allées et venues, Karkov Balagula avait joui, dans un dernier coup de reins à lui démolir le bassin.

Ensuite, il s'était rajusté et avait continué la visite comme si de rien n'était. Lorsqu'elle avait regagné sa table, Irina s'était étonnée de la disparition de son compagnon.

– Il avait mal à la tête, il est rentré, avait précisé un maître d'hôtel en versant à la jeune femme une pleine coupe de Taittinger Comtes de Champagnes, blanc de blancs 1988.

Irina avait fait semblant de le croire. En vérité, à peine était-elle montée sur la mezzanine que trois gorilles de Balagula avaient entraîné son amant jusqu'au parking. Là, deux balles dans la tête avaient réglé son sort. Tandis qu'Irina sablait le champagne avec son nouvel amant, la voiture transportant le corps de l'ancien roulait vers la forêt d'Ivankiv, où il serait enterré en compagnie d'autres victimes de la férocité du Tatar.

Irina était repartie du *Hollywood* dans la Mercedes 600 de Balagula. A peine chez lui, il l'avait fait se déshabiller, pour l'examiner comme un cheval, notant les moindres détails, soupesant ses seins lourds, la reniflant comme un animal.

Malgré une vague crainte, Irina, grisée, s'était laissé faire. Cela se passait quatre ans plus tôt. Depuis, sa vie était une sorte de conte de fées pour adultes. A condition de ne jamais poser de questions, même quand son amant disparaissait plusieurs semaines, de faire exactement ce qu'il lui disait, de satisfaire tous ses caprices sexuels et de s'habiller de la façon la plus provocante possible, tout allait bien. Karkov Balagula voulait qu'on sache qu'il avait la plus belle fille d'Ukraine. Il l'avait sortie à l'opéra, lui qui en avait horreur, et dans les meilleurs restaurants de Kiev. Il lui avait fait découvrir Moscou, Paris, Monte-Carlo. Elle avait appris à jouer à la roulette, à se maquiller, à choisir ses vêtements sans penser au prix. Balagula avait même acheté une boutique à Kiev, à côté du restaurant *Studio* pour qu'elle puisse y acheter les dernières créations de Gianni Versace, Fendi ou Chanel. Elle n'avait qu'à entrer et à se servir... Mais elle trouvait plus amusant d'aller à Paris.

Irina Bondarenko ne se posait plus de questions, dans cette Russie post-communiste où l'argent coulait à flots autour d'elle ; elle n'osait même pas dire à ses parents ce qu'elle dépensait : ils ne l'auraient pas crue ! Tous les mois, elle prélevait trois cents dollars sur sa cassette pour qu'ils vivent comme des rois.

L'ascenseur s'arrêta au quatrième, en face de la porte capitonnée de cuir et bardée de serrures de son appartement. Déjà, de l'autre côté du battant, elle entendait miauler sa chatte persane. Lorsqu'elle ouvrit, l'animal vint se frotter contre ses bottes. Alors qu'elle se penchait pour la caresser, elle se sentit soulevée du sol par une main puissante glissée entre ses cuisses.

– *Dobredin !* lança la voix enjouée de Karkov le Tatar.

Irina se retourna, stupéfaite.

– Tu es là !

Il lui souriait, torse nu, ses chaînes en or épaisses de deux doigts descendant jusqu'à son sternum, les reins enveloppés d'une serviette, massif et sexy avec son corps de culturiste. Karkov avait été lutteur et il lui en restait quelque chose.

– Tu croyais que c'était un autre ? interrogea-t-il, mi-plaisantant, mi-sérieux.

Irina vit une lueur dangereuse dans les yeux noirs. Son amant était d'une jalousie démentielle. Il n'y avait qu'un moyen de stopper une crise, et de couper court à un interrogatoire qui durerait des heures et qui pouvait toujours se terminer mal...

Elle commença à se frotter contre la serviette avec un lent et imperceptible mouvement tournant, le visage penché vers celui de son amant. En même temps, ses mains se posèrent sur sa poitrine et ses ongles se refermèrent sur les mamelons, en agaçant les pointes avec une habileté consommée... Karkov le Tatar était un être simple. Il se mit à grogner, dansant sur place comme un ours, tandis que sous la serviette, son sexe se développait à une vitesse stupéfiante... Irina le massa un peu, puis dit avec un regard implorant :

– Tu bandes bien.

D'un geste brutal, il arracha la serviette et aussitôt Irina, sans même ôter son élégante veste de cuir, tomba à genoux sur l'épaisse moquette et enfonça avec lenteur le membre congestionné dans sa grande bouche. Fasciné, Karkov Balagula regardait son sexe avalé par les lèvres élastiques. C'était au moins aussi excitant que la sensation elle-même. Remerciant le ciel d'avoir mis sur son chemin une si merveilleuse salope, qui savait se comporter comme la plus docile des putains, il fit glisser sa veste de cuir, pour lui malaxer les seins à pleines mains, à travers le fin pull canari. Puis, au comble de l'excitation, prenant la tête blonde à deux mains, il se mit à coulisser dans la bouche offerte à grands coups de reins, s'enfonçant aussi profondément qu'il le pouvait.

Il allait se répandre dans cette bouche accueillante lorsque Irina lui échappa, levant sur lui un regard espiègle.

– Qu'est-ce que tu m'as rapporté de ton voyage ?

Au bord de l'apoplexie, Karkov le Tatar poussa un rugissement de dépit. Cette garce savait le manier ! Il prit Irina par la taille, la souleva du sol et, en quelques enjambées, atteignit la chambre et la jeta sur le lit. Elle y atterrit les jambes déjà ouvertes. Son amant n'eut qu'à lui arracher la belle culotte de satin qui avait fait rêver les miliciens pour s'engouffrer dans son ventre d'un seul élan. Irina se cabra. Son amant était si puissant qu'après chaque période de séparation, elle avait du mal à le recevoir. Mais la seule vue de son sexe prêt à la pourfendre et ce simulacre de viol la transformaient en fontaine. Debout au bord du lit, Karkov le Tatar lui avait relevé les jambes à la verticale et la forait à grands coups de reins, ponctués par les cris d'Irina.

– Arrête ! Arrête, tu me fais mal !

C'était totalement faux, elle se sentait onctueuse comme un vacherin, mais cela aussi faisait partie du jeu.

– Je vais te faire encore plus mal ! gronda Karkov Balagula.

Il se retira, retourna Irina sur le ventre et, pratiquement du même élan, s'allongea sur elle qui ondulait comme pour lui échapper. Il parvint quand même à guider son sexe contre l'ouverture de ses reins et, d'une formidable poussée, s'y engouffra jusqu'à la garde. Cette fois, Irina cria pour de bon. Son amant n'en avait cure. Sentir son sexe emprisonné dans cette gaine étroite lui procura une sensation si forte qu'il ne la pilonna qu'un temps très court avant de se répandre dans ses reins. Après avoir explosé, il fit encore quelques allées et venues entre les fesses somptueuses.

Le rite était accompli. A chaque retrouvaille, il jouissait de tous ses orifices. Une sorte d'inventaire... Irina ne détestait pas cette force bestiale. D'un coup, Karkov s'arracha d'elle et lança :

– Je finis mon bain et je fais un peu de sauna.

Restée seule, Irina se déshabilla, passa un peignoir de satin et alla se préparer un Cointreau-caïpirinha, versant du Cointreau sur du citron vert et de la glace pilée. Depuis qu'elle voyageait, elle avait découvert des tas de choses plus sophistiquées que la vodka...

Elle soupira d'aise en caressant la soie d'une autre de ses emplettes chez le décorateur Claude Dalle, un magnifique sofa aux coussins de soie jaune et de velours vert qui lui donnait l'impression d'être Catherine de Russie. Les cinq radiateurs palliaient l'habituelle défaillance du chauffage. Elle se sentait bien. Tout était neuf, cher, luxueux.

*
**

Malko arriva au bout de la rue Bankivska, en face du numéro 15. Ce quartier de Petchiersk qui s'étalait sur une des collines de Kiev était plein de charme avec ses rues en pente aux trottoirs enneigés, ses vieux immeubles aux peintures délavées. Certes, rien n'était entretenu, mais un reste de grandeur flottait encore dans l'air.

Il descendit de la Neva, empruntée à Teddy Atlas pour plus de discrétion, et pénétra sous le porche. Des boîtes aux lettres avec des numéros, des interphones, mais pas un nom. Une cage d'escalier sombre, des fils qui pendaient partout, de la poussière et de la crasse... Il avait du mal à croire qu'un homme puissant et redouté vive là. Mais c'était l'ex-Union soviétique... Les normes étaient différentes.

Il n'osa pas monter au quatrième et retourna à la voiture, tenaillé par l'angoisse. Sans l'aide de Vladimir Sevchenko, sa mission était condamnée.

Chris Jones et Milton Brabeck regardaient avec ébahissement les rues enneigées, les rares boutiques qui ressemblaient à des épiceries de village, les gens emmitouflés, les trams. De loin, le Dniepr gelé était un gigantesque serpent blanc se perdant dans la brume hivernale. Malko fixa le portable fourni par Teddy Atlas. A chaque seconde, il craignait de l'entendre sonner pour annoncer une mauvaise nouvelle... Bien sûr, Vladimir Sevchenko n'était pas le confident idéal pour un secret d'Etat, mais cela valait mieux que l'Apocalypse.

Quand il pénétra à nouveau dans le bureau du chef de station, Teddy Atlas fumait nerveusement une Gauloise blonde. Il accueillit Malko avec un sourire figé.

– Toujours rien ! J'ai encore envoyé un message à Langley.

Là-bas, il était onze heures du matin...

Ils prirent un peu de thé, regardant CNN pour tuer le temps. Malko se posait une autre question. Une fois Karkov Balagula localisé, s'il y parvenait, comment le neutraliser ? Pas question de travailler officiellement avec les Ukrainiens. Seul un homme comme Sevchenko possédait la logistique nécessaire...

*
**

Karkov le Tatar émergea du sauna, rouge comme un homard, sous le regard attendri d'Irina qui s'était contentée d'une douche. Elle lui rendit son portable qui sonnait. Balagula ne se servait jamais du téléphone ordinaire pour qu'on ne puisse pas le localiser.

Assis sur un tabouret, il écouta longuement. Discrète, Irina avait quitté la salle de bains. Elle ne voulait pas se mêler des affaires de son amant... Pendant près de deux heures, celui-ci demeura dans la salle de bains tandis qu'elle préparait du bortsch et du caviar acheté à Paris chez Petrossian ! C'était un comble mais il était nettement meilleur que celui qu'on trouvait à Kiev. La sonnerie aiguë du portable n'arrêtait pas... Parfois, elle entendait la voix grave de son amant, sans bien saisir les mots.

Quand il la rejoignit, il paraissait soucieux.

– Personne ne t'a parlé ? demanda-t-il.

Elle rit.

– Tu es jaloux !

Il secoua la tête.

– Pas pour ton cul, corrigea-t-il avec élégance. Tu n'as pas été suivie, depuis l'aéroport ?

Elle ouvrit de grands yeux.

– Non, je ne crois pas. Demande à Boris. Pourquoi ?

– Pour rien, trancha-t-il, péremptoire.

Jamais il ne lui parlait de ses affaires, bien que leurs rapports soient différents de ceux des autres mafieux avec leur maîtresse. Ceux-ci se partageaient entre des familles et des conquêtes faciles. Irina avait pris dans la vie de Karkov le Tatar une place exceptionnelle, rare dans ce milieu où les femmes comme elle ne comptaient pas, d'habitude. Mais Karkov Balagula était fou d'elle, à sa manière, et elle le savait.

Ils se mirent à table et la boîte de deux cent cinquante grammes de Beluga Petrossian ne dura que le temps d'un clin d'œil. La bouteille de vodka à peine plus.

Ensuite, Karkov le Tatar, après quelques derniers coups de fil, s'étendit sur le grand lit.

– Tu ne dis à personne que je suis à Kiev, fit-il soudain.

C'était inhabituel, nota Irina sans rien dire. Pour détendre l'atmosphère, elle proposa :

– Tu veux voir ce que j'ai ramené de Paris ?

D'habitude, il adorait la voir évoluer dans une nouvelle robe, quitte à la violer séance tenante. Là, il se contenta de grogner et prit une bouteille de vodka neuve. Irina s'installa dans le salon avec le dernier roman Harlequin... Quelque temps plus tard, elle entendit des ronflements et alla voir. Karkov Balagula dormait tout nu dans la chambre surchauffée et parlait dans son sommeil. La bouteille de vodka était vide... Irina s'approcha et saisit quelques mots.

– J'ai déconné ! J'ai fait le con...

Elle lui effleura la poitrine et il se réveilla en sursaut. D'un réflexe instinctif, il plongea vers la table de nuit pour saisir son Makarov. Puis, il vit Irina, et sa main retomba avec un geste las. Dans cet appartement à la porte blindée, il ne risquait rien. Irina réalisa qu'elle n'avait pas vu dehors les cinq BMW qui d'habitude contenaient sa garde rapprochée. Des féroces, tous anciens parachutistes en Afghanistan. Karkov Balagula se frotta les yeux.

– Tu aimerais partir au soleil ? demanda-t-il.

– En Floride ?

C'était son rêve.

– Non, pas en Floride, grogna-t-il. Plutôt au Brésil... Mais en attendant, tu vas aller au *Hollywood* ce soir, porter une lettre à Avdichev.

– Tu ne veux pas venir ?

– Non. Préviens Grivana et Misha. Ils t'accompagneront. Dis-leur que je ne suis pas en ville.

Grivana et Misha étaient deux jeunes danseurs de la troupe qui se produisait au *Hollywood.* Homosexuels et beaux comme des dieux, ils enseignaient à leurs moments perdus la danse à Irina. Grivana (1) tenait son surnom de ses longs cheveux à la Jésus-Christ qui tombaient sur ses épaules.

Irina ne dit rien. C'était bien la première fois que son amant lui demandait d'aller seule au *Hollywood.* Il y avait vraiment quelque chose d'inhabituel !

(1) Crinière, en ukrainien.

CHAPITRE XIII

Malko et Teddy Atlas regardaient le texte qui sortait de la machine à décoder, en direct de Langley. Catégorie « flash », urgence absolue. Une sonnerie stridente venant de la salle de transmission les avait alertés à 6 h 03 exactement. Les deux premiers mots les rassurèrent : « *We authorize...* » Malko lut quand même la suite du message de la Maison-Blanche, relayé par la CIA. C'était plutôt ambigu : il avait l'autorisation de révéler à Vladimir Sevchenko la vérité sur l'Opération Lucifer, mais une phrase alambiquée laissait entendre qu'en cas de divulgation publique, la CIA pourrait le rendre responsable des fuites...

Teddy Atlas, soulagé, alluma une Gauloise blonde. Il avait repris son expression espiègle, presque enfantine.

– Ces bureaucrates devraient sortir plus souvent... laissa-t-il tomber. OK, c'est à vous de jouer. Moi, je tiens à votre disposition toute la logistique de la station, c'est-à-dire pas grand-chose. Si une opération paramilitaire était envisagée, je suis autorisé à faire appel à une base de l'US Air Force en Hongrie.

– On pourrait aussi occuper l'Ukraine, remarqua Malko. Les Allemands l'ont fait en 1941, cela ne leur a pas porté bonheur.

Teddy Atlas sourit et souffla la fumée de sa Gauloise blonde.

– Soyez très prudent. Karlov Balagula est hyperdangereux. Si vous le souhaitez, on peut faire venir d'autres « baby-sitters ».

– Je me contenterai de Chris et de Milton, et des « produits locaux », dit Malko. Je ne suis pas venu faire la guerre. D'ailleurs, peut-être que Balagula est toujours aux Etats-Unis. Ou à Moscou. Ou ailleurs. Pour l'instant, je vais annoncer la bonne nouvelle à Vladimir Sevchenko.

– OK. Tenez-moi au courant.

*
**

Vladimir Sevchenko, en bras de chemise, se balançait comme un ours dans son fauteuil, en tirant sur un cigare cubain, les pieds sur un superbe bureau Louis XV acheté chez Claude Dalle. Il avait écouté Malko sans l'interrompre, sans exprimer quoi que ce soit. Dans le bureau des secrétaires qui avait repris son aspect normal, Chris Jones et Milton Brabeck échangeaient des sourires avec leurs « homologues » tchétchènes. Chris avait offert à Djokar un magnifique Zippo de collection et le rouquin n'arrêtait pas de le retourner entre ses grosses pattes.

– Je n'aurais jamais cru une histoire pareille, dit enfin Vladimir Sevchenko. Je pensais qu'il s'agissait de drogue, de contrebande nucléaire avec l'Iran. Il y a beaucoup d'Iraniens ici. Mais ça... Je ne vois pas pourquoi Karkov est là-dedans...

– Pour de l'argent ? suggéra Malko.

L'Ukrainien secoua lentement la tête.

– Il peut en gagner beaucoup plus sans prendre autant de risques. Rien que ses casinos lui rapportent deux millions de dollars *par mois*. Bien sûr, il a des frais. Non, il fait ça pour rendre service. Chez nous, tout se passe ainsi. On ne peut pas refuser un service à un ami.

– Qui est l'ami susceptible de lui avoir demandé de gazer New York ?

L'Ukrainien leva un regard torve vers Malko.

– Quand j'étais en Yougoslavie, j'ai rencontré chez les Serbes pas mal de cinglés parfaitement capables d'un truc pareil. Seulement, ce sont des *politiques*, pas des businessmen. Et je n'en ai jamais vu à Kiev. Et puis, Karkov Balagula n'est pas lié à eux... Ce truc est politique...

Un ange passa, des étoiles rouges sous les ailes.

– A qui Karkov Balagula peut-il avoir eu envie de rendre service ? insista Malko.

– Des gens qui l'aident dans ses affaires... Ici, ça peut être le patron du SBU. Mais Balagula n'a pas assez besoin d'eux pour accepter un *deal* pareil. Personne de sensé ne prend le risque d'avoir l'Amérique au cul. Donc, ça vient d'ailleurs.

– Moscou ?

– *Da*, je pense. Le plus gros des revenus de « Tatarin » vient de son affaire de pétrole. Cela, peu de gens le savent.

– Du pétrole ? interrogea Malko, surpris.

Il imaginait plutôt des armes, ou de la drogue.

– Oui, confirma Sevchenko. « Tatarin » a travaillé dans pas mal de trucs, comme tout le monde : le racket, la prostitution, le jeu, la drogue. Et puis, il y a trois ans, il a monté, avec des prête-noms, une société d'import-export de produits pétroliers. Il achète du pétrole brut à la Russie, le fait raffiner ici en Ukraine et le revend à la même Russie, en Ukraine et dans des pays étrangers. Tout cela est très simple sur le papier et ne demande pas beaucoup de travail. Il ne voit jamais le pétrole, ni ce qui sort des raffineries. Seulement, pour obtenir la licence d'exportation du pétrole russe, il faut des relations à Moscou. De *très hautes* relations. N'importe qui, avec une licence comme ça, fait fortune. Du côté ukrainien, c'est facile : les raffineries n'ont pas une goutte de pétrole à raffiner. Elles prendraient n'importe quoi !

Le téléphone l'interrompit, laissant à Malko le temps de la réflexion. Ce que disait Sevchenko était plus qu'inquiétant. Car si le complot venait des sphères dirigeantes de Moscou, cela signifiait que la guerre froide recommençait, plus sournoise, avec les bonnes vieilles méthodes du KGB. Quand on ne peut pas attaquer les ennemis de front, on sous-traite. Si le pape avait été tué par Ali Agça, la Pologne retombait dans la nuit communiste pour plusieurs années...

Vladimir Sevchenko raccrocha.

– Ce serait le KGB ? avança Malko.

– Le KGB n'existe plus, c'est le FSB à présent. Je ne crois pas qu'un organisme officiel russe se lance dans une histoire pareille. Par contre, on ne sait plus qui commande au Kremlin. Il y a des fous furieux, des gens qui haïssent les Etats-Unis, qui veulent venger l'honneur des Russes, qui se croient revenus au XIXe siècle avec les Serbes défendant la chrétienté contre les Turcs... Dans mon ancienne maison (1), il y a encore beaucoup d'officiers qui considèrent qu'on devrait reprendre la guerre froide.

Malko était suspendu aux lèvres de Vladimir Sevchenko. Depuis le début, il se demandait pourquoi un mafieux était mouillé dans une affaire de terrorisme politique. Vladimir Sevchenko lui apportait une réponse possible. L'Ukrainien pointa son index boudiné sur lui.

– Maintenant, je te pose une question. Supposons que nous trouvions « Tatarin ». On fait ça ?

Il eut un geste expressif mimant une balle dans la tête.

– Non, dit Malko, il faut remonter au sponsor.

– Donc, parler avec « Tatarin ».

Malko lui jeta un regard surpris.

– Tu crois que c'est possible ? Karkov Balagula sait

(1) Le GRU.

que le FBI et la CIA sont à ses trousses, et en général toute la puissance américaine. Il n'est pas fou. On ne peut pas utiliser le SBU.

Vladimir Sevchenko s'en étouffa de rire.

– Ici, nous sommes en Ukraine ! Le SBU ne va pas s'amuser à nuire à un homme qui fait tourner les raffineries du pays. C'est l'hiver, on a besoin de se chauffer. Donc, il n'a pas peur. Bien sûr, à New York, c'est différent. Ici, c'est toi qui dois avoir peur ! Mais, il y a un élément positif... Vous n'avez pas de différends *sérieux*. Il ne te doit pas d'argent, tu ne lui en dois pas, vous ne vous disputez pas un territoire, tu ne lui as pas pris de femme. Donc, vous pouvez *parler*.

C'était une approche inattendue.

– Comment ? demanda Malko.

Le sourire de Vladimir Sevchenko s'élargit.

– Grâce à moi ! « Tatarin » me connaît. Nous n'avons jamais travaillé ensemble, mais nous n'avons non plus jamais eu de conflits. Donc, si je lui fais dire que je veux lui parler, j'aurai une réponse. Après, c'est à toi de jouer.

– Il ne pensait sûrement pas être identifié, souligna Malko. Cela change les choses pour lui.

– Tu as tout compris ! s'exclama Sevchenko. Maintenant, il a un gros problème. Alors, tu lui offres un beau passeport américain, beaucoup de dollars, et il arrête tout.

Un ange passa, agitant une bannière où on lisait : « On ne discute pas avec les terroristes ! » Proclamation allégrement bafouée par *tous* les Etats de la planète. Vladimir Sevchenko était un pragmatique.

– Ce soir, on dîne au *Hollywood*, annonça-t-il. La boîte appartient à « Tatarin ». Elle est gérée par un de ses bras droits, Youri Avdichev. Il me connaît. Dès qu'il saura que je suis là, il viendra me saluer. Là, je lui transmettrai le message. Youri a le numéro du portable de « Tatarin », il peut le joindre partout. On organise une *razborka* (1), et vous vous expliquez.

– Très bien, dit Malko, je vais prévenir Teddy Atlas.

*
**

Difficile de faire plus sinistre. Un environnement d'entrepôts, de terrains vagues, de routes mal éclairées : c'était la banlieue nord-est de Kiev. Malko avait pris place dans la Mercedes 600 blindée, à côté de Vladimir Sevchenko. Djokar conduisait, Abbi à ses côtés. Derrière, suivaient Chris et Milton dans la Chevrolet de l'ambassade conduite par Viktor, le chauffeur taciturne.

– Nous y voilà ! annonça Vladimir Sevchenko.

D'énormes lettres lumineuses fixées sur le toit d'un building signalaient la boîte de nuit, *Hollywood*, tout au fond de l'interminable rue Frunzé.

Ils se garèrent dans un parking aux trois quarts vide, non loin de l'entrée. Viktor vint alors murmurer quelques mots à l'oreille de Vladimir Sevchenko qui haussa les épaules.

– Que dit-il ? interrogea Malko.

– Il prétend qu'on nous a suivis... *Nitchevo !*

Avant de pénétrer dans la boîte, l'Ukrainien souffla à Malko :

– Ici, on est obligé de laisser les manteaux au vestiaire. Dis à tes amis de garder mes cadeaux...

Malko transmit. Djokar et Abbi avaient déjà dissimulé leur artillerie sous leurs gros chandails.

Un vestiaire faisait face à la caisse. Sagement, Djokar prit des tickets pour tout le monde. Ils durent laisser parkas et manteaux au vestiaire. Une musique assourdissante, crachée par de colossaux haut-parleurs, empêchait toute

(1) Réunion de conciliation.

conversation. Après le premier contrôle, à droite, s'ouvraient plusieurs salles de billard puis de machines à sous, et une boutique, Chris Jones tomba en arrêt devant une paire de chaussures à quarante-six millions de koupons. En crocodile quand même ! La piste de danse pouvait accueillir trois cents personnes. Des tables l'entouraient, avec au fond une grande estrade et la cabine d'un disc-jockey. Au premier étage, une mezzanine offrait autant de sièges qu'en bas. On se serait cru aux Etats-Unis, pas en Ukraine ! Un écran géant passait un clip de Michael Jackson, l'estrade était entourée de pubs pour Coca-Cola et une bouteille de vodka Smirnoff gonflable de cinq mètres de haut veillait sur les danseurs.

Vladimir choisit une table non loin du bar et installa ses gorilles juste à côté. Aussitôt, une serveuse qui semblait sortir d'un bordel 1900, avec son décolleté carré et ses bas à résille noirs, déposa sur la table une bouteille de *Defender*, une d'Absolut et un magnum de Taittinger Comtes de Champagne, rosé 1986... Seules les amandes étaient ukrainiennes. Le *Hollywood* était une ode à l'*american way of life*. La boutique ne vendait pas de chapkas, mais les derniers Zippo siglés Harley Davidson.

Vladimir Sevchenko, d'excellente humeur, flatta la croupe de la serveuse. Puis il l'attrapa carrément par une cuisse et la força à se pencher vers lui pour lui murmurer quelque chose à l'oreille.

– Je l'ai retenue pour tout à l'heure, annonça-t-il.

Heureusement que Chris et Milton ne comprenaient pas le russe. Les yeux écarquillés, ils contemplaient cet étrange endroit...

– On se croirait chez nous, remarqua Milton Brabeck.

Chris Jones ouvrit la bouteille de *Defender* et la flaira.

– C'est du vrai, confirma-t-il.

La serveuse revint avec une bouteille de cognac Gaston de Lagrange VSOP et du Perrier pour Vladimir Sevchenko, qui se confectionna aussitôt un *long drink* bien tassé.

Six hommes vinrent prendre place à la table voisine, tous vêtus de blousons, de gros pulls, avec des têtes de voyous mal rasés. Chacun avait son portable. Les bouteilles apparurent et ils commencèrent à trinquer. On n'entendait que le tintement des verres. Ils mangeaient à peine, plaisantaient à voix basse, donnaient un coup de fil, sans se préoccuper du spectacle. Vladimir Sevchenko expliqua à voix basse à Malko.

– Ce sont des *recketiry* (1). Ils travaillent pour « Tatarin ».

– Comment procédons-nous ?

– On boit et on regarde jolies filles, fit l'Ukrainien. Youri Avdichev va sûrement descendre nous voir...

Le show commença, pâle imitation du Lido, avec des filles très belles qui dansaient très mal. Le public – uniquement des hommes – s'en moquait, ne regardant que leurs fesses moulées dans du vinyle fluo. Le show terminé, la piste fut envahie. Des filles dansaient entre elles ou avec des clients, se frottant à eux sans bouger. L'ambiance était plutôt glauque. A côté, les verres continuaient de tinter. Vladimir Sevchenko commençait à montrer des signes d'impatience.

– Si *feta svimya* (2) ne descend pas dans cinq minutes, on y va, dit-il entre ses dents. Il y a des caméras partout, il sait que je suis là.

Chris Jones donna soudain un coup de coude à Malko.

– Regardez. Dans l'escalier.

Une époustouflante blonde descendait les marches. Un visage de madone et un corps de déesse mis en valeur par une robe noire très moulante, rehaussée de plusieurs rangs de perles cousues dans le tissu. Elle avança d'une démar-

(1) Racketteurs.
(2) Ce porc

che altière, escortée par deux éphèbes trop beaux pour être honnêtes, minces et musclés. L'un d'eux avait les cheveux presque aussi longs que la blonde. Ils passèrent près de leur table et Malko put admirer fugitivement une croupe de folie et de longues jambes de chorus-girl. Le trio se dirigea vers la sortie. Comme un seul homme, leurs six voisins se levèrent et partirent sur ses talons.

– C'est Irina, la maîtresse de « Tatarin », dit à voix basse Vladimir Sevchenko.

Dans l'entrée, le minet aux cheveux longs posa sur les épaules de la blonde un manteau de zibeline très long. Elle disparut dans la nuit comme une princesse. Karkov le Tatar avait bon goût...

– Karkov Balagula est donc là ? demanda Malko.

– Je ne pense pas, je n'ai pas vu ses voitures de protection, répliqua l'Ukrainien. Il a toujours cinq BMW, seulement pour impressionner, parce que personne ne s'attaquerait à lui. Irina a dû rendre visite à Youri Avdichev. Voilà pourquoi il n'est pas encore venu me voir.

– Que font les garçons avec elle ?

– Des danseurs pédés, fit Sevchenko, plein de mépris. « Tatarin » ne la laisse pas sortir seule. Avec eux, elle ne risque rien.

– Elle est très belle.

– C'était Miss Ukraine, remarqua avec un rire gras Vladimir Sevchenko, mais chez nous, les femmes sont très belles. Je peux vous en trouver dix comme elle.

Malko eut envie de lui demander pourquoi, à Vienne, lorsqu'il l'avait connu, il était encombré d'une horreur comme Hildegarde Feldbach, la vieille poupée Barbie...

Dix minutes s'écoulèrent. Excédé, Vladimir Sevchenko fit signe à la serveuse. Il lui glissa un billet de dix dollars.

– Va voir Youri en haut et dis-lui que son copain Volodia est là.

Il lui appliqua une claque sur les fesses pour accélérer le mouvement. La fille fut de retour très vite.

– Youri Avdichev n'est pas là ce soir, annonça-t-elle.

Malko crut que l'Ukrainien allait la gifler. Mais il se maîtrisa et grommela :

– *Dobre, dobre.*

Dès qu'elle se fut éloignée, il explosa :

– *Ebany !* (1)

– Que se passe-t-il ? demanda Malko.

– Il se passe que cet *ebany* d'Avdichev a fait dire qu'il n'était pas là.

– C'est peut-être vrai !

– *Niet !* Il est *toujours* là. C'est lui qui fait les caisses du casino. Et la petite Irina était chez lui. Sinon, elle n'avait rien à faire en haut.

– Qu'est-ce que cela signifie ?

– Je ne sais pas. Je n'aime pas ça...

Vladimir Sevchenko avait perdu un peu de son assurance. Mâchonnant son cigare, il réfléchissait.

– Je vais monter, annonça-t-il. Sinon, je perds la face. Et ici, quand on perd la face...

Il s'apprêtait à se lever lorsque Teddy Atlas apparut, souriant, sa mèche toujours dans les yeux, et les rejoignit à leur table. Il s'assit à côté de Malko. Immédiatement, ce dernier vit que l'expression du regard de l'Américain ne correspondait pas à son sourire épanoui. D'une voix égale, il dit à Malko :

– Je viens d'arriver. J'ai surpris une conversation dans le parking. Des hommes de Karkov Balagula. Ils vous attendent pour vous abattre quand vous sortirez.

(1) Enfoiré.

CHAPITRE XIV

Teddy Atlas était blême. Sa révélation faite, il saisit la bouteille de *Defender* et se versa une rasade de scotch qu'il avala d'un trait. Malko, machinalement, jeta un coup d'œil à la table vide à côté d'eux. Voilà pourquoi les *recketiry* avaient interrompu leurs agapes.

Il scruta le visage de Vladimir Sevchenko qui avait, lui aussi, entendu l'avertissement. L'Ukrainien était aussi impassible qu'un joueur de poker qui vient de toucher quatre as. Des danseuses évoluaient de nouveau sur la scène, sur une musique de rock'n roll.

Soudain, Vladimir Sevchenko fit entre ses dents :

– Ce fils de pute d'Avdichev va nous payer ça !

Les muscles de sa lourde mâchoire jouaient sous sa peau, ses yeux n'étaient plus que deux traits. Intrigué, Malko demanda à Teddy Atlas :

– Etes-vous certain de ça ?

– Quand je suis arrivé dans ma vieille Neva, expliqua l'Américain, j'ai vu des types rôder dans le parking. Deux avaient des Kalachnikov... Exprès, je me suis garé près d'eux. Quand je suis descendu, ils ont planqué leurs armes. Ensuite, dans l'entrée, un autre parlait avec une serveuse. Je l'ai entendu dire : « Tu nous préviens dès que ce *moudak* (1) de Sevchenko paie son addition. »

(1) Connard.

– Si c'est vrai, pourquoi n'ont-ils rien tenté *ici* ? interrogea Malko.

– Cela risquerait de faire fermer la boîte, expliqua l'Ukrainien. Ça se passe toujours dans les parkings.

D'un signe discret, Malko appela Chris Jones et le mit au courant.

– On a ce qu'il faut, remarqua le gorille. Abbi et Djokar aussi.

– Contre des gens armés de Kalach' qui vous attendent dans un parking, c'est un peu léger, trancha Malko. En plus, ce n'est pas la guerre des gangs.

Vladimir Sevchenko se pencha vers lui :

– Tu as raison ! On va faire autre chose. D'abord, on récupère les vestiaires, comme si on partait. Comme ça, on est sûr que les autres restent dans le parking.

– Et ensuite ?

– Ensuite, fit l'Ukrainien avec un sourire mauvais, on va rendre visite à cet enfoiré de Youri Avdichev. Et là, tu me laisses faire. S'ils nous croient faibles, nous serons tous morts d'ici demain matin.

Aussitôt, Vladimir Sevchenko demanda l'addition, la paya avec un bon paquet de dollars sortis d'une grosse liasse, s'arrêta pour acheter un cigare au bar puis se dirigea sans se presser vers le vestiaire.

Comme toujours en Russie, celui-ci était gratuit. Ils remirent tous pelisses et parkas, tandis que Teddy Atlas, dans sa vieille veste de cuir, s'en allait vers le parking.

– Je vous attends dans ma voiture, dit-il.

Vladimir Sevchenko ôta alors le cigare de ses lèvres pour dire à Malko :

– On y va.

Les six hommes, laissant Viktor devant une machine à sous, se présentèrent de nouveau à l'entrée.

– On a oublié un truc, grommela l'Ukrainien au garde qui, devant ce déploiement de forces, se garda bien de leur barrer le chemin.

Ils passèrent devant le bar pour emprunter l'escalier menant à la mezzanine. En haut, Vladimir Sevchenko tourna à gauche, parcourut une dizaine de mètres et s'arrêta devant une porte capitonnée de cuir noir qui portait l'inscription en russe : « Défense absolue d'entrer. »

L'Ukrainien sortit son énorme pistolet et ouvrit, Malko sur ses talons. Celui-ci aperçut un jeune homme blond aux cheveux en brosse, englué devant une petite télé posée sur un bureau. Une Kalachnikov à crosse pliante avec trois chargeurs scotchés ensemble se trouvait à portée de sa main.

Il tourna la tête pour se trouver nez à nez avec le canon du pistolet. D'un revers de main, Vladimir Sevchenko balaya la Kalach' et la fit tomber par terre. Derrière lui, les quatre gorilles s'étaient glissés dans la petite pièce et occupaient tout l'espace, arme au poing.

Le jeune blond demeura immobile, comme frappé par la foudre.

D'une seule enjambée, Vladimir Sevchenko parvint à une seconde porte et la poussa. Malko aperçut un gros homme aux cheveux noirs clairsemés, au nez important. Son torse puissant était moulé dans un vieux chandail gris, et dans ses mains d'étrangleur, il tenait un téléphone. Derrière lui, douze mini-écrans de télé-surveillance occupaient tout un pan de mur. En face, sur un canapé très bas, deux autres gorilles, en T-shirt, jean et baskets, regardaient une télé normale au son coupé.

Les trois hommes se figèrent à l'irruption des visiteurs. Le gros raccrocha son téléphone :

– *Dobredin*, Youri, lança Vladimir Sevchenko.

L'autre ouvrit la bouche pour répondre. Mais déjà, Vladimir Sevchenko s'était retourné. Calmement, comme au stand de tir, il visa la tête du jeune blond en faction dans le premier bureau, et appuya sur la détente de son Makarov.

L'explosion fut assourdissante. La tête du blond éclata.

Le projectile l'avait atteint en plein visage, faisant éclater les os, ressortant par la nuque avec une partie du cerveau. Foudroyé, il tomba sur le côté, derrière le bureau. Malko, choqué par ce meurtre brutal et gratuit, n'eut pas le temps de protester. Vladimir Sevchenko, d'une voix égale, lui lança :

– Dis à tes deux Tchétchènes de garder la porte du couloir. S'ils voient les autres, qu'ils tirent les premiers.

Malko traduisit d'une voix blanche et Chris et Milton battirent en retraite, sidérés eux aussi.

Le gros homme, les mains posées à plat sur son bureau, était resté impassible. Mais ses gros yeux noirs inexpressifs ne quittaient pas Vladimir Sevchenko. Celui-ci s'approcha, le pistolet à bout de bras, couvert par Abbi et Djokar.

– Youri, je suis très en colère ! Je t'ai envoyé un message et tu as fait dire que tu n'étais pas là.

Malko vit la pomme d'Adam de Youri Avdichev monter et descendre. Il parvint à grimacer un sourire un peu figé et dit d'un ton indigné :

– Personne n'est venu me voir ! Tu as demandé ça à qui ?

– A la fille qui me servait, Tatiana.

Youri Avdichev eut un geste apaisant.

– Elle n'a pas osé me déranger, c'est une nouvelle !

Vladimir Sevchenko hocha la tête comme s'il le croyait, puis pointa le canon de son pistolet sur les douze écrans de télé filmant tous les points stratégiques du *Hollywood*.

– Tu ne m'as pas vu arriver, Youri ? Tu es myope maintenant ?

– Je devais être au téléphone. Sinon, tu penses bien que je serais venu te saluer !

Vladimir Sevchenko, sans répondre, ôta son cigare de sa bouche de la main gauche et, posément, en écrasa le bout incandescent sur la tempe de Youri Avdichev. Celui-ci fit un bond en poussant un hurlement de douleur !

Vladimir Sevchenko remit tranquillement son cigare dans sa bouche, tira dessus pour s'assurer qu'il était encore allumé et dit d'un ton menaçant :

– Youri, ne me prends pas pour un con.

L'autre tamponnait sa brûlure, le visage crispé par la douleur. Imperturbable, Sevchenko reprit :

– Tu ne te demandes pas ce que je viens faire ici ?

Youri Avdichev lui jeta un regard haineux et bredouilla une réponse inintelligible. Désignant Malko, Vladimir Sevchenko annonça :

– Mon ami a besoin de parler à « Tatarin ». Une affaire importante. Où est-il ?

Tout le monde semblait avoir oublié le cadavre dans la pièce voisine. Les deux gorilles d'Avdichev restaient immobiles comme des statues de cire, sous l'œil vigilant des deux Tchétchènes. Youri Avdichev écarta les mains en un geste expressif d'impuissance.

– Vladimir, tu sais bien que « Tatarin » bouge tout le temps. Il ne me dit *jamais* où il se trouve. Je ne l'ai pas vu depuis longtemps...

Vladimir Sevchenko eut un sourire en soufflant la fumée odorante du cigare.

– C'est la première chose vraie que tu me dis, Youri. Mais tu sais toujours comment le joindre, non ?

– Non. C'est lui qui m'appelle.

Vladimir Sevchenko, de nouveau, hocha la tête comme s'il méditait la réponse de son interlocuteur. Le silence se prolongea quelques secondes, troublé seulement par la musique de la piste de danse, si forte qu'elle perçait même les murs insonorisés du bureau. Puis, d'un geste lent et calme, Vladimir Sevchenko allongea le bras, visant un des deux gardes du corps assis sur la banquette, et il appuya sur la détente du Makarov.

Dans ce petit espace, la détonation fut encore plus assourdissante. Le gorille eut la tête rejetée en arrière, le front fracassé. En un clin d'œil, ce qui restait de son visage ne fut plus qu'un masque sanglant. Son copain fit un bond de côté comme si la mort était contagieuse.

Vladimir Sevchenko pivota. Youri Avdichev s'était un peu tassé sur lui-même. L'Ukrainien précisa d'une voix calme :

– Youri, tu as encore droit à *une* mauvaise réponse. Je veux que tu appelles « Tatarin ».

Malko, pétrifié par cette violence inouïe, observait le second de Karkov Balagula. C'était un dur. La tête dans les épaules, le regard fixé sur son adversaire, il semblait avoir oublié sa brûlure. L'âcre odeur de la cordite se mélangeait à celle du sang en un relent écœurant. Djokar et Abbi ne bronchaient pas. Youri Avdichev prit son souffle.

– Vladimir, fit-il d'un ton calme, je te jure que...

Cette fois, Vladimir Sevchenko tira presque au jugé. Pourtant, la balle du Makarov pénétra juste dans l'œil du second gorille, le foudroyant comme son copain. Il ne cria même pas, tombant lentement sur le côté, puis à terre. Malko, révulsé par ce carnage, s'écria :

– Vladimir, arrête ! Tu es devenu fou ?

Vladimir Sevchenko ne tourna même pas la tête. D'un ton persuasif, il se pencha vers le bureau :

– Youri, fit-il sur le ton de la confidence, tu vas me faire croire que tu ne peux pas prévenir « Tatarin » que je vais te faire exploser la tête ?

Tout en parlant, il avait relevé le canon du pistolet qui se trouvait maintenant à vingt centimètres du front couvert de sueur de Youri Avdichev. Ce dernier demeura muet. Déchiré. Quand quelqu'un vient de tuer froidement trois personnes simplement pour convaincre qu'il est sérieux, on tourne sept fois sa langue dans sa bouche avant de s'avancer...

Le silence était insoutenable, sur fond de musique tonitruante. Avdichev gardait les yeux obstinément fixés sur le cuir rouge du bureau.

– Tu es muet, Youri ?

La voix persifleuse de Vladimir Sevchenko fit froid dans le dos de Malko. S'il n'y avait pas eu le sarin, il serait sorti de la pièce. Mais Vladimir Sevchenko, en dépit de sa férocité, travaillait en ce moment pour la CIA... Comme s'il était à demi paralysé, Youri Avdichev déplaça lentement sa main vers le téléphone portable posé sur le bureau. Il le saisit dans le creux de sa main.

– Attends ! lança Vladimir Sevchenko. C'est quoi, son numéro ?

– 240 8863, fit Avdichev à voix basse.

Il tendait déjà le portable à Sevchenko. Celui-ci le repoussa.

– Non, appelle-le toi-même, c'est plus amusant.

Le silence était tel qu'on entendit distinctement le bruit musical des sept touches enfoncées. Puis celui de la sonnerie, et une voix d'homme.

– *Da !*

Youri Avdichev leva un regard interrogateur vers Sevchenko. Celui-ci tendit la main.

– Dis-lui que je veux lui parler. Que ce serait idiot de raccrocher, parce que tu prendrais immédiatement une balle dans la tête.

Youri Avdichev prononça quelques mots d'une voix mal assurée. Malko voyait une grosse veine battre à son cou. Il y avait une expression suppliante dans sa voix. Parce qu'il avait *vraiment* peur que son patron ne raccroche. Comme il parlait ukrainien et non russe, Malko ne comprenait pas. Avdichev tendit enfin le portable à Vladimir Sevchenko. Il essuya aussitôt ses mains couvertes de sueur à son pantalon de velours.

– *Dobredin*, Karkov ! lança Vladimir Sevchenko d'un ton jovial.

Malko ne comprit pas la suite. Les deux hommes s'exprimaient en ukrainien. D'ailleurs, la conversation fut courte. C'est Vladimir Sevchenko qui raccrocha et reposa l'appareil sur le bureau, avec un sourire ravi.

– Tu vois, dit-il. On a perdu du temps...

Les trois morts auraient apprécié... Youri Avdichev ne répondit rien. Il n'avait visiblement qu'une envie, se retrouver seul.

– Tu es content ! grinça-t-il.

– *Da*, approuva paisiblement Vladimir Sevchenko. On s'en va.

Youri Avdichev, malgré sa maîtrise, ne put dissimuler l'éclair de triomphe dans ses gros yeux noirs. Prématuré. Sevchenko, du canon de son pistolet, lui fit signe de se lever.

– Tu viens avec nous, Youri, fit-il d'un ton sans réplique.

Le patron du *Hollywood* se leva, et, avec lenteur, enfila une veste à carreaux. Les cinq hommes sortirent l'un après l'autre, rejoignant Chris Jones et Milton Brabeck.

Une fois en bas, ils empruntèrent le couloir longeant les salles de billard, Youri Avdichev en tête. Arrivé à la porte donnant sur l'esplanade gelée menant au parking, Vladimir Sevchenko se pencha à l'oreille du patron du *Hollywood.*

– Dis à tes types de revenir ici. Un par un, lentement, les mains bien en vue.

Prudemment, il s'abritait derrière la carrure imposante du tenancier de la boîte. Celui-ci, du seuil, lança plusieurs phrases brèves en ukrainien. Rien ne se passa pendant quelques instants, puis un premier homme surgit de l'ombre, la tête baissée, le visage fermé. Suivi de cinq autres. Ils passèrent près du groupe, rentrant dans la boîte.

Teddy Atlas surgit sur leurs talons.

– C'est bon, annonça-t-il, il n'y a plus personne.

Vladimir Sevchenko expédia une bourrade amicale dans le dos de Youri Avdichev.

– Tu vois, on finit toujours par s'entendre !

Le laissant sur place, ils regagnèrent leurs voitures et Teddy Atlas la sienne. Cent mètres plus loin, ils tournaient dans la rue Frunzé. Vladimir Sevchenko se tourna vers Malko, rayonnant.

– On n'est pas venus pour rien ! « Tatarin » accepte de te rencontrer.

Il semblait ravi. Malko, encore choqué par les trois meurtres gratuits, répondit froidement, sceptique :

– C'est vrai ?

– Demain à cinq heures, Maidan Nezalerknost, précisa l'Ukrainien. Il envoie un émissaire qui nous conduira à lui.

– Tu es sûr ? insista Malko. Tu viens de tuer trois de ses hommes...

Vladimir Sevchenko abaissa la glace et jeta son cigare dehors, agacé.

– Tu ne comprends rien. D'abord, ils ont cru qu'on était faibles. Ils nous avaient déjà enterrés. Il fallait montrer que nous étions *forts*. Maintenant on peut parler. Tu crois que ce porc de Youri aurait accepté de nous passer « Tatarin » si je n'avais pas tué les deux autres ? Il a compris qu'il allait mourir. Sinon, nous serions encore là-bas à discuter, et ils nous liquidaient à la sortie. Ces types ne comptent pas. On en recrute à la pelle pour trente dollars par semaine, dans tous les clubs de sport. Demain, il y en aura dix qui feront la queue au *Hollywood*. La prochaine fois qu'on ira là-bas, le champagne sera sur la table avant qu'on soit assis.

– Ils savaient que nous venions...

– Peut-être pas, mais ils peuvent nous avoir suivis. Viktor avait raison, et je t'ai dit qu'il y avait un « contrat » sur toi. « Tatarin » pensait pouvoir te liquider facilement. Maintenant, il sait qu'il *doit* te parler, sinon je vais être sur son dos. C'est ce que tu voulais, non ? Tu négocies ou tu le tues.

La Mercedes montait Volodymyrska, la côte menant à

l'hôtel *Dniepro*. Vladimir Sevchenko les déposa devant l'entrée.

– *Da zvidania !* lança-t-il joyeusement.

Dès qu'il eut démarré, Chris Jones rejoignit Malko, effaré.

– C'est des fous furieux, ces types ! s'exclama-t-il. Il en a séché trois...

Même lui n'en revenait pas. Et pourtant...

– Des furieux, corrigea Malko. Pas des fous.

L'enquête sur le groupe terroriste menaçant de « gazer » New York au sarin s'était muée en une visite guidée des mafias de l'Est. Avec un guide adapté : Vladimir Sevchenko. Malko savait parfaitement que tous ceux qu'il avait débusqués depuis le début de l'enquête n'étaient que des prestataires de services.

Seulement, pour remonter jusqu'au sponsor et éliminer la menace, il fallait grimper un à un les échelons sanglants de cette traque sauvage. Au fond de lui, le rendez-vous du lendemain lui semblait hautement problématique. En dépit de l'assurance de son « guide ». Vladimir Sevchenko raisonnait en mafieux. Or, cette affaire était politique, avec des règles qu'il ne saisissait pas complètement.

Cependant, il n'avait guère le choix. Demain, quand le soleil se lèverait sur Kiev, il resterait soixante-douze heures avant l'expiration de l'ultimatum.

CHAPITRE XV

La nuit tombait, transformant en fantômes les promeneurs de la place Nezalerknost, incroyablement nombreux en dépit du froid glacial. Lieu de promenade familiale, la place rectangulaire, avec en son centre une fontaine gelée depuis trois mois, montait en pente douce depuis Kreshchatik. De petits kiosques où l'on vendait des jouets et des bouquinistes installés sur des rebords de pierre la bordaient. Des gosses emmitouflés comme des Esquimaux faisaient de la luge dans un mini-parc de jeux. Sur le sol totalement verglacé, les promeneurs avaient une étrange allure de vieillards à la démarche précautionneuse.

Malko avait garé sa voiture en haut de la place, en épi, les deux voies latérales étaient interdites au stationnement. La journée était passée lentement. Rongeant son frein, Malko avait occupé une partie de sa journée à rédiger un long câble à destination de Langley. A New York, les investigations du FBI ne donnaient rien, pas plus que celles de la CIA à l'étranger. La menace d'un attentat au sarin dans trois jours était suspendue sur leurs têtes.

Escorté de Chris Jones et Milton Brabeck, Malko faisait les cent pas là où la foule était la plus dense, à la sortie du passage souterrain qui, sous l'avenue Kreshchatik menait au métro, situé de l'autre côté. Une demi-douzaine de pères Noël en grande tenue battaient la semelle dans le froid sibérien, accompagnés de photographes proposant leurs services aux familles pour un souvenir à un million de koupons... Vladimir Sevchenko regarda sa montre. Avec son énorme chapka en renard et sa pelisse, il ressemblait à un ours.

Malko sentait son cerveau geler. Chris Jones souffla :

– J'ai l'impression d'être un morceau de banquise.

Dix minutes s'écoulèrent encore, sans que rien ne se passe. Il était cinq heures vingt. Les promeneurs emmitouflés, la chapka ou le bonnet de laine jusqu'aux yeux, flânaient le long des étals des bouquinistes comme en plein été ! L'un d'eux s'approcha de Malko pour lui proposer une brochure sur Kiev. Il était en train de la regarder lorsqu'un cri derrière lui le fit sursauter.

– *Santa Claus !*

Un des pères Noël – il y en avait une douzaine – venait, derrière Malko, de sortir de son manchon un pistolet muni d'un silencieux et visait sa nuque ! Vladimir Sevchenko était le plus près. Il fonça comme un bulldozer, la tête en avant et renversa le tueur au moment où ce dernier appuyait sur la détente. Le projectile alla fracasser la vitre d'un kiosque.

Le faux père Noël tomba et se releva, pistolet au poing. Déjà, Chris et Milton avaient dégainé leur arme, mais il leur était impossible de s'en servir dans cette foule compacte. Personne n'avait rien remarqué, sinon une simple bousculade et une vitre cassée par une boule de neige. Le père Noël prit ses jambes à son cou et plongea dans l'escalier du passage souterrain, sous l'avenue Kreshchatik. Malko, Chris, Milton et Vladimir Sevchenko se lancèrent à ses trousses. Il se retourna, et se voyant en danger, réagit aussitôt. Un couple accompagné de trois enfants montait les marches. Le tueur se baissa, coinça sous son bras un enfant de six ou sept ans et, le soulevant comme un paquet, détala de plus belle !

Chris et Milton s'arrêtèrent net. Aux Etats-Unis, même

dans le *Secret Service,* on s'abstient de tirer dans de telles circonstances. Vladimir Sevchenko n'avait pas les mêmes scrupules. Il sortit son énorme Makarov de sa poche et visa posément le père Noël qui s'enfuyait. Malko n'eut que le temps de le bousculer pour l'empêcher de tirer.

L'Ukrainien se retourna, si furieux que Malko crut qu'il allait tirer *sur lui.*

– Qu'est-ce qui te prend ? gronda Sevchenko.

– Le gosse...

Il rengaina son pistolet en maugréant.

– Tu es faible, tu ne survivras pas longtemps ici !

Ils traversèrent la place Nezalerknost pour regagner leurs voitures. Furieux et désappointé, Malko jeta à Vladimir Sevchenko :

– Je croyais le dialogue engagé !

L'Ukrainien se glissa au volant de la Mercedes 600.

– Moi aussi ! reconnut-il, morose. C'est bien à « Tatarin » que j'ai parlé. Il était d'accord. S'il ne l'avait pas été, il ne l'aurait pas dit. Il s'est passé quelque chose entre-temps.

– Il a dû parler à ses commanditaires. On lui aura interdit de me voir. Qu'est-ce qu'on fait maintenant ?

– On va se réchauffer au bureau, grogna Sevchenko.

*
**

Le thé brûlant n'arrivait pas à réchauffer Malko, transi jusqu'aux os. Il avait l'impression de sortir d'un congélateur. En face de lui, Vladimir Sevchenko broyait du noir en tirant sur sa Gauloise blonde. Lui, pour se réchauffer, avait carrément vidé un quart de bouteille de *Defender.* Sans glace... Lucide, il voyait avec l'échec de sa mission le juteux marché d'armes avec la CIA s'évanouir.

Malko n'était pas plus optimiste. Il se retrouvait au point mort et les soixante-douze heures restant à courir avant la fin de l'ultimatum étaient déjà entamées. Karkov

Balagula se trouvait peut-être à Moscou ou à New York et il n'avait aucun moyen de pression contre lui. L'appeler ne servirait à rien, sinon à lui permettre de tendre un nouveau piège. A quelques milliers de kilomètres de là, il se dit que Howard Allenwood devait compter les heures lui aussi.

Vladimir Sevchenko s'ébroua.

– Allons manger quelque chose au *Studio.* Ça va nous aider à réfléchir.

*
**

Karkov Balagula jouait machinalement avec une de ses chaînes en or, installé dans un grand fauteuil du living-room. En face de lui, Irina feuilletait le luxueux catalogue *Roméo,* à la recherche de ses prochains achats, très loin des soucis de son amant. Elle avait repéré une table basse faite d'une panthère en bronze qui lui plaisait bien. Le fait de se trouver attaqué dans *sa* ville rendait Balagula fou furieux. Et encore plus avec l'aide de Vladimir Sevchenko. Les *Amerikanski* étaient décidément très forts... Il se força au calme. Depuis la veille, il avait beaucoup réfléchi. Même quand l'homme envoyé abattre l'agent des Américains était revenu bredouille, il n'avait pas piqué une de ses terrifiantes fureurs habituelles.

D'ailleurs, l'élimination de ses adversaires à Kiev n'était pas sa priorité absolue.

Son vrai problème était ailleurs.

Il avait secrètement espéré que la série de malchances subies à New York l'aurait exempté de ses engagements. « On » venait de lui rappeler qu'il n'en était rien et qu'il devait exécuter son contrat dans les délais prévus, ce qui lui laissait très peu de temps. Pas question de chercher des excuses : dans son univers, il n'y en avait pas. Karkov Balagula ne se faisait aucune illusion. S'il revenait sur ses promesses, il signait son arrêt de mort. Le *mokrouchnik* (1) qui avait abattu Arcady Churbanov à la carabine était toujours disponible et sans état d'âme. Le prochain dans son viseur pouvait être lui, Karkov Balagula.

Ce dernier ne pouvait pas vivre ainsi terré dans l'appartement surchauffé. Certes, il n'y risquait rien. Six gardes vivaient dans le garage, dans la cour. L'appartement du dessous était occupé par une douzaine d'hommes qui surveillaient tous les visiteurs grâce à des caméras. La porte blindée pouvait résister à une bonne charge d'explosifs. Et grâce à des amis, une ligne directe le reliait au QG des *berkut*. En dix minutes, cinquante hommes puissamment armés viendraient à son secours.

Seulement, c'était ça ou repartir à New York remplir son contrat. Autant dire un suicide. Les Américains connaissaient son signalement et il ne sous-estimait pas la puissance d'agences comme le FBI ou la CIA.

Il n'en reviendrait pas...

Dieu merci, il avait trouvé une solution... La sonnette de la porte tinta. Pour que le visiteur soit arrivé à son étage sans encombre, cela ne pouvait être qu'un ami.

– Va ouvrir, dit-il à Irina.

La jeune femme revint accompagnée de Youri Avdichev, plutôt mal dans sa peau.

– Assieds-toi, intima Karkov Balagula, sans même lui offrir à boire. Irina, va dans la chambre.

Irina s'exécuta sans murmurer, allant continuer sa lecture sur son lit, sans même fermer la porte. Dès qu'il fut seul avec Avdichev, Karkov Balagula lança d'une voix glaciale :

– Tu n'aurais jamais dû donner mon téléphone, Youri.

Youri Avdichev eut l'impression d'être déjà mort. Un fluide glacial lui paralysait la colonne vertébrale. Balagula pouvait tout aussi bien sortir un pistolet et l'abattre sur

(1) Tueur

place. Il attendit, le pouls à 150. Karkov Balagula le laissa mijoter dans son jus quelques instants avant d'annoncer :

– Je t'ai trouvé un moyen de te racheter.

Le patron du *Hollywood* crut que son cœur explosait de joie.

– Je ferai ce que tu veux, jura-t-il.

– Alors, écoute-moi bien.

*
**

Irina surgit de la chambre, enveloppée dans sa zibeline. Ignorant Avdichev, elle s'adressa à son amant.

– Je vais faire des courses. Ensuite, je peux dîner au *Studio* avec Grivana et Misha ?

– Si tu veux, grogna Balagula, mais prends aussi Vassili.

Vassili était le chef de ses gardes du corps. Bien qu'elle n'aime pas se promener avec quatre ou cinq gorilles, il n'était pas question pour Irina de discuter les ordres de son amant. Ce dernier, depuis son retour, avait perdu sa joie de vivre. Il se contentait de biberonner de la vodka, de se nourrir de pain noir et de téléphoner. En public, il mangeait le caviar à la petite cuillère, mais seul, il revenait à ses habitudes de pauvre. Du bon pain noir, bien russe, qui calait l'estomac. Il ne faisait même plus l'amour !

Quand elle eut disparu, il lança à Youri Avdichev :

– Tu as tout compris ? Essaie de partir ce soir. Il n'y a plus beaucoup de temps.

– Je fonce à Boristol (1), jura le patron du *Hollywood,* radieux de sauver sa peau.

Karkov Balagula le raccompagna et, ensuite, appela de son portable un numéro à Moscou.

– Tout va bien, annonça-t-il. J'ai trouvé une solution.

(1) Aéroport de Kiev.

– J'en suis heureux, fit son correspondant avec une froideur implacable. Surtout pour toi.

*
**

– Mais c'est Irina, la maîtresse de Balagula ! s'exclama Malko.

La blonde somptueuse venait de pénétrer dans le *Studio,* le restaurant à la mode de Kiev. On se serait cru à Hollywood ! Les murs jaunes, des nappes roses, partout des posters de Marilyn Monroe ; les serveuses en pull moulant, hyperminis et collants noirs avec un harnachement de cuir SM étaient toutes plus provocantes les unes que les autres, et glissaient des regards insistants et humides à la clientèle des businessmen au portable bien en vue sur la table. Un pianiste jouait du jazz amplifié par de gros haut-parleurs et la nourriture était presque aussi mauvaise que dans un *drive-in* californien... A deux pas de l'hôtel *Dniepro,* c'était le nouvel endroit « in » de Kiev, situé au fond d'une cour et jouxtant le magasin de luxe, propriété de Karkov Balagula.

Irina Bondarenko ôta sa zibeline, découvrant un pull moulant blanc qui semblait peint sur son énorme poitrine, un caleçon de cuir noir stretch hyperfin et des bottes de cuir souple à hauts talons. Elle était accompagnée d'une cour bizarre : les deux danseurs du *Hollywood* et quatre balèzes en blouson au front bas qui s'installèrent à une table voisine.

– Balagula va peut-être la rejoindre ? demanda Malko.

– Ça m'étonnerait, grommela Vladimir Sevchenko. Il serait avec elle. Et, de toute façon, cela ne sert plus à rien d'essayer de parler avec lui. Il faut le trouver et ensuite...

Il eut un geste expressif évoquant un égorgement. Ce qui fit prendre conscience à Malko d'une réalité déprimante. Même s'il parvenait à liquider Karkov Balagula, son problème ne serait pas résolu pour autant. Les gens qui tiraient les ficelles de ce chantage *politique* trouveraient un autre Balagula. Il était en face d'un problème pratiquement impossible à résoudre : capturer *vivant* le mafieu ukrainien et lui faire livrer le nom de son sponsor.

Le huitième travail d'Hercule.

Cette constatation le déprima et il eut encore plus de mal à terminer son hamburger dur comme du granit. Irina Bondarenko, installée sous un gigantesque poster de Marylin Monroe, bavardait gaiement avec ses deux copains après avoir commandé un Cointreau-caïpirinha. Malko tourna la tête vers Vladimir Sevchenko, surpris de voir celui-ci littéralement mesmérisé par la jeune femme. Bizarre, ce n'était pas vraiment son style de tomber en pâmoison devant une jolie femme.

Malko, qui essayait de ne pas penser aux heures qui s'écoulaient, rapprochant inexorablement l'expiration de l'ultimatum, envia la détente de Vladimir Sevchenko. Tout à coup, l'Ukrainien se tourna vers lui avec un sourire jusqu'aux oreilles.

– Je crois que j'ai la solution à nos problèmes, dit-il à voix basse. Grâce à cette *milachka* (1).

(1) Petite colombe.

CHAPITRE XVI

– Comment ça ? demanda Malko, sincèrement intrigué.

Le sourire de Vladimir Sevchenko se teinta d'une méchanceté raffinée.

– Ce qu'il te faut, c'est « Tatarin », niet ? Il faut le faire sortir de son trou, où qu'il soit. Pour ça, on va enlever cette *milachka* et lui proposer une *razborka* pour la récupérer. En le prévenant que s'il refuse, on la lui renvoie en morceaux et que tout Kiev et tout Moscou le sauront. Après, personne ne le respectera plus.

Le premier réflexe de Malko fut de repousser la proposition de l'Ukrainien. Le kidnapping ne faisait pas partie de son éthique. Puis, il pensa aux milliers de New-Yorkais innocents menacés par un attentat au sarin. C'était toujours l'éternel problème énoncé par Jean-Paul Sartre dans *Les Mains sales.* Sortir du cadre de la morale et du droit pour la bonne cause. Il savait bien qu'en cas de succès, personne ne lui reprocherait quelques petites horreurs à condition qu'elles soient restées discrètes. Seule, sa propre conscience pouvait lui fixer la ligne rouge à ne pas dépasser.

– Cela peut être une bonne idée, reconnut-il. A plusieurs conditions.

– Lesquelles ? grommela Vladimir Sevchenko, déçu que Malko ne saute pas sur son idée.

– D'abord, il n'est pas question de toucher un cheveu de cette fille. Même si Karkov Balagula ne cède pas.

– *Dobre, dobre,* admit Sevchenko, visiblement dégoûté par les scrupules de Malko. Et ensuite ?

Malko regarda la table où les quatre gardes du corps d'Irina se partageaient une bouteille de *Defender.*

– Elle n'est pas seule...

Vladimir Sevchenko grogna.

– Ceux-là, c'est facile. Il suffit de les prendre par surprise. Avec Abbi, Djokar, tes deux « Tchétchènes » et nous, ça va, non ? On va leur refaire le coup du parking...

– Du parking ?

– Oui. La petite est avec ses deux *gomici* (1). Donc, ils vont aller au *Hollywood.* Il suffira de les attendre... Si on s'y prend bien, on ne sera même pas obligés de les tuer.

Visiblement, cette éventualité le chagrinait un peu... Malko, pris d'un espoir insensé, s'était remis à réfléchir sérieusement. Tant qu'à se conduire comme un mafieux, autant en tirer le maximum.

– Si Balagula accepte une *razborka,* demanda-t-il, est-ce que nous pouvons décider de l'endroit ?

Vladimir Sevchenko approuva aussitôt.

– Bien sûr. C'est *nous* qui la lui imposons. Pourquoi ?

– Cela peut être en dehors de Kiev ? Dans un endroit désert ?

– Oui. Pourquoi ?

– Parce que, dans ce cas, je vais essayer d'exfiltrer Balagula.

Vladimir Sevchenko fronça ses sourcils broussailleux.

– Exfiltrer ? C'est quoi ?

Malko se pencha à travers la table.

– Je veux que la *razborka* ait lieu dans un endroit où

(1) Pédés.

un hélicoptère puisse se poser. J'en ferai venir un de l'extérieur.

Vladimir Sevchenko approuva silencieusement.

– Bonne idée. Je vais réfléchir à l'endroit. Et aussi à la façon de neutraliser « Tatarin ». Parce qu'il viendra à la *razborka,* bien décidé à *nous* tuer.

Emporté par son projet, Malko réalisa qu'il était en train de vendre la peau de l'ours. Pour l'instant, leur idée n'avait pas encore reçu le plus petit commencement de réalisation.

– *Davai !* fit Sevchenko. On va se préparer. Ils n'ont pas l'air de se méfier.

Ils quittèrent le *Studio* sans qu'Irina semble remarquer leur présence. Dehors, Vladimir Sevchenko échangea quelques phrases rapides avec Djokar, et expliqua à Malko :

– Pour l'instant, on retourne au bureau. Tous. Djokar et Abbi vont revenir ici avec un portable et une vieille bagnole pour planquer les autres. Ils nous tiendront au courant. Ça nous laisse le temps.

*
**

– Qu'est-ce que tu danses bien ! cria Misha pour couvrir le bruit de la musique.

A deux mètres de lui, Irina Bondarenko se déhanchait sur la piste du *Hollywood* au son d'un clip de Michael Jackson hurlé par les haut-parleurs. Sexy à faire péter les plombs de n'importe quel mâle normal. Hypermaquillée, la bouche comme un abricot, sa tenue était un véritable appel au vice. Elle n'aurait pas été la maîtresse officielle de Karkov Balagula, elle aurait déjà été violée quatorze fois. Mais un mur invisible la préservait. Tout Kiev connaissait la férocité de son amant et personne n'avait envie de le défier... Tout en dansant, elle se rapprocha de Misha et lui dit, les yeux dans les yeux :

– Si on allait boire un verre chez toi ?

Ils avaient déjà pas mal bu. Irina en était à son troisième Cointreau-caïpirinha. Assis en bord de piste, Grivana les regardait, bien allumé à la vodka. Le jeune danseur jeta un coup d'œil en direction des quatre gardes du corps assignés à la protection d'Irina et qui ne les avaient pas quittés depuis le *Studio*.

– Tu les préviens ?

Irina lui adressa un sourire ravageur.

– Non. On file sans rien dire en passant par-derrière. On ne restera pas longtemps. S'ils s'aperçoivent de mon absence, ils ne diront rien, ils auront trop peur.

Souvent, elle disparaissait dans les coulisses avec ses deux copains pendant une partie du spectacle...

– OK, accepta Grivana. Je t'attends dans le parking. Préviens Misha.

Irina se rapprocha du second danseur, celui qu'elle trouvait beau à mourir. Rien qu'à le voir danser, elle en avait le ventre en feu. Elle était folle amoureuse de lui. Notoirement homosexuels, les deux hommes avaient la confiance de Karkov Balagula, et dissimulaient soigneusement leur bisexualité. Il leur arrivait même de se prostituer auprès de femmes plus âgées, pour cinquante dollars.

Leur intimité avec Irina était née par accident. Ils se trouvaient dans leur minuscule appartement et Irina s'était endormie, ayant abusé de la vodka. Karkov Balagula était en voyage et elle n'avait pas de gardes du corps. Réveillée par des gémissements, elle avait d'abord cru qu'un des deux garçons était malade. La scène qu'elle avait découverte avait accéléré les battements de son cœur. Grivana était allongé nu sur un matelas, par terre, et Misha, appuyé sur les mains au-dessus de lui, le sodomisait avec une lenteur incroyablement sensuelle. Lui aussi était nu et Irina voyait jouer tous les muscles de son corps de danseur.

Instantanément, son ventre s'était transformé en fontaine. Le spectacle du lent va-et-vient du sexe fin entre les fesses de Grivana lui donnait envie de hurler. Elle avait bougé, posé sa main sur son sexe, et ce léger mouvement avait fait tourner la tête à Misha. Leurs regards s'étaient croisés. Il avait dû lire un appel dans celui de la jeune femme, car il s'était retiré lentement de son copain, pour se lever, le sexe tendu.

Quand il était venu vers elle, Irina avait cru défaillir de plaisir anticipé. Elle avait fiévreusement ôté sa culotte et il était venu s'allonger sur elle, sans même la déshabiller. Lorsqu'il l'avait pénétrée avec la même lenteur, s'enfonçant en elle de toute sa longueur, Irina avait joui dans l'instant, avant même de l'avoir entièrement en elle. Il l'avait prise avec une douceur infinie, lentement, habilement, massant son clitoris avec sa verge dure. Irina avait l'impression de faire l'amour pour la première fois, sous le regard complice de Grivana qui se masturbait lentement en les regardant. Elle avait joui en hurlant lorsque Misha s'était répandu en elle.

Depuis, chaque fois qu'elle repensait à cette scène, elle éprouvait une irrépressible envie de sentir à nouveau ce sexe long, dur et doux à la fois, au fond du ventre. C'était si différent de la force brutale de Karkov Balagula...

Sans un regard pour ses quatre gorilles attablés autour d'une bouteille de *Defender,* elle gagna l'arrière de l'estrade, Misha sur ses talons. Une petite porte donnait directement sur le parking.

*
**

De la station-service déserte en bordure de la rue Frunzé, on apercevait l'enseigne lumineuse du *Hollywood.* Depuis vingt minutes, pas un mot n'avait été échangé entre les quatre occupants de la Mercedes 600, Malko, Vladimir Sevchenko et les deux Américains. Jusque-là, tout s'était passé selon les prévisions de l'Ukrainien. Irina Bondarenko, ses deux danseurs et son escorte étaient arrivés au *Hollywood* une heure plus tôt. Djokar était à l'entrée du parking. Abbi, au bar, surveillant de loin la jeune femme.

La sonnerie du portable leur envoya à tous une giclée d'adrénaline dans les artères. Vladimir Sevchenko déplia son appareil, grogna quelque chose d'indistinct puis écouta. Lorsqu'il se retourna, il rayonnait.

– *Bolchemoi !* (1) Nous avons une chance inouïe. Elle vient de se tirer en douce du *Hollywood*, en laissant les quatre types là-bas !

– Elle va où ?

– On ne sait pas encore, elle est avec les deux *gomici*. Probablement chez eux. Djokar les suit. On y va ! Il vient de m'expliquer le chemin qu'il a pris.

La Mercedes sortit doucement de la station-service et prit la direction du nord-est. Dix minutes s'écoulèrent, puis le téléphone sonna à nouveau.

– Ils viennent d'arriver chez les deux *gomici*, annonça Sevchenko. Djokar reste là-bas, on va aller récupérer Abbi et on y va.

Une Jigouli blanchâtre, aux glaces rafistolées avec des feuilles de plastique, était stationnée en face d'une d'une entrée d'un des énormes clapiers comprenant des centaines d'appartements qui hérissaient la banlieue de Kiev.

Dès que la Mercedes 600 se fut arrêtée, Djokar surgit de l'ombre, échangeant quelques mots avec Vladimir Sevchenko.

– C'est leur bagnole ! annonça ce dernier. Ils doivent écouter de la musique en picolant. On va troubler leur petite fête...

Laissant en bas les deux Tchétchènes et les gorilles de la CIA, Malko et l'Ukrainien montèrent à pied trois étages. Dans un couloir sombre, une seule porte laissait filtrer un rai de lumière. Vladimir Sevchenko y colla son oreille.

(1) Mon Dieu !

Pas de musique. La porte était branlante, la serrure classique. Tirant son gros Makarov, il prit son élan et se jeta contre le battant qui céda immédiatement. A peine à l'intérieur, Vladimir Sevchenko s'arrêta net en poussant un juron.

Une cassette jouait en sourdine un air de reggae. La pièce était petite, en longueur, contenant une bibliothèque vide, un matelas posé à même le sol et un canapé-lit. Irina Bondarenko était allongée sur celui-ci, entièrement nue, ses cheveux blonds répandus autour d'elle. Elle étreignait avec passion le dos musclé de Grivana, le danseur aux longs cheveux qui lui faisait l'amour avec lenteur.

Debout à côté du couple, un second jeune homme maigre et musclé, au visage de pâtre grec, se masturbait lentement en les observant. Il s'apprêtait visiblement à faire profiter le garçon qui besognait Irina de son sexe mince et très long.

Le trio se figea à l'irruption brutale des deux hommes. La peur balaya le plaisir dans le regard d'Irina et elle poussa un cri bref. Vladimir Sevchenko saisit son partenaire par la peau du cou, littéralement, l'arracha d'elle et le jeta par terre.

Soulignant l'ordre du canon de son pistolet, il lança à Irina :

– Habille-toi ! Vite.

La jeune femme, abasourdie, ne chercha même pas à résister. Grivana se releva et resta debout à côté de son copain, décomposé. Misha, dont l'érection triomphante s'était ratatinée, ne valait pas mieux.

D'un coup de talon, Vladimir Sevchenko écrasa le lecteur de cassettes. Irina était en train de passer son pull à même la peau, les mains tremblantes, le regard paniqué. Visiblement, elle ne savait pas à qui elle avait affaire. Elle s'imaginait sûrement que c'étaient des hommes de son amant.

Habillée, elle jeta un regard suppliant à Malko. Vladimir Sevchenko pointa un index menaçant vers les deux garçons nus.

– Vous, vous retournez au *Hollywood.* Et vous allez dire aux loquedus qui gardaient cette pétasse qu'elle est venue avec nous ! Et que moi, Vladimir Sevchenko, je veux parler à « Tatarin ». Je l'appellerai dans une heure et il a intérêt à me parler. Sinon, je lui envoie un sein de cette poupée dans de la glace. Il pourra se branler devant... *Davai !*

D'un geste énergique de son pistolet, il fit signe à Irina de bouger. Comme elle ne réagissait pas assez vite, il la prit par le bras et la jeta dans le couloir. Les deux danseurs se rhabillaient fébrilement.

– Mon manteau ! fit soudain Irina d'une voix faible.

Malko retourna chercher la zibeline. Les deux garçons lui jetèrent un regard terrifié, n'osant même pas lui parler. En bas, ils retrouvèrent Djokar, Abbi, Chris et Milton. Vladimir Sevchenko poussa Irina dans la Chevrolet et Djokar prit aussitôt place à côté d'elle, à l'arrière.

– Où allons-nous ? demanda Malko.

– J'ai un entrepôt au bord du Dniepr, dit Sevchenko. Il n'y fait pas très chaud, mais cette petite salope pourra se réchauffer avec Djokar et Abbi.

Malko vit poindre un nouveau lot d'horreurs. Il y avait des limites qu'il ne voulait pas dépasser, même pour arrêter une campagne de terreur.

– J'ai une meilleure idée, dit-il. Allons chez Teddy Atlas, dans le complexe Maculan. Karkov Balagula ne risque pas d'y venir, il se heurterait aux Marines qui gardent l'ambassadeur des Etats-Unis.

Vladimir Sevchenko lui jeta un regard en dessous. Visiblement, l'idée ne l'enchantait pas.

– Il n'ira pas non plus là-bas, objecta-t-il, et on y sera plus tranquilles.

Malko lui opposa un sourire de glace.

– Vladimir, insista-t-il, je *tiens* à ce qu'on l'emmène là-bas. C'est moi le responsable de l'affaire.

L'Ukrainien sentit qu'il ne céderait pas. Avec un haussement d'épaules, il grogna.

– *Dobre,* mais moi, je *tiens* à ce qu'elle soit gardée par Abbi et Djokar. Vous, vous êtes trop mous.

– *Dobre,* accepta Malko. Chris et Milton viendront aussi.

Sans un mot, Vladimir Sevchenko se mit au volant de la Chevrolet avec un regard noir pour Malko.

*
**

Le garde à l'entrée du complexe Maculan tendit l'interphone à Malko.

– *Gospodine* Atlas à l'appareil.

Les deux voitures s'étaient présentées à la grille du complexe et comme ils n'avaient pas d'instructions, les vigiles n'avaient pas voulu les laisser entrer. Malko prit l'appareil.

– C'est moi, annonça-t-il. Il s'est passé beaucoup de choses ce soir et j'ai besoin de vous. Je ne suis pas seul.

– Venez, fit le chef de station de la CIA. Je vous attendrai en bas. Passez-moi le vigile.

Trente secondes plus tard, les deux voitures s'arrêtaient au pied de l'entrée desservant l'escalier des Américains. Teddy Atlas arriva. Malko le prit à part, lui expliquant pourquoi il était là... L'Américain ne parut pas vraiment ravi d'apprendre qu'il allait héberger chez lui la maîtresse de Karkov Balagula, kidnappée pour faire pression sur ce dernier...

– Je crois qu'on ne peut pas faire autrement, reconnut-il. Venez.

Blême, Irina Bondarenko, encadrée par les deux Tchétchènes, prit l'ascenseur. Son visage paraissait s'être ratatiné. Teddy Atlas la mena dans une chambre uniquement meublée d'un lit et d'une chaise, et s'esquiva aussitôt. Malko s'adressa à la jeune femme, en russe.

– Vous n'avez rien à craindre, dit-il. Tout le temps que vous resterez ici, je me considère responsable de vous.

– Mais qui êtes-vous ? demanda-t-elle.

Malko sourit.

– Ce serait trop long à expliquer. Dormez, c'est ce que vous avez de mieux à faire. Et ne cherchez pas à attirer l'attention, sinon, je ne pourrai plus rien pour vous.

Il alla retrouver les autres dans le living. Vladimir Sevchenko lui jeta, énervé :

– Vous la laissez seule...

– A moins de s'envoler, remarqua Malko, elle ne peut pas s'échapper.

Milton Brabeck et Djokar s'étaient installés dans le couloir, en face de la porte de la chambre. Teddy Atlas, nerveux, demanda :

– Que faites-vous maintenant ?

– J'appelle « Tatarin », annonça Vladimir Sevchenko.

Il s'installa sur le canapé et sortit son portable pour composer le numéro de celui de Karkov Balagula. Malko entendit ce dernier répondre.

– C'est moi, Volodia, annonça Sevchenko. Ton amie Irina est avec nous, comme tu le sais probablement déjà. Je te la ramènerai pour la *razborka.*

Il se tut et Malko entendit une voix furieuse s'égosiller dans le portable. Vladimir Sevchenko la coupa.

– Tu peux refuser, mais dans ce cas, je te renverrai ta belle Irina en plusieurs fois. Parce que j'aurai du mal à m'en séparer. On commencera par ses seins. Ils sont beaux, hein ?

Malko entendit le « clic » de la communication interrompue. Vladimir Sevchenko éclata d'un rire sain et heureux.

– Je le rappellerai un peu plus tard, il est juste un peu vexé...

– Et s'il ne répond pas ? demanda Malko.

Vladimir Sevchenko lui jeta un regard glacial.

– On commencera par un sein. Et ce n'est pas toi qui m'en empêcheras...

Teddy Atlas semblait transformé en statue de sel. Malko avait l'impression d'être dans un bobsleigh lancé à cent à l'heure vers un précipice. Si Karkov Balagula faisait front, il était bon pour un affrontement direct avec son fidèle allié, Vladimir Sevchenko.

Si on comptait le décalage horaire, il restait un peu plus de quarante-huit heures avant l'expiration de l'ultimatum menaçant New York d'un attentat au sarin. C'était peu en regard de ce qu'il avait à accomplir.

CHAPITRE XVII

Grivana et Misha se tenaient debout au milieu de l'entrepôt sous l'éclairage blafard d'un néon, livides, serrant les mâchoires pour ne pas claquer des dents de terreur. Ils étaient retournés ventre à terre au *Hollywood*, et Grivana s'était dévoué pour annoncer la mauvaise nouvelle au chef des quatre gardes, un Abkhaze rond comme un tonneau. Celui-ci, imaginant la réaction de Karkov Balagula, avait bondi sur le danseur et s'était mis à le rouer de coups, en bordure de la piste, sous le regard effaré des clients. Il avait continué à frapper à coups de pied le danseur à terre... jusqu'à ce que ses copains le ceinturent. Ce n'était pas à eux d'administrer la punition... Après avoir prévenu de leur portable Karkov Balagula de ce qui était arrivé, ils avaient emmené, sur son ordre, les deux danseurs dans un entrepôt attenant au *Hollywood* où on entreposait les décors, les meubles inutilisés.

Le coup de fil de Vladimir Sevchenko avait achevé de plonger Balagula dans une fureur indescriptible, teintée d'angoisse. Il voyait très bien le piège. On voulait le forcer à trahir son sponsor. Or, cela, c'était impossible. Mais, d'un autre côté, il ne pouvait pas perdre la face, laisser Irina aux mains de Sevchenko. Donc, il fallait récupérer Irina et liquider ses adversaires. Ce qui demandait un minimum de préparation et d'astuce. Il avait sauté dans sa Mercedes 600 blindée, emmenant une demi-douzaine de gardes du corps, débarquant vingt minutes plus tard rue Frunzé. Pendant le trajet, sa rage avait encore monté d'un cran. Pourquoi Irina avait-elle faussé compagnie aux gorilles ?

A peine arrivé, il avait commencé l'interrogatoire des deux danseurs. Par habitude, les hommes de Balagula leur avaient lié les poignets derrière le dos et entravé les chevilles.

Karkov Balagula fit irruption dans l'entrepôt, l'air mauvais et se planta en face des deux danseurs.

– Qu'est-ce qui s'est passé ? Combien étaient-ils ? Il y avait des étrangers ?

Grivana passa sa langue sur ses lèvres enflées et recommença son récit : l'irruption des agresseurs, leur violence, le message de Sevchenko et la présence d'un étranger. Karkov Balagula écoutait distraitement. Ce qui l'intéressait, c'était autre chose.

– Pourquoi êtes-vous partis en cachette ? demanda-t-il. Mes hommes auraient été là, rien ne serait arrivé.

Les deux danseurs restèrent muets, échangeant des regards affolés. Brutalement, Balagula entrevit la vérité, ce qui décupla sa fureur.

– Qu'est-ce que vous faisiez quand ils sont entrés ?

Grivana mit quelques fractions de seconde de trop à répondre et son regard dérapa trop vite vers le sol. Karkov Balagula fut édifié. Sans un mot, il se tourna vers le gros Abkhaze.

– Ton couteau.

L'autre portait toujours un long poignard effilé dans un holster. Il le tendit à son chef. Prenant Grivana à la gorge de la main gauche, Balagula posa la pointe juste au-dessus de son nombril.

– Dis-moi ce que vous faisiez ! répéta-t-il.

Comme Grivana balbutiait, il pesa un peu et la longue lame commença à entrer comme dans du beurre dans le ventre du danseur. Grivana hurlait, le sang coulait sur son ventre et sur les doigts de Karkov Balagula. Ce dernier lâcha le danseur, sans réaliser qu'il ne tenait plus sur ses jambes. Le poids de son corps fit plonger la lame dans son ventre de quinze centimètres, l'ouvrit jusqu'au sternum, sectionnant au passage une artère. Lorsqu'il toucha le sol en criant, Grivana, foudroyé par une hémorragie interne massive, avait déjà le regard vitreux. Karkov le Tatar lui jeta un regard dégoûté, et, son couteau à découper à la main, se tourna vers Misha. Le danseur sentit la pointe d'acier entamer son épiderme, et hurla, fou de panique.

– Grivana était en train de la baiser ! Moi, je n'ai rien fait...

Karkov Balagula se mit à l'interroger avec la méticulosité d'un agent du KGB. Bribe par bribe, il lui arracha la vérité. Une haine froide le tétanisait peu à peu : cette petite salope d'Irina se faisait baiser par ces larves ! Des garçons qu'il payait cent cinquante dollars par mois ! Qu'il avait arrachés à la misère. Il fixa Misha, incrédule. Le danseur avait beau jurer n'avoir jamais touché à Irina, Karkov Balagula n'en croyait pas un mot. C'était une raison supplémentaire pour récupérer la jeune femme. Il regarda autour de lui, cherchant comment faire payer à Misha cette abominable humiliation, et eut une idée. Dans une cour de l'entrepôt, il y avait un atelier de menuiserie. Il alla y farfouiller et revint, tenant à la main un engin prolongé par un gros fil électrique aux belles spirales rouges : une ponceuse-raboteuse électrique, destinée à polir les pièces de bois brut grâce à un disque de gros papier de verre et à une lame aiguisée comme un rasoir.

– Branche ce truc, lança Balagula au gros Abkhaze.

Celui-ci s'exécuta et Karkov le Tatar, tenant fermement l'engin en main, s'approcha du danseur.

– Je vais t'en mettre une bonne giclée dans ta belle petite gueule !

Misha hurla, roulant des yeux fous. Posément, Karkov

Balagula abaissa la ponceuse-raboteuse qui ronflait et l'appuya sur le visage du danseur maintenu par deux de ses hommes.

Un hurlement inhumain se répercuta dans le hangar. Au bout de quelques secondes, Balagula stoppa l'engin. Du nez de Misha, il ne restait plus qu'une arête déchiquetée qui pissait le sang à gros bouillons. Le reste du visage était comme écorché : un terrifiant masque sanguinolent, les sourcils à vif, la peau arrachée. Impassible, Karkov Balagula lança au danseur en train d'avaler son propre sang :

– Alors, tu as toujours envie de baiser Irina ?

Des bulles rouges sortaient de la bouche en lambeaux du supplicié. Sans les deux hommes qui le tenaient, il serait tombé à terre. Pourtant, ses lèvres bougèrent. Ce qui eut le don, pour une raison inconnue, d'accroître encore la fureur de Balagula. Remettant la ponceuse-raboteuse en route, il balaya de nouveau le bas du visage encore à peu près intact de Misha, lui arrachant la chair du menton jusqu'à ce qu'apparaisse le blanc nacré de l'os de la mâchoire. Un cri atroce jaillit à nouveau, qui s'étouffa dans un gargouillis abject.

Enfin calmé, Karkov Balagula stoppa la ponceuse-raboteuse avec un regard plein de regret vers Grivana. Pour lui, c'était inutile. Il jeta au gros Abkhaze :

– Finis-le et va jeter les corps dans le fleuve.

D'un pas lourd, il quitta le hangar, les vêtements éclaboussés de sang, et regagna sa voiture, le regard fixe. Il pensait à Irina. Il faudrait quand même qu'il la baise une dernière fois avant de la découper en morceaux. Il imaginait avec gourmandise sa réaction quand il lui couperait les seins. Sans se presser.

Mais avant cet heureux dénouement, il y avait quelques problèmes à régler.

*
**

Malko contemplait le calendrier fixé au mur du bureau de Vladimir Sevchenko. L'avant-dernier jour de l'ultimatum étant entamé. De plus en plus, il était persuadé que l'organisation dont Karkov Balagula faisait partie tiendrait sa promesse. Or, le seul moyen d'empêcher un attentat épouvantable était de neutraliser le mafieux.

Douze heures s'étaient écoulées depuis le kidnapping d'Irina Bondarenko. La jeune femme était toujours détenue dans l'appartement de Teddy Atlas, sous la garde conjointe d'un des gorilles américains et d'un des hommes de Vladimir Sevchenko. A part sa nourriture, elle avait réclamé une cartouche de Gauloises blondes, une bouteille de Cointreau et une de tequila. Teddy Atlas avait prévenu Malko qu'en dépit de tout, il ne pourrait pas la garder chez lui plus de quarante-huit heures. Si l'ambassadeur US la découvrait, cela causerait un terrible scandale.

Le silence dans le bureau n'était troublé que par Vladimir Sevchenko qui faisait claquer le capot de son Zippo en or massif dix-huit carats tout en tirant sur un énorme cigare. Aucun signe de Karkov Balagula.

Il était près de midi. Depuis leur unique conversation, à partir de l'appartement de Teddy Atlas, Vladimir Sevchenko n'avait pas pu joindre Karkov Balagula. Il avait essayé des dizaines de fois depuis l'aube, mais le portable du mafieux était toujours « hors service ». Apparemment, il ne se souciait pas beaucoup du sort d'Irina.

Entre-temps, Vladimir Sevchenko avait trouvé pour la *razborka* un lieu correspondant aux desiderata de Malko. Ce dernier n'y croyait plus. Se disant qu'une fois de plus, Sevchenko avait fait un mauvais calcul. Karkov le Tatar avait probablement quitté l'Ukraine.

De nouveau, Vladimir Sevchenko prit son portable et tapa le numéro de Balagula. Malko le vit se tendre et approcher l'appareil de sa bouche.

– Karkov, fit-il, c'est moi, Volodia.

Le reste de la conversation se déroula en ukrainien. Malko était suspendu aux lèvres de Sevchenko. Ce fut assez long : trois ou quatre minutes. Lorsqu'il coupa la communication, Vladimir Sevchenko annonça d'une voix tremblante d'excitation :

– « Tatarin » accepte la *razborka*, là où je l'ai dit. A l'entrée d'Ivankiv.

C'était le lieu choisi d'un commun accord. Un village à soixante kilomètres au nord de Kiev et à quarante de Tchernobyl.

– Quand ?

– Demain, 17 heures !

– C'est trop tard, ne put s'empêcher de dire Malko.

Le lendemain était le jour d'expiration de l'ultimatum. Vladimir Sevchenko se renfrogna.

– C'est ça ou rien, fit-il.

Malko fit un calcul rapide ; 17 heures en Ukraine, cela faisait 10 heures du matin à New York. Le précédent attentat aurait dû être commis dans l'après-midi... Cela laissait une chance minuscule.

A deux conditions, aussi hasardeuses l'une que l'autre. D'abord que Balagula ne parvienne pas à se débarrasser d'eux. Et, dans le cas contraire, qu'il accepte de livrer à Malko assez d'informations pour stopper l'attentat au sarin.

Mais comme disait Vladimir Sevchenko, c'était cela ou rien...

– Comment cela doit-il se passer ? demanda Malko.

– Nous arrivons chacun de notre côté, avec nos voitures, expliqua Sevchenko. On s'arrête à cent mètres les uns des autres. Ensuite, « Tatarin » et nous sortons des voitures et nous nous rencontrons. Lui veut qu'on lui rende Irina. Je lui ai dit que tu voulais des informations en échange. Il a accepté.

– Il ment sûrement, souligna Malko. Il a l'intention de se débarrasser de nous.

Vladimir Sevchenko sourit.

– Bien sûr ! Mais on va le baiser.

Malko lui jeta un regard inquiet. Sevchenko savait très bien ce qu'il voulait : neutraliser Balagula *vivant* et l'exfiltrer immédiatement en hélicoptère. L'Ukrainien dut lire dans sa pensée car il précisa aussitôt :

– J'ai tout prévu. Mais on ne sait jamais... *Nitchevo !*

Vladimir Sevchenko éclata d'un rire gai et ralluma son cigare avec son Zippo en or massif à quatre mille dollars. L'idée de se faire tuer au fond de la forêt ukrainienne ne semblait pas le perturber.

– Très bien, dit Malko en se levant, je vais organiser la suite. S'il y en a une...

*
**

– La *razborka* aura lieu un kilomètre avant le village de Ivankiv, quand on vient de Kiev, en face d'une station-service. L'hélicoptère aura largement la place de se poser. Vladimir Sevchenko m'assure qu'il y a un espace découvert de quatre ou cinq hectares.

Teddy Atlas avait perdu son sourire juvénile et frottait nerveusement ses mains l'une contre l'autre. Par superstition, Malko s'était abstenu de lui parler de son plan, tant que la *razborka* n'était pas acceptée par Balagula.

– Vous vous rendez compte que c'est une opération *très* risquée, souligna-t-il. Et si l'hélicoptère se faisait abattre ?

– Je serai en liaison avec lui, dit Malko. Je ne lui donnerai le feu vert qu'une fois tout danger écarté. Si tout se passe bien...

– OK, admit Teddy Atlas. Je ne vais pas en parler à l'ambassadeur. Karkov Balagula est citoyen ukrainien et n'est officiellement inculpé de rien. Nous allons commettre un crime fédéral : un kidnapping. De surcroît, dans un pays ami.

Même lui, plutôt va-t'en-guerre, retrouvait ses réflexes de fonctionnaire devant une action hors normes.

– Karkov Balagula est impliqué dans une action terroriste majeure, rappela Malko. Recherché à ce titre par le FBI. Je crois me souvenir que le gouvernement américain a fait enlever au Mexique un policier mexicain mêlé au meurtre d'un agent de la DEA.

– Exact, reconnut Teddy Atlas. Seulement, les Mexicains, on les tient par les couilles. Ici, c'est différent. Je vais secouer la DO.

Il se leva et montra la carte fixée au mur.

– Nous avons une petite base en Hongrie, à environ sept cents kilomètres de Ivankiv. Dans un premier temps, il faudrait amener l'appareil à Mzyr, en Biélorussie. Avec un « bon » plan de vol. Ensuite, il repartira, officiellement pour la Hongrie, en faisant un crochet par Ivankiv, à peine vingt minutes de vol, au sud. Il n'y a pas de radars dans le coin et on peut toujours plaider l'erreur de navigation. A vol d'oiseau, Ivankiv n'est qu'à trente kilomètres de la frontière de Biélorussie.

Il retourna à son bureau et commença à rédiger un câble.

– Il est 5 heures et demie du matin à Washington, remarqua Malko. Cela laisse pas mal de temps.

Teddy Atlas leva les yeux avec un sourire ironique.

– J'espère que ça suffira ! Parce qu'il va falloir en ouvrir, des parapluies ! Retrouvons-nous chez moi. Je vous rejoins dès que j'ai fini.

*
**

Milton Brabeck ouvrit à Malko. Djokar le Tchétchène, vautré dans le canapé, regardait une bande dessinée.

– Tout va bien, annonça le gorille. Et vous ?

– Il y a du nouveau, dit Malko.

Quand il eut mis au courant Milton et Chris, qui se

trouvait dans la cuisine en train de faire du café, il gagna la chambre. Irina avait gardé la tenue hyper-sexy qu'elle portait lors de son kidnapping. Allongée sur le lit, elle fumait une Gauloise blonde en regardant la télé. A voir le cendrier, ce n'était pas la première... Elle lança un regard interrogateur à Malko.

– Il y a du nouveau, annonça celui-ci.

Irina se redressa, éteignit sa cigarette, une lueur effrayée dans le regard.

– *Sto ?* (1)

– Nous nous sommes mis d'accord, avec Balagula, pour une *razborka*, demain à Ivankiv. Je vous remettrai à lui dès qu'il m'aura donné les informations dont j'ai besoin.

Il s'attendait à une explosion de joie. Mais le visage d'Irina se ferma et elle dit d'une voix basse et tendue :

– Je ne veux pas aller à Ivankiv.

– Pourquoi ?

– D'abord, parce que c'est un piège. Il va vous tuer. Tous. Je le connais : il est très fort. Ensuite, même si vous vous en sortez, il me tuera, moi, ensuite. Je lui ai désobéi et je l'ai trompé.

– Il l'ignore peut-être.

Elle eut un sourire amer.

– Grivana et Misha ont *sûrement* parlé. Il les aura tués... Je ne veux pas subir leur sort.

C'était une difficulté imprévue. Sans Irina, il n'y avait pas de *razborka.*

Tandis que Malko réfléchissait, Irina Bondarenko se leva brusquement. Sa bouche tremblait. Elle se jeta contre Malko, balbutiant d'une voix terrifiée :

– *Pajolsk ! Pajolsk !* Je ne veux pas mourir.

Elle se pressait de toutes ses forces contre lui, écrasant sa lourde poitrine sur son torse, collant son bassin au sien.

(1) Quoi ?

Les sanglots qui la secouaient la faisaient trembler des pieds à la tête. Ses mouvements ne tardèrent pas à troubler Malko. Irina dut s'en rendre compte, car ses tremblements devinrent moins saccadés, se muèrent en ondulations imperceptibles. Etant donné la finesse de son caleçon de cuir, Malko avait l'impression qu'elle était nue. La bouche d'Irina remonta dans son cou, caressa sa joue au passage, avant de s'écraser sur la sienne. C'était toujours la même prière, mais avec des moyens différents...

Malko voulut se dégager, mais elle s'accrocha à lui. Son pubis oscillait à petits coups, augmentant encore son désir. Puis, elle se laissa couler contre lui, et, en un temps record, il se retrouva en partie dénudé. Irina engouffra alors son sexe dans sa bouche comme si elle ne devait jamais le recracher. Aucun homme n'aurait pu résister à cette tornade. Malko oublia le sarin, la CIA, Karkov Balagula, pour succomber au pouvoir de cette éblouissante salope.

Irina Bondarenko le suçait comme si sa vie en dépendait. Et, d'une certaine façon, sa vie en dépendait... Il sentit la sève monter de ses reins. Irina aussi, qui l'aspira alors avec une ardeur carnivore. Il hurla. De plaisir. Quelques instants plus tard, la voix de Chris Jones demanda anxieusement, de l'autre côté du battant :

– *You're OK ?*

– Je suis OK, eut la force de répliquer Malko.

Irina se releva doucement et vint se coller de nouveau à lui.

– Je ne veux pas qu'il me tue, répéta-t-elle. Je veux rester avec toi. Tu verras, il paraît que je suis très bonne au lit...

Elle avait adopté le tutoiement, naturel en russe. Malko s'ébroua. Il ne pouvait pas la braquer.

– Je vous offre un *deal*, proposa-t-il. Demain, vous venez à Ivankiv, pour que Balagula constate votre présence. Mais je vous jure que vous ne repartirez pas avec lui.

De toute façon, ou le mafieux avait le dessus et ils y passaient tous ; ou il était à son tour enlevé par la CIA. Irina scruta le visage de Malko.

– C'est vrai ? Tu me le jures ?

– Je le jure.

Il arriva enfin à l'éloigner de lui. Quelle femelle magnifique. Même après avoir joui dans sa bouche, il avait envie de la prendre à pleines mains, de se servir d'elle de toutes les façons.

Elle le vit dans ses yeux et sa bouche frôlant celle de Malko, murmura :

– Sauve-moi. Tu ne le regretteras pas.

Il songea que s'il avait écouté toutes les somptueuses salopes croisées au cours de ses missions, de Mandy Brown à Exaltación Garcia, il aurait pu constituer un harem... Une voix cria à travers la porte :

– Mr Atlas est arrivé.

Il acheva de se rendre présentable et regagna le living-room. Teddy Atlas avait retrouvé son sourire enfantin.

– Tout est arrangé, annonça-t-il. Nous avons un hélico.

Il ne restait plus que le principal : capturer Karkov Balagula. Condition indispensable pour stopper l'Opération Lucifer.

*
**

Karkov Balagula regardait le ciel gris où paraissait se fondre la cime des milliers de bouleaux. Dans la clairière, il faisait moins dix-huit degrés. Tout était prêt. Normalement, dans deux heures, il aurait récupéré Irina, liquidé l'agent de la CIA et Vladimir Sevchenko. Ensuite, il n'avait plus qu'à se mettre en plongée pour quelques mois.

Pour le reste, tout fonctionnait sans son intervention. Avant la fin de la journée, l'attentat au sarin aurait lieu.

Même si lui disparaissait. Superstitieux, il plongea la main sous sa chemise et toucha une grosse croix orthodoxe suspendue à une de ses chaînes en or.

L'avenir était finalement souriant. Il se tourna vers Vassili, qui ne semblait pas sentir le froid.

– *Davai !* On va boire un verre à Ivankiv.

Avant l'action, il fallait être détendu. Ce n'était pas sa première *razborka* et, à ce jeu, il avait toujours gagné. Il prit difficilement place dans sa Mercedes 600, gêné par son gilet pare-balles renforcé de plaques de céramique. Même un 357 Magnum ne perçait pas cette carapace.

Le sentier enneigé filait tout droit dans la forêt. Dans cette région plate et pauvre, il n'y avait que peu de villages. Tout en roulant, il récapitula mentalement les mesures prises pour faire échec à ses adversaires.

Des flocons de neige commençaient à tomber, se perdant dans la couche déjà épaisse.

CHAPITRE XVIII

Depuis Borodienka, la neige tombait à gros flocons, noyant le paysage monotone : des forêts de bouleaux, des champs gelés, de rares villages aux palissades vertes et une étroite route sinueuse, sans grande circulation, hormis les trois véhicules, deux Mercedes usagées et la Chevrolet. Dans celle-ci, conduite par Vladimir Sevchenko, se trouvaient Malko, et Chris et Milton à l'arrière. Irina était dans le deuxième véhicule, coincée entre Djokar et Abbi, suivi d'un troisième avec encore quatre hommes. Le convoi ne dépassait pas soixante kilomètres à l'heure. De temps à autre, ils étaient obligés de se garer pour laisser passer un énorme camion chargé de billes de bois.

– Nous sommes encore loin ? interrogea Malko.

Vladimir Sevchenko grommela sans quitter la route des yeux.

– Vingt minutes. Quel temps de merde ! Et ça ne va pas s'arrêter !

Alors qu'il restait une heure avant la nuit, on n'y voyait déjà presque plus. Parfois surgissait dans la lueur des phares un piéton marchant sur le bas-côté, qui levait vaguement la main pour se faire emmener. Sans trop d'illusions. Sur des centaines de kilomètres, c'était la même plaine morne, balayée par les vents de Sibérie, hors du temps.

Malko regarda anxieusement le ciel gris, plombé. Impossible de faire voler un hélicoptère par ce temps. Tout son plan tombait à l'eau ! Avant de partir de Kiev, Teddy Atlas lui avait remis une radio VHF calée sur une fréquence préréglée, afin de pouvoir joindre l'hélicoptère. Avec cette météo, tout était remis en question. S'il récupérait Karkov Balagula, comment l'exfiltrer d'Ukraine ?

Vladimir Sevchenko semblait indifférent à son problème. Il avait refusé de dire à Malko ce qu'il avait prévu pour mettre en échec le piège probablement tendu par leur adversaire. Dans les trois voitures, ils étaient douze, armés de Kalachnikov, de pistolets, de fusils à pompe et même d'une caisse de grenades. Une véritable expédition.

Malko activa sa VHF, pour tenter de joindre l'hélicoptère. En vain. Il n'obtint qu'un bruit de fond. Ça commençait bien...

Tout à coup, Vladimir Sevchenko jura entre ses dents en sortant d'un virage.

– *Bolchemoi !*

Deux cents mètres devant eux clignotait un gyrophare bleu en plein milieu de la route. L'Ukrainien ralentit. Le pinceau des phares éclaira des uniformes gris, des chapkas, plusieurs véhicules rangés sur le bas-côté. Et une herse aux dents acérées qui bloquait le passage. Impossible de forcer le barrage sans déchiqueter les pneus.

– C'est l'armée ? demanda Malko.

– Non, les *berkut*. Ils font des barrages dans les zones frontières à cause de la contrebande. *Nié problemi !*

Tout en rétrogradant, il sortit de sa poche une liasse de billets de un million de koupons et la posa sur la banquette. Malko compta une vingtaine d'uniformes. Un policier muni d'un petit disque rouge s'approcha de la voiture dont Sevchenko venait de baisser la vitre. Souriant, celui-ci l'apostropha :

– *Dobredin*. Qu'est-ce que c'est ?

– Contrôle. Ouvrez votre coffre.

– *Dobre ! Dobre !* marmonna l'Ukrainien en glissant dans la main du soldat la liasse de billets. Ne nous fais pas perdre de temps, on a rendez-vous à Ivankiv et avec cette neige...

Il se tut, stupéfait. Le policier avait reculé sans prendre l'argent. Les billets tombèrent dans la neige, aussitôt recouverts de flocons. Malko se dit que cela sentait mauvais. *Jamais* on ne refusait un bakchich, en Ukraine... Vladimir Sevchenko jura à nouveau et ouvrit la portière. Rejoignant le soldat, il lui lança :

– Où est ton *natchalnik* (1) ?

– *Zoes* (2), fit une voix.

Un colosse en tenue, Kalach' à la main, s'approcha. Sur son uniforme était épinglé l'insigne des *berkut*, les troupes spéciales de la police.

– On fouille tout le monde. Sortez des voitures, ordonna le gradé.

Ses soldats entourèrent Sevchenko, menaçants. L'Ukrainien fit signe à ses hommes de sortir des voitures sans résistance. A vingt mètres, il y avait un véhicule radio. On pouvait faire beaucoup de choses en Ukraine, mais pas attaquer un détachement de police.

Les véhicules évacués, les soldats commencèrent à les fouiller, sortant tout ce qu'ils trouvaient : un véritable arsenal. Les Kalachnikov, les fusils, les chargeurs et, bien entendu, les grenades. Impassible, l'officier assistait à la fouille.

– Pourquoi transportez-vous ces armes ? demanda-t-il à Vladimir Sevchenko. Vous faites de la contrebande ?

L'Ukrainien bouillait de fureur rentrée.

– Non, fit-il, c'est pour notre sécurité. Mon nom est Vladimir Sevchenko. Prévenez par radio le général Radchenko, au SBU de Kiev. Il me connaît.

(1) Chef.
(2) Ici.

Le *natchalnik* le toisa, pas vraiment aimable.

– J'ai ordre de fouiller les voitures qui passent et je n'ai rien à voir avec le SBU. Avez-vous une arme sur vous ?

Grinçant des dents, Vladimir Sevchenko sortit son énorme pistolet. Malko en fit autant, Chris et Milton aussi. Inutile d'envenimer la situation. Toutes leurs armes s'amoncelèrent sur une bâche, en bordure de la route.

– Attendez là, ordonna le *berkut*.

Il se dirigea vers le véhicule radio et y monta.

– C'est bizarre, dit Malko à Vladimir Sevchenko.

Celui-ci inclina la tête sans répondre, les mâchoires crispées.

Ils étaient frigorifiés, dépouillés de leurs armes et la neige tombait de plus en plus. Le *berkut* revint vers eux, impassible.

– J'ai parlé au général Radchenko, annonça-t-il. Effectivement, il vous connaît. Vous pouvez continuer votre route. Au retour, vous devrez vous présenter au poste de la Milice de Borodienka pour vous expliquer. Nous vous rendrons vos armes à ce moment...

Il lança un ordre et ses hommes tirèrent la herse sur le bas-côté. Malko remarqua alors qu'il y en avait une seconde, disposée derrière le barrage, qui leur interdisait de faire demi-tour. Sans un mot, Vladimir Sevchenko reprit le volant et démarra rageusement. En quelques centaines de mètres, les *berkut* furent invisibles, noyés dans le brouillard blanc.

– Nous n'avons plus d'armes, fit Malko, on ne peut pas aller à la *razborka*. C'est de la folie.

Vladimir Sevchenko freina si brutalement que la Chevrolet se mit en travers.

– On va à la *razborka*, lança-t-il, et on ne va pas se faire massacrer. Si tu as peur, tu descends et tu rentres à Kiev à pied.

– Vladimir, plaida Malko, ne sois pas stupide. C'est un piège.

Vladimir Sevchenko haussa les épaules, se tourna vers lui.

– C'*est* un piège, confirma-t-il. Mais je sais ce que je fais.

A quoi bon insister ?... La Chevrolet accéléra.

Le silence retomba et Malko tenta encore en vain de joindre l'hélicoptère. Vingt minutes plus tard, les bois firent place à des champs gelés. La route se séparait en deux.

– Voilà la route de Khukari, annonça Vladimir Sevchenko. Le poste d'essence est de l'autre côté.

La tempête de neige redoublait et on y voyait à peine... Ils parcoururent encore une centaine de mètres au ralenti. Malko aperçut alors, sur leur gauche, trois pompes à essence sur un terrain découvert. En retrait se trouvait un bâtiment qui ressemblait à un gros container. C'était là que se tenait le préposé. Selon le vieux système soviétique, les clients venaient payer d'avance au guichet pour une quantité donnée d'essence et le pompiste déclenchait ensuite la pompe à distance... Une faible lueur jaunâtre indiquait que la guérite était occupée. Des lampadaires éclairaient toute l'esplanade.

Vladimir Sevchenko stoppa sans arrêter le moteur, afin de ne pas couper le chauffage, et alluma un cigare. Les deux autres voitures stationnaient derrière eux. Malko ouvrit la glace et reçut une rafale de neige dans la figure. Dans ce blizzard, inutile de penser à un hélico ! Le silence était absolu. On aurait pu être au fond de la Sibérie.

L'odeur du cigare de Sevchenko lui faisait tourner la tête. L'Ukrainien semblait serein, malgré les circonstances... Malko commençait à croire qu'il était devenu fou. A voir leur expression, Chris et Milton pensaient la même chose.

– Les voilà, annonça l'Ukrainien d'une voix égale.

Malko aperçut des phares venant d'Ivankiv. D'abord en file, ils divergèrent pour approcher d'eux lentement, en arc de cercle. Quand ils entrèrent dans le périmètre éclairé par les lampadaires de la station d'essence, il distingua les véhicules : une grosse Mercedes 600 et cinq BMW. Les six voitures stoppèrent à une dizaine de mètres, sans éteindre leurs phares.

Puis les quatre portières de la Mercedes s'ouvrirent sur quatre hommes. Trois de grande taille, armés chacun d'une Kalachnikov avec deux chargeurs ; le quatrième beaucoup plus petit, avec une chapka de vison et un long manteau. La neige empêchait de voir son visage, mais Vladimir Sevchenko murmura :

– Voilà « Tatarin ».

Les quatre hommes s'arrêtèrent à quelques mètres d'eux et Karkov Balagula cria quelque chose en ukrainien.

– Que dit-il ? demanda Malko.

– Que tous mes hommes sortent des voitures les mains en l'air. Le salaud pense qu'il ne risque rien, ses copains nous ont tout piqué !

Son ton était trop jubilatoire pour qu'il n'y ait pas anguille sous roche. Quelques secondes s'écoulèrent dans un silence lourd, puis la voix de Karkov Balagula claqua de nouveau :

– Sortez, les mains en l'air.

Brutalement, Vladimir Sevchenko s'était décomposé. Les mâchoires crispées, la respiration bloquée, il semblait en état de catalepsie. Malko l'entendit murmurer à mi-voix :

– *Catastropha !*

Dans le rétroviseur, Malko vit les quatre occupants de la troisième voiture se décider à sortir, les mains en l'air. Un nouvel ordre de Balagula et ils se regroupèrent à quelques mètres.

Tranquillement, un des gardes du corps de Karkov Balagula abaissa sa Kalach' et vida son premier chargeur par courtes rafales sur les quatre hommes. Trois tombèrent aussitôt, le quatrième tenta de s'enfuir et fut rattrapé par une rafale qui lui cisailla le dos. Malko sentit le sang se retirer de son visage. Ses pires prévisions se réalisaient. Soudain, son cœur fit un bond dans sa poitrine. Il percevait le bruit caractéristique d'un hélicoptère ! Impossible de le situer, la visibilité ne dépassait pas vingt mètres. Fébrilement, il s'empara de sa radio VHF. Vladimir Sevchenko se tourna vers lui, défait.

– Pas la peine, dit-il, nous sommes foutus !

La neige commençait à recouvrir les quatre corps étendus sous les réverbères. Malko avait l'impression que ses poumons rétrécissaient. Il régnait autour des voitures un silence de plomb. La voix puissante de Karkov Balagula le rompit.

– Il ordonne aux autres dc sortir, traduisit à voix basse Vladimir.

Malko avait du mal à avaler sa salive. Dans quelques instants, ce serait leur tour... Et l'hélicoptère bourdonnait toujours au-dessus de leur tête. Invisible et impuissant. Vladimir Sevchenko semblait frappé par une attaque. Quatre de ses hommes venaient de se faire massacrer. La voix moqueuse de Karkov Balagula cria :

– Vladimir Nicolaievitch, sors toi aussi !

Visiblement, il prenait le temps de savourer sa victoire. Les hommes qui avaient tiré venaient de mettre des chargeurs neufs dans leurs armes et s'étaient regroupés derrière leur chef. Malko pensa à Alexandra, à son château, au soleil et se dit qu'il allait mourir. Tout à coup Vladimir Sevchenko s'ébroua, passa la tête par la glace ouverte de la Chevrolet et hurla :

– « Tatarin », tu n'es qu'un « cul-noir » *niékulturny ! Ja twayou mati'é !* (1)

Ce n'était pas le genre de déclaration propre à détendre

(1) Analphabète ! Je nique ta mère !

l'atmosphère. D'ailleurs, la réaction de Karkov Balagula fut immédiate. Tirant de sa ceinture un gros pistolet automatique, il marcha sur la Chevrolet.

– *My God !* Cette fois, on est bons ! murmura Chris Jones.

Tétanisé, Malko tourna la tête vers Vladimir Sevchenko : son visage était crispé de haine.

Soudain, il y eut une explosion sèche et une longue flamme orangée jaillit de la cabane du pompiste. Une fraction de seconde plus tard, la Mercedes 600 de Karkov Balagula se transforma en une énorme boule de feu. La fumée n'eut pas le temps de se dissiper. Une rafale d'arme automatique crépita, tirée du guichet où on payait l'essence. A sa cadence, Malko identifia une mitrailleuse à tir rapide, type MG 42. Les trois hommes qui avaient procédé aux exécutions tombèrent comme des quilles, criblés de projectiles.

Le tir cessa aussi brutalement qu'il avait commencé. Puis une seconde langue de feu jaillit et la première des BMW s'embrasa sous l'impact d'une roquette de RPG 7. Rien n'y résistait, même pas un char léger.

Médusé, Karkov Balagula était demeuré à la même place, le pistolet à bout de bras. Les moteurs des quatre autres BMW grondèrent. En ordre dispersé, elles manœuvrèrent pour s'enfuir. Une autre roquette en pulvérisa encore une, avant que les trois autres ne disparaissent dans la pénombre. Il ne restait plus que les carcasses en train de brûler et Karkov Balagula debout dans la tempête de neige, éclairé par les lampadaires.

Vladimir Sevchenko s'était remis à vivre. Il cria :

– « Tatarin », jette ton arme. Tu as encore une chance de sauver ta vie.

Karkov Balagula ne bougea pas.

Une nouvelle rafale de la mitrailleuse fit voler la neige devant lui. Malko le vit hésiter. Puis d'un geste violent, il jeta son pistolet au loin, restant planté là où il était.

Vladimir Sevchenko se tourna vers Malko avec un sourire de triomphe.

– Tu vois ! Il ne fallait pas avoir peur. Je *savais* que ce salaud nous tendrait un piège. Une *razborka*, cela ne se passe jamais bien. Il fallait seulement être plus malin que lui. Maintenant, « Tatarin » est à toi !

Comme Malko posait la main sur la poignée de la portière, l'Ukrainien le retint.

– Attends !

La tête au-dehors, il cria :

– « Tatarin », enlève tous tes vêtements.

A la stupéfaction de Malko, Karkov Balagula s'exécuta lentement. Il se dépouilla d'abord de sa pelisse, puis de sa veste, d'un chandail et de son pantalon. Il demeura immobile dans la neige, vêtu seulement d'un caleçon long, d'un tricot de peau, de ses bottes et de sa chapka.

– Tu peux y aller ! lança Vladimir Sevchenko à Malko.

Celui-ci bondit hors de la Chevrolet. Il avait enfin une chance de savoir *qui* voulait gazer au sarin une partie de la population new-yorkaise. Seulement, c'était le dernier carat ! A New York, il n'était encore que 10 heures ! Encore fallait-il que Karkov Balagula accepte de parler. L'hélicoptère se faisait encore faiblement entendre. Il activa son VHF et tenta une nouvelle fois de le joindre. Il finit par entendre un gargouillis de voix inaudibles.

Irina Bondarenko émergea de la Mercedes et le rejoignit en courant. Vladimir Sevchenko descendit à son tour, suivi des gorilles. Un homme sortit en courant de la guérite du pompiste et rejoignit Vladimir Sevchenko à qui il dit quelques mots. Puis tous les six s'approchèrent de Karkov Balagula. Jamais Malko n'aurait cru qu'il était si petit. Le visage bleu de froid, crispé de haine, il retenait des tremblements. Vladimir Sevchenko l'apostropha :

– Alors, « Tatarin », tu croyais gagner ? Il y a une chose que tu ignores. Je suis né ici, à Ivankiv, il y a cinquante-cinq ans. Je savais ce que tu avais manigancé.

– Qu'est-ce que tu veux, Volodia ? demanda Karkov Balagula.

Vladimir Sevchenko éclata de rire.

– Moi ? Juste te couper les couilles. C'est mon copain qui a besoin de renseignements.

Stupéfait, Malko ne put s'empêcher de demander à son allié :

– Pourquoi ne pas avoir frappé avant que tes hommes ne soient exécutés ?

– La mitrailleuse s'est enrayée à cause du froid ! fit sombrement Vladimir. S'ils n'étaient pas arrivés à la décoincer, on y passait tous !

– Qui vous a donné l'ordre d'empoisonner New York au sarin ? demanda Malko au Tatar.

Karkov Balagula ne répondit pas, les yeux fixés sur Irina emmitouflée dans sa zibeline.

De nouveau, l'hélicoptère se rapprochait. Malko activa sa VHF et lança à Karkov Balagula :

– Je représente le gouvernement américain. Cet hélicoptère va vous exfiltrer d'Ukraine dans moins d'une heure. Vous serez transféré aux Etats-Unis. Vous avez intérêt à parler.

Au même moment, une voix indistincte sortit du VHF. L'hélico avait enfin le contact.

– « Volodia », lança Malko. Ici « Station ». Nous sommes...

Il ne continua pas. Karkov Balagula venait de se jeter sur Irina, refermant ses mains puissantes autour de son cou, la jetant à terre ! Les quatre hommes mirent quelques secondes à réagir. Chris et Milton se ruèrent sur le Tatar pour l'arracher à sa victime. Vladimir Sevchenko et Malko tentèrent de le tirer par les jambes. Irina ne pouvait résister longtemps à cette force de la nature.

Malko vit soudain la jeune femme sortir la main de la poche de sa zibeline. Elle tenait un pistolet noir qu'elle appuya à tâtons sur le crâne de l'homme en train de l'étrangler. Karkov Balagula remua la tête pour s'en débarrasser, sans autre résultat que d'ajuster le canon de l'arme dans son oreille gauche. Irina pressa la détente et son index resta crispé dessus...

Sept détonations claquèrent en quelques secondes. Le crâne de Karkov Balagula éclata littéralement sous ce déluge de projectiles, projetant des fragments d'os, du sang, des matières cervicales dans un rayon d'un mètre. Foudroyé, le Tatar relâcha sa prise et Irina se dégagea en hurlant, pleine de sang et de matière grise. Elle se roula par terre, encore suffocante, en proie à une violente crise de nerfs.

Hystérique, Vladimir Sevchenko se mit à bourrer le cadavre de coups de pied, en l'insultant. Une voix sortit à ce moment de la radio VHF, presque claire.

– « Station » ! Ici « Volodia ». Le temps est très mauvais, je ne sais pas si nous allons pouvoir nous poser !

Malko prit le temps de répondre, tandis qu'Irina se roulait toujours dans la neige.

– « Volodia », ici « Station ». Retournez à la base. *Over.*

L'exfiltration de Karkov Balagula n'était plus à l'ordre du jour. Accablé, Malko entreprit de calmer Irina, dont le cou était marbré de larges marques rouges, et le visage déformé par les larmes. Comme une folle, elle se débarrassa de sa zibeline maculée du sang de son amant et d'autres débris abominables. Une voiture venant de Kiev ralentit et s'approcha pour prendre de l'essence. Voyant les corps étendus et les carcasses fumantes, son conducteur se hâta d'accélérer et de disparaître.

Malko contempla ce qui restait de Karkov Balagula. Son enquête se terminait là. Quelque chose lui disait que Balagula avait organisé l'attentat comme prévu, pour ce jour-là. Il déplia son portable, afin de joindre Teddy Atlas ou Howard Allenwood. Qu'ils ne se fassent plus d'illusions.

Impossible d'avoir un circuit ! Ils étaient dans une zone non couverte par les satellites. La neige tombait toujours, gelant le sang des cadavres. Irina, grelottante, choquée, sanglotait. Malko la soutint jusqu'à la Chevrolet où elle se laissa tomber.

– Où avez-vous trouvé cette arme ? demanda-t-il quand elle fut un peu plus calme.

– Au barrage, murmura-t-elle. Djokar me l'a donnée. Moi, ils ne m'ont pas fouillée.

Malko ne dit rien. C'était la vie. Une suite d'impondérables. Il ne pouvait blâmer Irina d'avoir sauvé sa vie en tuant Balagula. Vladimir Sevchenko le rejoignit.

– C'est foutu, laissa tomber Malko. L'attentat va sûrement avoir lieu dans les heures qui suivent, si ce n'est pas déjà fait.

L'Ukrainien secoua la tête, accablé.

– C'est merderie absolue !

Soudain, la voix d'Irina, en train de masser son cou endolori, les fit sursauter :

– Je peux peut-être vous aider.

CHAPITRE XIX

– M'aider ! répéta Malko avec incrédulité. Mais comment ?

– J'étais là quand Karkov a envoyé Youri Avdichev à New York avec quelque chose à faire de très important. Ils parlaient dans le salon. J'étais dans la chambre, aussi, je n'ai pas tout entendu. Mais je sais que Karkov ne voulait pas y aller lui-même parce que c'était trop dangereux.

– Quand était-ce ?

Elle réfléchit.

– Il y a quatre jours, je crois. Il devait partir le lendemain.

Ainsi, Youri Avdichev se trouvait déjà à New York. Ce qui confirmait les pires craintes de Malko.

– Vous savez où il est, à New York ?

– Non.

De nouveau une fausse joie. Vladimir Sevchenko regagna à son tour la voiture, avec Chris et Milton, et tendit à Malko des papiers, un carnet, un portefeuille et un téléphone portable.

– On s'en va, lança l'Ukrainien. Voilà ce que « Tatarin » avait sur lui.

Les corps étendus avaient presque disparu sous la couche blanche.

– Et eux ? demanda Malko.

– Ils vont s'en occuper, fit l'Ukrainien en désignant trois hommes qui sortaient de la cabane du pompiste.

L'un d'eux portait un RPG 7 sur l'épaule. Dans quelques heures, il ne resterait aucune trace de la sanglante *razborka*.

Vladimir Sevchenko fit demi-tour, reprenant la route de Kiev. La neige tombait si dru que Malko se demanda s'ils y arriveraient.

– Il semble que Youri Avdichev soit à New York, dit-il à l'Ukrainien. Pour commettre cet attentat.

– C'est possible, fit Sevchenko. Il tuerait père et mère pour une poignée de dollars. Tu sais où il est ?

– Non. Mais par l'Immigration, on peut peut-être le retrouver.

De nouveau, il essaya le portable. Toujours pas de ligne. Il dut rouler encore presque une heure avant de voir le voyant vert s'allumer. Fiévreusement, il appela Teddy Atlas, qui décrocha à la première demi-sonnerie...

– Malko ! Où êtes-vous ? demanda l'Américain.

– Sur la route du retour. Il y a eu un problème...

Il le mit rapidement au courant de la fin tragique de la *razborka*.

– De toute façon, le consola Teddy Atlas, l'hélico n'aurait pas pu se poser. Ils ont failli se crasher... J'appelle New York tout de suite pour Avdichev. Pourvu qu'on y arrive. Je vous rappelle.

Le portable de Malko sonna vingt minutes plus tard.

– Le message est passé, annonça Teddy Atlas. Tout le FBI recherche Avdichev. Mais le ciel est avec nous...

– C'est-à-dire ?

– New York est noyé sous une tempête de neige. La circulation est pratiquement arrêtée. Pas le métro bien sûr, mais ce n'est pas le jour pour commettre un attentat. La météo reste très mauvaise pour les deux jours à venir.

– Dieu fasse que vous ayez raison, soupira Malko. Nous serons à Kiev dans quarante minutes environ.

La voix d'Irina s'éleva à l'arrière.

– Il va sûrement appeler Karkov, sur son portable. C'est toujours ainsi qu'ils communiquent.

– Si je réponds, observa Malko, il raccrochera aussitôt. Et d'ici là, il aura appris la mort de Balagula...

– Si c'est *moi* qui réponds, répliqua Irina, il ne se méfiera pas. Je peux lui demander où il est.

– Il ne sera pas tout de suite au courant de la mort de « Tatarin », renchérit Vladimir Sevchenko. D'ici demain, le Tatar sera enterré dans la forêt de Divrova avec ses hommes.

– Et ceux qui se sont enfuis dans les BMW ?

– Ils ne peuvent pas communiquer avec Avdichev, affirma l'Ukrainien. Ce sont juste des *mokrouchniki*.

Malko se dit qu'Irina Bondarenko venait de s'offrir un billet pour New York... Une demi-heure plus tard, ils atteignaient Borodienka.

*
**

Le portable de Karkov Balagula, relié à un petit magnétophone, était posé sur le bureau de Teddy Atlas et veillé comme un diamant de vingt carats. Tout l'étage occupé par la CIA à l'ambassade des Etats-Unis était éclairé, en dépit de l'heure tardive. On avait rappelé les employés du Chiffre et fait venir des hamburgers du *Studio*. Malko et les autres étaient rentrés à Kiev à 20 heures. Depuis 19 heures, le FBI avait comme première priorité de retrouver Youri Avdichev. On avait retrouvé le numéro de son passeport et tout son dossier au consulat. Teddy Atlas prit le portable.

– Nous allons le faire parler, affirma-t-il. Dès demain matin, je prends contact avec le SBU. On connaîtra tous les numéros des appels donnés et reçus dans les trente derniers jours.

Au moment où il le reposait, la sonnerie du portable se déclencha. Malko le tendit aussitôt à Irina.

– Répondez.

La jeune appuya sur la touche *talk* et dit « allô ». La communication fut coupée à l'instant. Teddy Atlas eut un large sourire.

– On va savoir très vite d'où vient cet appel...

Dehors, la neige continuait à tomber. Comme à New York où il était 2 heures de l'après-midi. Malko sentait son estomac se nouer chaque fois que la ligne directe de Langley sonnait. Malgré le mauvais temps, ce n'était pas impossible de commettre un attentat. Les gens travaillaient, les métros fonctionnaient. A chaque seconde, il s'attendait à apprendre l'épouvantable nouvelle : du sarin dans le système de climatisation d'un building.

Même s'il y pensait sûrement aussi, Teddy Atlas essayait de sauver la face, en conservant une attitude détendue.

Malko se demanda s'ils pourraient décoller de Kiev. La CIA avait envoyé un avion privé pour les emmener à Paris afin qu'ils embarquent pour New York dans le Concorde d'Air France le lendemain à 11 heures. Le Falcon 900 arriverait à Kiev vers 23 heures pour redécoller aussitôt.

Un employé du Chiffre entra dans le bureau et y déposa un câble qui venait d'arriver. Teddy Atlas le parcourut rapidement.

– Youri Avdichev est bien arrivé à New York il y a deux jours, annonça-t-il. Selon l'Immigration, pour un séjour de quinze jours. Business.

– Il a donné une adresse ?

– Oui, dans Brighton Beach. Elle vient d'être communiquée au FBI.

Ils s'arrêtèrent pour manger leurs hamburgers. Malko était noué par l'angoisse.

– Deux jours, remarqua-t-il, il a eu le temps d'organiser l'attentat.

Personne ne répondit. Ils avaient à peine terminé que le téléphone sonna.

– Votre Falcon vient de se poser à Borispol, annonça Teddy Atlas. Il faut y aller. Je vous accompagne.

Vladimir Sevchenko était allé se reposer. Une des premières choses qu'avait faites Malko à l'ambassade avait été de « verrouiller » le contact de l'Ukrainien avec le général James Kalstrom, chargé de l'affaire des armes. Il fallait payer ses dettes.

Irina prit sa zibeline. Respectueux du luxe, Chris Jones l'avait ramassée dans la neige et nettoyée tant bien que mal.

Le consul avait arraché à un dîner un haut fonctionnaire des affaires étrangères ukrainiennes pour lui faire délivrer séance tenante au bénéfice de la jeune femme un passeport sur lequel le consul US n'avait plus eu qu'à apposer un visa.

Personne ne parla beaucoup durant le trajet jusqu'à Borispol. Le free-shop était encore ouvert et Irina tint à y acheter une cartouche de Gauloises blondes et une bouteille de Cointreau. Comme si elle s'exilait chez les sauvages. Un quart d'heure plus tard, on vint les chercher.

*
**

Malko regardait les vagues grises de l'Atlantique qui se rapprochaient, avec un mélange de soulagement et d'angoisse. La journée de la veille avait passé sans attentat. L'ultimatum n'avait pas été respecté. Il pouvait y avoir plusieurs raisons à cela : le mauvais temps qui continuait à régner sur New York, perturbant gravement la circulation, ou un impondérable inconnu de lui.

De toute façon, l'attentat pouvait se produire à

n'importe quel moment. Le risque ne cesserait que si Youri Avdichev était capturé.

Irina Bondarenko n'avait pas les mêmes préoccupations. Fascinée, elle n'avait pas quitté des yeux le tableau annonçant la vitesse du Concorde en mach. Depuis vingt ans, celui-ci traversait l'Atlantique à plus de 2 000 km à l'heure. A Roissy, Malko avait reçu un message transmis par le FBI. L'adresse donnée à l'Immigration par Youri Avdichev n'existait pas. La seule chance de le retrouver était désormais l'hypothèse émise par Irina : Youri Avdichev allait tenter de joindre son chef.

Le Concorde commença à être secoué violemment. Le temps était épouvantable. Irina poussa une exclamation joyeuse.

– Oh, je vois les gratte-ciel !

C'était plus un fantasme qu'une réalité ! La neige tombait à gros flocons et on ne distinguait strictement rien, le Concorde se posant aux instruments. La jeune femme se tourna vers Malko, éblouissante, sensuelle comme le Péché, et lui glissa à l'oreille :

– Quand on aura retrouvé Youri, on fera la fête !

*
**

– Vous avez dû être les derniers à atterrir à New York ! lança Howard Allenwood. JFK vient de fermer. La météo annonce un nouveau blizzard qui risque de durer plusieurs jours. Tout va être paralysé de Boston à Washington...

Par les baies du bureau de la CIA, dans le Panam building, on apercevait les tourbillons de flocons qui limitaient la visibilité à quelques mètres. La circulation était déjà réduite et les rares piétons se hâtaient sous de violentes rafales de vent glacé.

Le modeste bureau était devenu le QG de la lutte contre les terroristes au sarin. Plusieurs lignes directes le reliaient au FBI et aux différents services de police et agences fédérales impliquées dans l'opération.

La traque était secrète, condition essentielle pour que Youri Avdichev se manifeste. Le maillage discret de Little Odessa n'avait rien donné, en dépit d'un effort gigantesque du ROC Squad du FBI.

Il restait le portable de Karkov Balagula, posé sur le bureau de Howard Allenwood, à portée de main d'Irina. Tout risquait de se jouer en quelques secondes, avant que se déclenche une formidable chasse à l'homme. Seulement, depuis trois heures qu'Irina et Malko étaient arrivés, le portable n'avait pas sonné une seule fois.

Malko avait échafaudé une théorie dans l'avion. Si Avdichev n'avait pu accomplir sa mission de mort pour une raison quelconque, il allait vraisemblablement chercher à joindre son chef. Or, le portable était resté inaccessible durant les trois heures et demie de la traversée de l'Atlantique.

Le bureau voisin avait été aménagé en chambre, avec des lits de camp. Chris Jones et Milton Brabeck veillaient au ravitaillement. Il n'y avait plus qu'à attendre et prier.

*
**

La pièce sentait la Gauloise blonde. L'ultimatum avait expiré depuis deux jours, et Irina Bondarenko trompait son angoisse en fumant la cartouche achetée à l'aéroport de Borispol.

Le portable était toujours muet et Malko commençait à se demander si la nouvelle de la mort de Karkov Balagula n'avait pas filtré. Pour la première fois depuis son arrivée, un coin de ciel bleu apparaissait au milieu des nuages emportés par la tempête. Fermés deux jours, les aéroports de New York venaient de rouvrir. Des meutes de chasse-neige dégageaient les artères principales.

Howard Allenwood pénétra dans le bureau, un document à la main.

– Je viens d'avoir des nouvelles de la station de Kiev, annonça-t-il. Ils ont décrypté les numéros appelés du portable de Karkov Balagula et ceux qui l'ont appelé. Il y en a un qui nous intéresse tout particulièrement. Un certain Vitaly Koussov.

– Qui est-ce ? demanda Malko.

Le *deputy-director* de la Division des Opérations de la CIA s'assit, visiblement perturbé.

– Vitaly Koussov appartenait au Premier Directorate du KGB, septième département. Il a donné sa démission en 1991, pour devenir businessman. Il possède beaucoup d'argent, une datcha et un appartement en face du Kremlin. Il est notoirement en contact avec les plus extrémistes des députés de la Douma, Jirinowski en tête. J'ai demandé à la station de Moscou de continuer l'enquête.

Vladimir Sevchenko semblait avoir vu juste, on débouchait sur les politiques : un ancien du KGB... Il s'apprêtait à poser une autre question quand, soudain, le portable posé sur le bureau émit une sonnerie grêle !

Ils avaient beau avoir espéré ce moment depuis deux jours ; dans un premier temps, personne ne bougea. Puis Irina bondit sur ses pieds, affolée.

– Qu'est-ce que je lui dis ?

– Demandez-lui où il est, lança Malko.

A la cinquième sonnerie, elle se rua sur le portable, appuya sur la touche *talk*. Aussitôt une voix d'homme demanda :

– Karkov ?

– *Niet*. C'est Irina, fit la jeune femme.

– Irina ? Pourquoi tu réponds ? Où est « Tatarin » ?

Sa surprise et sa méfiance étaient manifestes. Irina réussit à garder une voix égale.

– Il ne peut pas te prendre tout de suite, il m'a demandé de répondre. Où es-tu ?

– Au *Kawkas*, à New York. Peu importe. Qu'il me rappelle tout de suite sur mon portable. Sinon, tu lui dis que j'y vais. Il comprendra. *Paka* (1).

La communication fut coupée. Irina Bondarenko continuait à serrer l'appareil entre ses doigts.

– C'est lui, Youri, fit-elle d'une voix tremblante.

Malko était glacé d'horreur.

– Vous avez entendu ! Dites à « Tatarin » que j'y vais ! Il est en route pour commettre l'attentat !

Le sang s'était retiré du visage de Howard Allenwood.

– *God gracious !* murmura-t-il. Qu'est-ce qu'il a voulu dire par le *Kawkas* ?

– Il y a un restaurant de ce nom dans Brighton Beach Boulevard, à Brighton Beach, dit Malko.

Howard Allenwood avait déjà décroché la ligne directe le reliant au FBI sans même avoir à composer le numéro. Les mots se bousculaient dans sa bouche. Dès qu'il eut terminé, il se leva.

– On y va ! Nous avons un hélicoptère sur le toit.

(1) A tout à l'heure.

CHAPITRE XX

Youri Avdichev acheva son café. Il était le dernier client du *Kawkas*, où les gens déjeunaient tôt. Il regarda sa montre : 15 heures. Son plan exigeait qu'il soit à Manhattan vers 17 heures. La radio annonçait que les grands itinéraires étaient enfin dégagés, mais on roulait encore lentement. Donc, il valait mieux prendre de la marge. Il lança au patron :

– *Tchott, pajolsk.* (1)

– *Setchass.* (2)

L'Ukrainien l'apporta aussitôt et Avdichev tendit un billet de cent dollars. Il avait hâte de retourner en Ukraine. Le retard qu'il avait pris était dû essenticllcment au mauvais temps qui avait paralysé New York dès son arrivée. Mais dans quelques heures, il aurait quitté les Etats-Unis. D'abord un vol pour Miami, ensuite Porto-Rico puis Madrid. Voyageant sous sa véritable identité avec un passeport et un visa authentiques, il ne craignait pas grand-chose...

Ce qu'il allait faire lui apparaissait plus comme une corvée désagréable et lucrative que comme un mini-génocide... Tuer des gens qu'il connaissait ne l'émouvait

(1) L'addition, s'il vous plaît.
(2) Tout de suite.

pas outre mesure, alors des inconnus... Il savait que pour se faire pardonner par Karkov Balagula, il fallait donner des preuves de dévouement.

Ce qu'il allait faire.

Il ramassa sa monnaie, enfila sa pelisse et sortit. Son camion, un 4,5 tonnes blanc réfrigéré de marque Ford, était garé juste en face du restaurant. Une contravention était glissée sous le pare-brise et il la jeta dans le caniveau avant de s'installer au volant.

Ce véhicule d'apparence innocente était en réalité une redoutable machine à semer la mort. Un astucieux bricolage avait permis de brancher un réservoir de vingt kilos de sarin sur le tuyau d'échappement. Ainsi, il suffisait d'ouvrir le réservoir de sarin et de rouler pour que le gaz mortel s'échappe dans l'atmosphère, mêlé aux gaz d'échappement du camion. En roulant à une allure normale dans les rues de New York, le camion blanc allait dispenser la mort à des milliers de personnes sur son itinéraire. Le réservoir de sarin vide, il suffisait à Youri Avdichev d'abandonner le véhicule, volé quelques mois plus tôt, et de prendre un taxi pour l'aéroport.

Seulement, la neige s'était mise en travers de son projet, rendant les rues impraticables jusqu'à ce jour.

L'Ukrainien lança le moteur et décolla du trottoir, suivant Brighton Beach Boulevard sous le métro aérien en direction de l'ouest. Plus loin, il tourna dans Ocean Parkway, vers le nord. Il mit la radio : la météo annonçait encore de la neige. Dans quarante minutes, il atteindrait le Brooklyn Bridge. Youri Avdichev avait l'intention de commencer à lâcher le sarin dans la Troisième Avenue. Sur FDR Drive, il n'y avait pas de piétons.

*
**

– Une voiture vous attend sur Brighton Esplanade, en face de la 6e Rue, annonça la radio. Le suspect n'est pas encore appréhendé.

– OK, bien reçu, répondit le pilote de l'hélico.

Ce dernier était déjà au-dessus de Brighton Beach. Malko aperçut une voiture avec un gyrophare, immobilisée sur les planches de la promenade du bord de mer, juste en face du *Wintergarden*. Trois minutes plus tard, Irina, Howard Allenwood et lui sautaient de l'appareil, accueillis par un *special agent* du FBI.

– Nous n'avons pas encore localisé le suspect, annonça-t-il. Il a quitté le restaurant il y a environ un quart d'heure...

Ils s'engouffrèrent dans sa voiture pour gagner Brighton Beach Boulevard. Le trottoir en face du *Kawkas* grouillait de *special agents* du FBI qui interrogeaient passants et voisins. Malko pénétra dans le restaurant. Le patron disparaissait sous une grappe de policiers brandissant la photo de Youri Avdichev extraite de son dossier de demande de visa.

– *Da, da*, je pense que c'est lui, balbutiait l'Ukrainien, dépassé et effrayé. Je ne l'avais jamais vu avant.

Malko échangea un regard avec Howard Allenwood. Même en fouillant Brighton Beach de fond en comble, c'était rechercher une aiguille dans une botte de foin... En plus, le temps pressait. Youri Avdichev se préparait à agir.

Malko s'approcha du patron, un gros Ukrainien chauve, au moment où il disait :

– Je crois bien qu'il est monté dans un camion garé devant.

Malko se rua dehors. Pas de camion. Son estomac se contracta. Des agents du FBI avaient envahi la charcuterie voisine à la vitrine décorée de guirlandes de saucisses. Il allait s'éloigner quand son regard accrocha un rectangle de carton blanc froissé au bord du trottoir. Il alla le ramasser. C'était un *parking summons*, une contravention. Le cœur battant, il la défroissa et déchiffra les indications.

D'abord le numéro du véhicule en infraction : D 542 NA. New York. Puis : Make : Ford. Body Type : Truck. Color : White.

Il se rua à l'intérieur du *Kawkas*, la contravention à la main, et harponna Howard Allenwood.

– Voilà le véhicule dans lequel Youri Avdichev est parti.

*
**

Une demi-douzaine d'hélicoptères survolaient la presqu'île de Brooklyn. Une centaine de véhicules banalisés du FBI et *toutes* les voitures disponibles de la Metro Police ratissaient les différents itinéraires possibles menant à Manhattan, cible plus que probable de l'attentat : le Belt Parkway longeant la mer et toutes les grandes avenues remontant vers le nord. Seulement, le véhicule recherché pouvait aussi emprunter des voies moins fréquentées.

Sur ordre du FBI, un communiqué était diffusé toutes les cinq minutes sur toutes les radios de la région new-yorkaise, en particulier WKAB, la radio russe, adjurant les auditeurs de signaler le véhicule suspect en appelant le 911.

Depuis vingt minutes que l'alerte avait été lancée, les recherches n'avaient donné aucun résultat. Le numéro d'immatriculation n'avait rien apporté non plus. Le Ford avait été volé trois mois plus tôt à une boucherie en gros.

Des camions de ce type, il y en avait des milliers.

Malko, remonté dans l'hélico de la CIA qui faisait des ronds au-dessus de Brooklyn, observait les files innombrables de véhicules, priant pour qu'un automobiliste repère le camion. Des voitures du FBI empruntant les bandes d'arrêt d'urgence remontaient le Belt Parkway à la recherche du camion blanc. Mais il y avait des centaines de petites rues que personne ne surveillait... Howard Allenwood se tourna vers Malko :

– Il y a une solution : fermer provisoirement Brooklyn Bridge, Manhattan Bridge et Williamsburg Bridge. Il ne reste plus que le Battery Tunnel...

– Et le Midtown Tunnel, et le 59th Street Bridge, répliqua Malko. Et le Triboro ! Vous allez provoquer des embouteillages historiques sans résultat sûr. Il vaut mieux surveiller ces ponts.

– C'est déjà fait.

Une voix éclata tout à coup dans la radio.

– Véhicule suspect repéré. Il roule sur le Gowanus Expressway, à la hauteur de Sunset Park. Vitesse environ quarante miles. Identification positive. Un seul homme à bord.

Malko, le pouls à 150, consulta sa carte. Le camion était encore à une vingtaine de minutes de Manhattan, entre le Greenwood Cemetery et les docks de Brooklyn. Howard Allenwood empoigna son micro :

– Je vous donne l'ordre d'immobiliser ce véhicule par tous les moyens. Isolez-le. Si l'homme tente de s'enfuir, neutralisez-le. Envoyez immédiatement une équipe ABC sur les lieux et ne prenez aucun risque. Surtout, n'ouvrez pas ce camion.

L'hélico était en train de virer. Cinq minutes plus tard, il commençait à descendre au-dessus du Gowanus Expressway, remontant vers le nord. Un flot de véhicules s'écoulait dans les deux sens.

*
**

Youri Avdichev comprit qu'il y avait un problème en voyant une Chevrolet grise, un gyrophare sur la gauche du toit, remonter la bande d'arrêt d'urgence à toute vitesse, se rabattre et ralentir devant lui. Une inscription apparut en lettres lumineuses sur la lunette arrière. « *Stop immediately* FBI. »

Il freina, l'estomac noué. Jetant un coup d'œil dans son rétroviseur, il aperçut la chaussée vide. Aucun véhicule ne le suivait plus ! Il regarda, à gauche, l'autre voie du *freeway*. Personne non plus : la circulation devait être bloquée en amont. Il voulut déboîter, mais la Chevrolet fit un écart, l'empêchant de passer. Au même moment, un hélicoptère surgit devant lui, se balançant à quelques mètres du sol, et il lut l'inscription POLICE sur son flanc, en grosses lettres noires. Un homme se découpait dans la porte latérale, armé d'un fusil. Lui aussi fit signe à Avdichev de stopper.

Tandis que l'Ukrainien hésitait, son portable se mit à sonner ! Il se jeta dessus, comme si le salut venait de là. C'était la voix d'Irina Bondarenko.

– *Privet* (1) Youri, annonça-t-elle. Je te passe quelqu'un.

Comme dans un cauchemar, il entendit une voix d'homme annoncer en russe :

– Karkov Balagula est mort. Vous êtes cerné par le FBI. Nous savons que vous transportez du gaz sarin. Si vous ne stoppez pas immédiatement et ne descendez pas de ce camion les mains en l'air, vous allez être abattu.

Youri Avdichev n'eut pas le temps de se poser de questions. A nouveau, la voix d'Irina lança dans le micro :

– Fais ce qu'il te dit, Youri.

Youri Avdichev regarda les chaussées désertes alentour. Maintenant, il percevait un concert de sirènes convergeant vers lui. Le gyrophare l'éblouissait. Une voix caverneuse amplifiée par un haut-parleur lui intima en anglais l'ordre de sortir du camion.

La Chevrolet pila devant lui et il en fit autant. Il hésitait

(1) Salut.

encore quand une lueur orange jaillit de l'hélicoptère. La balle de fusil le frappa en plein front, lui faisant exploser la tête.

*
**

Howard Allenwood regarda avec un respect émerveillé le garçon de chez *Petrossian* poser devant lui un petit piédestal supportant trois coupelles de cristal contenant chacune un petit monticule de caviar.

Le garçon les désigna du doigt l'un après l'autre.

– Beluga, Oscietre, Sevruga.

Malko eut droit au même traitement. Avec les coupelles, il y avait de mini-pelles en vermeil. Et, bien entendu, de la vodka, *Petrossian* elle aussi. Pour fêter leur victoire, Malko avait préféré le restaurant *Petrossian,* sur la Septième Avenue, au *Cirque*, un peu trop pompeux.

Si les élégants clients de ce haut lieu new-yorkais avaient pu surprendre leur conversation, leurs cheveux se seraient dressés sur leur tête.

– Nos experts ont calculé que le chargement de ce camion en sarin aurait pu causer la mort de trente à quarante mille personnes, annonça l'homme de la CIA après avoir goûté son Beluga. Nous avons trouvé dans la cabine l'itinéraire qu'il devait suivre. Cela couvrait la moitié de Manhattan. Et il aurait eu de bonnes chances de s'en sortir, rien ne reliant ce banal camion à la traînée mortelle qu'il aurait laissée derrière lui. *Thanks God*, personne n'en a rien su !

– Vous n'avez rien trouvé d'intéressant dans le camion ?

– Rien. Depuis le début, Balagula et sa bande ont utilisé des petits voyous ukrainiens ignorant totalement la véritable nature de leurs activités. Nous ignorons encore comment le sarin est entré dans le pays...

Quatre jours s'étaient écoulés depuis l'interception du

camion blanc. Rien n'avait filtré dans le public. Il y avait tellement d'incidents bizarres dans une ville comme New York... Malko écrasa un peu de Beluga Petrossian entre ses dents. Une merveille, autre chose que le caviar servi à Kiev. La voix de Howard Allenwood le ramena à la réalité.

– Nous avons, en revanche, des nouvelles de Moscou, annonça ce dernier. Des nouvelles inquiétantes...

– C'est-à-dire ?

– Le portable de Karkov Balagula a parlé. Le jour où il a décidé d'envoyer Avdichev à New York, c'est bien avec Vitaly Koussov qu'il discutait. Evidemment, nous n'avons pas la teneur de leur conversation, ce serait trop beau ! Mais la station de Moscou a trouvé autre chose : Vitaly Koussov, l'ami de Balagula, est très lié à un certain Boris Lyssenko, qui navigue dans l'orbite de Boris Eltsine.

Malko sursauta.

– Vous voulez dire...

– Non. C'est plus compliqué. Vous savez que la principale ressource de Balagula était l'achat de pétrole brut russe pour le raffiner en Ukraine. Or, l'homme qui délivre ces licences, c'est Lyssenko... Il est catalogué nationaliste, extrême droite. Il a des relations suivies avec un certain Malakov, un intellectuel qui publie une revue proserbe, *Lemonska*.

– Cela constitue quand même un dossier inquiétant, remarqua Malko. Vous n'allez rien faire ?

Howard Allenwood eut un mince sourire.

– Nous *avons* fait. Hier, notre chargé d'affaires a été reçu au Kremlin. Nous avons *tout* dit aux Russes. Ils étaient effarés. Ensuite, nous sommes allés voir le nouveau patron du FSB, le remplaçant d'Evgueni Primakov. Il a immédiatement donné l'ordre de faire arrêter Vitaly Koussov.

– Et alors ?

– Vitaly Koussov a été abattu « accidentellement » durant son arrestation...

Un ange passa et s'enfuit en rasant les murs... On revenait aux bonnes vieilles méthodes de l'Union soviétique. Malko n'avait même plus envie de goûter l'Oscietre.

– Quelle est votre conclusion ? demanda-t-il.

– Nous avons le choix entre deux hypothèses, exposa l'Américain. La première, c'est un complot entre excités de la cause serbe, alliés à des mafieux. J'y aurais cru sans la mort de Vitaly Koussov. Mais cet accident sent le nettoyage par le vide. On a fait disparaître le seul témoin qui puisse parler. A mon avis, il s'agit donc d'une opération planifiée à un niveau élevé du FSB.

– Vous croyez que Boris Eltsine est dans le coup ?

– Non. Sûrement pas. Mais il y a au FSB des gens qui souffrent de la perte de puissance de la Russie. Et qui engagent de nous voir faire la loi sur *leur* terrain de chasse, l'ex-Yougoslavie. Toute l'aile droite, les anciens communistes. Ils tiennent encore des tas de leviers de commande. Tout fout le camp en Russie. Ces gens-là ont pu avoir envie de faire passer un message...

– Aux Etats-Unis ?

– Oui. Pour affirmer qu'un jour la Russie sera de nouveau un grand pays. Comme l'opération a foiré, ils ont *démonté* en catastrophe. Pour l'avenir, c'est préoccupant. Nous devrons tenir compte de cette affaire. Et rester méfiants.

Les deux hommes se levèrent. Irina venait de faire son apparition, enveloppée dans sa zibeline. Elle l'abandonna au maître d'hôtel, tira sur sa robe noire pour faire ressortir encore plus sa splendide poitrine et s'assit, commandant aussitôt au garçon un Cointreau-caïpirinha !

Ce dernier le lui apporta avec les trois caviars. Irina leva son verre.

– A l'avenir ! lança-t-elle joyeusement. Je suis engagée comme cover-girl par l'agence Eileen Ford.

Ils trinquèrent. Sous la table, sa jambe se rapprocha de celle de Malko et s'y colla. Le contact agréable ne fit pas oublier à Malko les révélations de Howard Allenwood.

Finalement, Vladimir Sevchenko avait eu raison. La Guerre froide renaissait sous une forme plus sournoise. L'Opération Lucifer était la preuve que le monde ne serait plus jamais un long fleuve tranquille.

IMPRIMÉ EN FRANCE PAR BRODARD ET TAUPIN
Usine de La Flèche (Sarthe), le 15-03-1996.
3292C-5 - Dépôt légal Editeur : 4533 - 04/1996.
ISBN : 2 - 7386 - 5778 - 8

42/5778/8